畏廬詩存

八閩文庫

八閩文庫

要籍選刊

117

畏廬文集
畏廬詩存

下

［清］林紓 撰
江中柱 點校

海峽出版發行集團
THE STRAITS PUBLISHING & DISTRIBUTING GROUP
福建人民出版社

自序

余恒謂詩人多恃人而不自恃，不得宰相之寵則發己牢騷，莫用傖父之錢則憾人鄙嗇。迹其用心，直以詩爲市耳。乃絶意不爲詩。三十以後，李畬曾佛客兄弟立支社，集同人咏史。社稿以周辛仲爲冠，然皆含悲涼激楚之音。余私以爲不祥。已而辛仲卒，畬曾兄弟遠宦，社事遂寢。余亦客京師，不爲詩近三十年。辛亥春，羅掞東集同人爲詩社，社集必選名勝之地，每集必請余作畫，衆係以詩。於是復稍稍爲之。是歲九月，革命軍起，皇帝讓政，聞聞見見，均弗適於余心，因觸事成詩。十年來，每下愈況，不知所窮。蓋非亡國不止，而余詩之悲涼激楚乃甚於三十之時。然幸無希寵宰相、責難傖父之作，惟所戀戀者，故君耳。集中詩多謁陵之作，譏者以余效顰顧怪，近於好名。嗚呼！何不諒余心之甚也！顧怪謁陵之後，遂不許第二人爲之。顧怪不足道，譬如欲學孔孟者，亦將以好名斥之邪？天下果畏人言，而不敢循綱常之轍，是忘己也。故余自遂己志，自爲己詩，不存必傳之心，不求助傳之序。至於分唐界宋，必謂余發源於何家，瓣香於某氏，均一笑置之。此集畏廬之詩也，愛者聽其留，惡者任其毁，必如康乾之間，寄托漁洋、歸愚兩先生門下，助其聲光，余不屑也。壬戌十月閩縣林紓識於宣南烟雲樓。

卷　上

歲暮邯鄲道中

人間那得九還丹，往事黄粱足笑姗。行客仍然夢富貴，先生今日過邯鄲。雪光一白連荒裔，鴉點紛來赴暮寒。聞道過江山色好，道中未計歲將闌。

題　畫

一亭高立俯群山，路轉蒼岩待幾灣？清曉玉童掃紅葉，偶吹餘片落人間。

自寫《富春釣臺》

打槳桐江看客星，四更趁月過烟汀。此中猶道先生在，才入蘆花酒便醒。

畫竹自題

輦下貂蟬半苦飢，一逢朱邸即低眉。先生種竹年年活，儘有山厨得笋時。

温侍御毅夫集同人訪松慈仁寺

蘭若已隨兵劫換，山門故物見金松。却懷前迹尋殘碣，不覺深談過晚鐘。社集若關天隱相，勝流何望世優容。暫抛身外無窮感，聊養僧窗半日慵。

喜晤鄭蘇龕同年感賦

朝士争如夾漈奇，中年踪迹惜分馳。京華述舊纔知老，江上營樓早感時。進説群公徒一諾，迴頭世難各安之。袖中好檢清哀筆，留作西臺吊古詩。

近寒食偶成

歲歲長安見柳芽，已交寒食尚無花。兒孫長自他鄉慣，未必清明便憶家。

展亡室劉孺人遺像，令璐、琮、璥三兒朝拜。三子均側室楊氏出也，孺人所出但有珪兒，今亦出宰保定矣。書示璐子

當年若母長貧死，晝裏仍然未展眉。生壙早營吾少慰，外家垂替鬼焉知。客中設奠寧來

饗，身後稱賢枉有詩。但祝阿兄多惠政，焚黄親到北山時。孺人墓在北山白鴿龕。

壽丁和軒

梅花影裏雪彌天，知爾江樓正醉眠。玩世寧無三宿戀，隨緣但取一身便。偏從溷俗存幽賞，竟以觀空得永年。歲歲東坡生日日，祝君長作地行仙。

辛亥三月十五日雨中冒鶴亭集同人於夕照寺，爲巢民先生作生日。雨止，出游馮益都萬柳堂，歸途經有明督師袁元素墓下作

如皋先生禮陽羨，年年定惠如皋大寺齋中元。今朝稍復仿此例，主人乃即如皋孫。萬曆辛亥公生日，三百年所俄朝昏。老鶴通贍得祖研，直從水繪探詩源。壞堂咫尺説萬柳，稽摭前事鬚眉軒。野雲消歇益都襄，彼此攘奪如争墩。雨餘躡屐趨廊廡，倡條四五低頽垣。積陰聯畝矗孤塔，野水數曲環窮村。迴思三月湘中閣，垂垂萬縷摇春暄。當時簪紱重遺老，龔陳沈趙恒臨存。先生抑抑念勝國，三十以後潛田園。朱明標季政顛倒，長城先壞熊與袁。梟轘東莞尤蛆酷，引妖就暝成艱屯。斷墳殘碣邇夕照，同龕祀合招忠魂。禮成聯轡犯泥潦，暝色咸盼城東門。

陳伯潛先生招游浄業湖，憩西涯彌日，集者九人。先生囑余作圖紀之

春寒草未茸，春盡氣猶肅。蕭寺面塘水，流潤上叢木。陂田抵阜盡，柳勢因堤曲。雖無瀟湘心，頗有鏡湖淥。西涯吾兩至，物候歷荷菊。瀏覽初若忘，沈吟忽有觸。梧門近莫接，况乃溯懷麓。滄趣風素高，舉世禮耆宿。兹鄉吾所愛，掇拾入横幅。

四月十四日同陳弢庵、石遺、高穎生游翠微山，薄暮至龍王堂廡下坐月

積陰鎖庭除，不納門外雲。暮色已潛動，初疑爲游氛。月光注矢下，才覺人影分。長松蟠古苔，老柏含微芬。池魚仰泉脉，堂下有泉，潨潨然，瀉於清池。池魚數十就泉而喋。攢動撓波紋。回顧池上人，松氣流衫裙。静語及道數，若有山靈聞。

秘魔岩見寶竹師題壁詩愴然有作

題名忽及偶齋師，竟似重生再見期。八口寧忘泉下痛，師二子於庚子殉節，四孫去年同以疫死。廿年猶泚壁間詩。料無風概宗先輩，忍對滄桑語盛時。弢庵爲余述光緒辛巳壬戌朝事甚悉。早晚商量校遺草，門生也感鬢邊絲。

十五日晨起大風，以肩輿跨山游獅子窩

山鳥鳴時漏陽光，開門微聞草木香。僧厨啜粥趣從者，腰輿坐我猶胡床。左旋右繞入深緑，日黯微見雲飛揚。麥田下睇可萬尺，沿山取徑遵羊腸。驀然輿幔策策動，雖不顛墜仍倉皇。生平未敢据人上，即虞娼嫉生謗傷。翠微偶爾躡高頂，取忌風伯施權强。跨危涉險聽之去，輿夫剽乃逾風檣。闌干宛宛出林麓，榱桷一一施丹黄。沿陂雜樹亂柯幹，抱山飛閣成橋梁。盛罷得息亦佳事，垂楊作態欹禪房。滄趣老人感前迹，三十年事悲哀涼。風停茶罷雨亦止，題名涴墨污僧墻。

夜坐展高嘯桐亡友遺墨愴然有作

縱我生存事大難，羨君一瞑付漫漫。來魂偏又楓林見，酸泪寧爲宿草乾。搔首漸知雙鬢改，回思還味一燈寒。舊情潮上如何遣，藏却遺箋更取看。

題朱古微《歸鶴圖》

嗜鶴非圖仙，意在惜羽翰。一日去乘軒，道素葆則難。彊村盛詞筆，金碧輝檀欒。抱鶴

來吴興，編竹成鶴闌。緑陰岸角巾，莫審爲朝官。我道花塢佳，靈芝被岩巒。數里入修竹，岩下多風蘭。以此家是鶴，樂且逾澗槃。老友榆園翁，竹屋千琅玕。水軒飼二鶴，取魚日垂竿。軒敞鶴亦渺，思之滋永嘆。所以彊村老，萬事浮雲看。無瑕寧稱瑜，不痏焉指瘢。但抗水雲心，亦不矜黄冠。我意終思越，勝概推臨安。請君籠鶴歸，放之雙峰端。

自題小畫二首

水雲醲處估帆低，路入南漳萬葦齊。畢竟山人愛樊榭，無心著筆亦西溪。

城中簫管唱吴趨，城外吟身與月俱。却憶方侯爲今日，扁舟夜半出鴛湖。

九月十九日南中警報，急挈姬人幼子避兵天津。回視屋上垂楊尚凌秋作態，慨然書壁

初聞南軍起，頗疑智慮疏。武昌固形勝，瘠地難爲糈。忽失十萬仗，武庫一夕虛。烽火西被蜀，樓船東走吴。戰聲沸漢水，警報驚燕都。達官競南逝，荒悸如避胡。僕媪半散走，家人聲喁喁。我老亦舐犢，安忍聽爲俘。璐子年十三，文筆已清腴。阿喬亦八歲，紲勒若套駒。阿度方四齡，盈盈玉雪膚。二女尤可念，出入相抱扶。焉能聚危城，闔門殉

老夫。舍我壁間畫，委我橱中書。草草挈之行，曉趁津門車。回戀手植柳，秋態含春姿。再見當何時，或不成荒墟。

得長沙警報

送徒初未遣胡陳，慓起居然動戰塵。張楚寧符三户讖，渡江容有八千人。士心已薄曾胡業，兵勢遥連武漢城。破竹勢成無著手，恐難完卵望甌閩。

西　開

長安朝露危，挈孥居西開。西開爲英人租界。門前積潦明，晝夕惟風埃。夜歸苦微茫，躡步循水隈。高窗黯殘燭，繚垣森枯槐。每訝非故里，到門屢徘徊。諸兒卧縱横，燈影明絳腮。而翁苦喪亂，萬念爲之灰。安能語孺稚，晨興已喧豗。西兵曉過門，風高晝角哀。托身若異域，一夕數疑猜。昨傳陷金陵，炮轟雨花台。群公已束手，坐待南軍來。

聞福州兵變凄然有作

警報劈空來，留後推孫恩。吾鄉素窮敝，遭亂寧幸存。旗防久如丐，蜷伏城東門。慵窳仰餉糈，豢養成童昏。種族辨既嚴，夷戮安忍言。昔在康熙初，鰲拜翻乾坤。捕奴廣連坐，漢産聲爲吞。旗汛人踪絶，草長如荒園。同光稍雜處，衡宇通寒暄。一唱革命軍，鄰誼安復敦。流血波都市，縱炮頽城垣。所惜無辜民，蹂躪誰見援。商疲寡便家，灾酷無完村。一旦罷兵革，挈孥恣崩奔。吾家居蒼洲，流水環楹軒。亡弟遺二女，長者已許婚。未能取之來，懸盼心如刓。長夜坐不眠，瞬息升朝暾。

辛亥九月二十七日余六十初度，仍居西開，賦此自嘲

吾年五十客杭州，甲子於今已一周。兩度逢辛皆遇亂，舉家爲壽若忘憂。不才無可編生傳，多難居然及白頭。滿眼烽烟腰脚健，尚堪秋望屢登樓。

入都至故宅

憶從辛丑來，孔道蟠群狼。百夫競行李，千錢負一囊。端門集外兵，曹署空諸郎。所賴京尹賢，陳玉蒼尚書方爲京尹，爲余購家具、儲米炭，盛意至今耿耿然。爲余安琴裝。匆匆十一年，戎馬復蒼黄。避地豈長策，感時思舊創。稍歸挈殘書，風物逾荒凉。野水漸成冰，林葉新耀霜。道少衣冠人，翻疑非帝鄉。戚屬遷徙盡，空宅留斜陽。吾軒竟月閉，凝塵黯東房。

家具擲零星，觸目皆愴傷。惟餘小黄耳，戀主神飛揚。投肉與汝别，明日仍殊方。

辛亥十月十六日感事

宗輔初將責地承，臣民洗眼望中興。忽傳璽綬收昌邑，從此危疑甚竟陵。儘有人將時政議，從無才足國屯勝。景皇志事終難就，可亦迴思戊戌曾。

不　眠

不眠中夜起，無計振時艱。冰氣寒逾雪，樓峰暗似山。琴書屏人外，天地在兵間。累月儘無事，吾心未覺閑。

辛亥除夕

尺壤仍留祖臘名，舉家循例坐平明。江南已是花朝後，本月爲新曆二月十七日。直北纔聞竹爆聲。安計明年何善策，且憑杯酒慰勞生。風光那與興亡事，依舊春來日日晴。

辛亥除夕得石遺書却寄

累聚景常忽，暫離味彌長。石遺去秀野，桃柳荒深堂。柴車三過門，伏軾思琴觴。比聞生壙成，屏衛多松篁。清江面千帆，明滅如瀟湘。作達已非易，知足寧可量。恒人昧素退，臨老忘深藏。嘩衆妄取寵，疵累滋堪傷。吾子矢狷介，豈惟能文章。即不遘喪亂，歸耕亦有鄉。庭梅況已開，幽香拂琴床。萬緑閟柴關，款關唯何郎梅生。勝侶日夕合，摇摇燈燭光。酒半時念我，風前書數行。迹睽道則同，南北遥相望。

壬子正月十二日入都同劉資穎及高甥稔飲于小有天三層樓上。某將軍所部兵潰，縱火攻剽，火發可十二處。樓高鐵欄固，益以鐵扉，賊止弗攻。飛彈流空，厥聲達曉，余亦幾瀕于險

酒人聞變杯齊覆，樓下炮聲過爆竹。十夫力鑠鐵闌干，火光已射闌干角。閉窗滅燭瞷微隙，噤聲如啞奴厮伏。武冠數猛聚樓下，槍刃力與鐵扉觸。再攻不克舍我去，月中移影犯鄰屋。居人争效猢猻蹲，叛軍直作老熊撲。燭光暗處影塞扉，劍聲鏘然刃破櫝。萬聲雜動呼開門，掠索旋過舍五六。斗然槍止不聞聲，趣行頗似鬼相逐。人人握刃手巨火，

非燈非炬焰深緑。僅半炊許光絳天，棟摧瓦覆觚棱燭。城中火聚十二屯，前後驚盼罷吾目。對門一卒挾火入，心知禍至氣爲促。旻天似憫一樓人，幸非縱火但冥索。更沉鼓寂月如水，駝卒沿街拾珠玉。得大遺小賊弗校，屑屑轉爲細民福。平明樓下見行人，賊亦雜行果其腹。汝曹一夕恣捆載，吾民百室空儲蓄。大帥充耳若弗聞，擁賊作衛謬鈐束。利熏心癢那即已，都門行見一路哭。

十四夜天津果大掠

月光微暗樓窗紅，火發河北明河東。哭聲震天不到耳，是夕正起西南風。西人嚴兵厄孔道，咫尺音問無由通。遲明出觀但煨燼，翁啼嫗唏途路中。刀痕著扉板都碎，窗扇委地樓全空。微聞叛卒但四十，以利嘯結群愚蒙。巡社衛兵首從逆，挺械争出聲洶洶。曹伏思亂固已宿，響應乃類撞洪鐘。鷙賊人人囊橐豐，細民尾逐療飢窮。巡衛匿贓易衣出，反以逐捕矜奇功。北門騈戮百有二，真賊不與仍從容。賊曹屏息無敢指，轉與獎犒求調融。縱兵爲盜既失計，宜罪反賞誰從公。南軍即至亦奚補，主客疑駭將凶終。政府趣立憲法定，南北連合平内訌。瓜分豆剖禍或戢，老夫旦夕祈蒼穹。

珪子宰大城，城中無兵，時旁邑爲叛軍焚掠且盡。一日有百餘賊臨城，珪子出城問狀。兵謬言奉檄來衛，珪子知其謬，用羊酒米麵犒之，慰以温言，遣去，城得完。作此寄示珪子

在昔元使君，綰符守道州。西賊破永邵，旁縣苦虔劉。作詩示官吏，深爲窮黎憂。餘生脱賊吻，未忍加徵求。汝今宰小邑，敢與前賢侔？所仗運命佳，竟使民病瘳。去縣三十里，賊火焚任丘。扇擾及大城，意亦在窮搜。汝能止豪暴，臨難生權謀。苦語述貧瘠，哀痛回賊酋。縣中出羊酒，境外傳歌謳。此語聞若翁，喜極翻泪流。吾家素貧罄，未有良田疇。我老自食力，饘粥奚汝籌。蘇民一日困，愈汝三生修。哀哀此蒼赤，遺産賊所留。幸勿矜嚴細，但願加慈柔。比聞下閣令，肆赦群拘囚。啓柙出餒虎，破檻縱瘈牛。内舋合外訌，備預方煩稠。爲爾慮眠食，日旰或未休。果能爲民勞，或不貽我羞。所當布精誠，猾豎焉得售？寄汝《春陵行》，守官庶無尤。

由京至天津火車中偶成，時眷口仍居天津也

夾堤榆柳過如飛，何日勞生暫息機。羃羃暑雲燕益遠，冥冥高鳥去安之。一身只作行舟

看，十口追懷避難時。老我客中仍作客，誤他兒女盼歸期。

陳弢庵招游西苑

恍登靈境幻仙真，未著京華半點塵。柳暗不分宮額字，蓮深略辨畫船人。尚傳游宴春無限，轉眼興亡迹已陳。剩有授經君實在，風光冷對苦吟身。

書感

此心望治幾曾灰，時變紛乘膽欲摧。横議直非常理測，邊氛誰引切身灾。國先難問遑言黨，心果能公轉勝才。錮疾日深醫又誤，唐衢泪眼向誰開？

園居曉起

夜來凉雨漬槐心，破曉微微冷意侵。濕緑愈醲秋不覺，小窗增上一重陰。

題畫二首

小假僧寮滌客襟，理安雨過竹房深。到門怪道秋衫薄，做得新凉是緑陰。

危棧黏天路不分，鞭絲帽影印斜曛。半程微覺驢鞍濕，記犯山腰一陣雲。

康南海書來索畫《萬木草堂圖》，即題其上

海東堂較瀼西穩，投老孤臣此息機。歷歷忠言今日驗，滔滔禍水發端微。荒台何地招朱鳥，并轡當年想白衣。萬木蕭森秋又暮，飛鴻誰盼我公歸？

嚴幾道六十壽作此奉祝

盛年苦相左，晚歲荷推致。又復逼喪亂，相對坐惋喟。長安多少年，嘯引侈徒類。沿流漸東靡，伐異日西懟。尊疑屏杜塞，講學取宏邃。理新不酳源，述舊務訂墜。落落成孤行，狺狺起衆誶。舉幡太學沸，脅羯焉得遂。深深痛櫟堂，風簾下松翠。鮮肥日仍供，神觀老逾粹。著書布天下，名理(淡)〔浹〕肝胃。何用修羅掌，揚杵震群魅。所願親醇醪，君我同一醉。

次黃墨園韻送步溪南歸

乾坤收拾誰擔擔，群雄奄忽成僵蠶。牙兵慓鋭窟直北，財力飛挽疲江南。帥府惴縮坐無

策，經年撚斷鬚毿毿。議郎百十肆譙詈，以黨攻黨張雄談。劉侯北來避排笮，寧爲山水窮幽探。牢盆手握讒口沸，沮訾深爲鄉人慚。廿年相見髮二色，豈但摇落悲江潭？青熒燈火逼風雪，嚴更夜坐人兩三。近袪凶沴逐彭寵，願望規益迎張堪。侯當發憤爲鄉里，勿湛六籍矜韜含。七閩貧罄亦云極，有類怨曠歌襜藍。理鹺幸繼正字業，孳孳言利非吾貪。

偶成

漸説烽烟靖七州，承平自謂願粗酬。不期今日天還醉，敢厭勞生老未休。經亂真如温昨夢，傷時只好托春愁。何年再得臨安住？收取吴山入小樓。

舊曆小除夕，橘叟招余食内頒春餅，即席感賦

雙匣黄封出紫宸，先生留饗尚方珍。纔知明日逢除夕，坐想東朝對舊臣。竟有翦燈今夜語，可堪回首隔年春。眼中祖臘分明在，檢取餘懷對酒醇。

人日後三日上橘叟癸丑

模糊醉裏過人日，醒後方知非故林。許久離家原左計，不曾從宦豈違心。固言亂世無佳節，幸就詩翁學苦吟。一事却增勞悴感，柳條又長御河陰。

十一日感事

破曉千官劍佩過，乾清門外樹婆娑。早花欲綻長春苑，餘凍難生太液波。敢謂新儀經眼慣，却撩舊事上心多。此來寧爲蟠桃熟，枉費群仙集大羅。

雪後集橘叟寓齋，再疊墨園韻奉柬

鐵肩道義公其擔，下筆況乃如春蠶。興亡過眼語吞咽，懵動寧止哀江南。入冬再雪萬卉靡，庭樹無復垂氍毿。曲廊深檻閟燈火，蒼頭走柬招夜談。扁舟記向螺渚過，奇勝恨未龍泉探。小雄影本舉示我，俗物相嚮寧毋慚。爾來世味愈觳薄，冷如寒月沈幽潭。京華遺老況垂盡，命車造訪無二三。冥鴻一去那可覓，宦立寧皆七不堪。先生奇迹史所罕，詩筆似有元精含。前身根器定非薄，天留米老爲伽藍。靈光古殿素歸仰，願公葆啬吟毋貪。

邊事日棘，聞之腐心，三叠前韻呈橘叟

畏廬虞險如左擔，此身蜷作三眠蠶。神京伏莽不時發，南人終竟思歸南。北庭萬馬踏晨雪，韃靼磔磔猬毛毵。少年執政侈袍澤，手把如意饒空談。袁公健者負幹濟，智局高邃誰能探？强鄰萬矢集新政，爪臣虓士宜深慚。尉佗志欲王嶺海，王戊兵且聯湘潭。初時許國好頭頸，責德于彼今二三。菁華豫鄂半煨燼，再經兵燹誰能堪。螺江荒僻足避地，水光山色相籠含。擬欲從公賃左廡，探索十子窮一藍。著書欲竟未了業，知公不笑餘生貪。

癸丑上巳後三日謁崇陵作

宫門嚴閉横斜陽，童山對闕塵昏黄。燎池灰冷石曲折，闟戟風動纓飄揚。廣殿沉深閟難見，珠簾仿佛垂兩厢。孤臣痛哭拜墀下，穠春觸眼如秋凉。衛士見狀動愕駭，衣冠頹敝寧老郎。長身玉立張京兆，張在初都統守陵者。禮成對我神沮傷。光宣歷歷數朝士，盡誠竭節推髯梁。梁髯貧病忍自惜，泣血奔走思先皇。醵金萬數佐方上，席稿累月朝便房。張

公言已坐太息，克食見饗羅甘芳。且言午祭行將及，乳酪脯酒供羔羊。守陵今已屬殘貴，主祭無復來諸王。地宫永閟果何日，主客相對涕泗滂。涵元舊事那可説，瀛臺春暖仍垂楊。

宿梁格莊

户外頗見山，山童乃無樹。列柳如分畦，微黄撲窗户。抵暮情慮肅，坐待初月吐。柳黑月力微，蓬蓬失條縷。麥香餅新成，厨潔菜非苦。旅榻不成眠，欹枕數更鼓。

四月六日獨游陶然亭

風葦摇凉動小渦，餘春未盡尚清和。山容還作前朝緑，勝集長疑昨日過。塵外避喧原不惡，壁間求句定無多。南中果有行吟地，寧隱王城學老坡。

珪子大城受代，率諸孫南歸治田，作詩送之

而翁半世落江湖，未逐功名喪本圖。今日汝能拋薄宦，吾家分本是農夫。事難着手多方礙，人解回頭一累無。旦晚裹書來就汝，瓊河數曲狎鷗鳧。

爲劉健之寫《蜀石經齋圖》并題長句

五季僭竊多無文，吴蜀獨含文字芬。江南小腆盛詞筆，寧及蜀主窮典墳。堂堂蜀相毋昭裔，成都琢石天下聞。二孫二張周德貞，字畫清婉如歐詢。摸丹入石署廣政，是時開運當甲辰。群經胡獨短公穀，留此缺憾存成均。後來田公頗好古，三經附麗煩手民。原刻仍復避唐諱，天澤分尚留君臣。《左傳》成但缺祥字，虎世二諱縱横陳。是時知祥已僭號，隔閡不與亡唐親。田况宋臣戴天水，特缺恒字尊宋真。綜言蜀學冠天下，文翁高联皆槧人。孟昶風流狎花蕊，經學乃亦知梁津。健之嗜古世所罕，所得紙本渾如新。文莊惠政感巴蜀，口碑鐫刻逾貞珉。歸裝只此他可想，帥臣原自宜清貧。作齋收貯徵我畫，寶貴乃與璆琳珍。經年不歸負諸責，憐我馬牛非閑身。作圖既竟媵長句，此齋已污元規塵。

與李畬曾同年夜話感成一首

不圖再見在長安，各把鬚眉仔細看。述舊事同前世幻，愜心人數晚交難。稍能近酒偏防病，累約尋山竟畏寒。永日清閑無計耐，轉尋餘味到微官。畬曾言閑中心緒潮起，轉不如在官，有公事牽戀也。

精忠柏歌爲程伯葭作

己亥庚子居杭州，娥井累過垂楊幽。風波一亭委荆莽，高棚扃鐍風颼飀。突兀古幹見斷柏，含真抗立超凡儔。赭賊安識忠毅魄，熊熊頑焰燒天遒。鬼神呵守那能燼，較以精鐵仍難侔。文宣廟柏斫侯景，都官從賊(如)〔加〕虔劉。栫生再宿徑數尺，争言西瑞歸神休。精靈所附均不死，神物况爲精忠留。柏堂咫尺孤山麓，亡國莫掩哀陳羞。寧若吾王報炎宋，樹木托庇同千秋。佳種寧自閬陰出，稚苗不向陘山抽。程侯好古世所罕，嚴防聚燎成薪櫄。載歸岳廟羅前殿，逐段分體馱雙牛。鐵象非鐵柏乃鐵，恨無餘葉加媪頭。

用《幽明録》事斥秦檜妻王氏。

自徐州看山至浦口 乙卯

心上江南日往還，今朝真個破愁顔。通宵詩思偏無月，數里徐州早見山。頳緑尚饒秋望美，片雲如傲旅人閑。群喧静後潮初上，坐聽江聲過下關。

至滬上居夢旦寓樓，感懷媿室不已。居十日且歸，留呈夢旦兼懷子益

士林萬口説梧州，節義文章到盡頭。賢弟得名寧易事，江南相見適殘秋。真看許掾全家樂，也學東坡十日留。惆悵有人方在使，寄身雲海路悠悠。

過海藏樓呈鄭蘇堪

不履京華近五秋，居然身世是梨洲。老來鬚鬢仍當日，海内文章僅此樓。餘痛還爲天下惜，先生真解死前休。陸沉彈指無多日，却幸匆匆續舊游。

喜晤濤園又言别

當年老猛今遺老，海上相逢話故林。流寓真成栖隱地，先皇早鑒謁陵心。艱危不死天非靳，酸梗無言味轉深。明日别公過建業，霜風又向鬢毛侵。

下關寓樓望鍾山隱然，而蘇堪故居即在其下，賦此奉懷蘇堪，即題其集

望裏鍾山勢鬱蒼，却從月下想濠堂。欲尋前迹無三里，别築高樓已十霜。溪水還留曾照影，櫻花久作避人香。善夫儘有傷心語，那復傷心似海藏。

余每作一畫必草一絶句於其上，二年以來作畫百餘幀，而題句都不省記，强憶得卅首，拉雜録之

道人種竹滿霞洲，七月新凉似晚秋。記得四更凉雨過，居然披上木綿裘。

閑中潑墨學清湘，湘水空明楚雨凉。堤下吴船方夜泊，瓦燈漏出一絲光。

暮色蒼然滿竹園，晚潮剛没釣魚磯。江樓棋罷刺船反，不道林鴉先我歸。

一曲鴛湖烟雨樓，仙仙飛絮滿樓頭。游人來去湖光裏，但解醲春未解秋。

一白兼天净不埃，岩扉寧爲俗流開。人生冷暖真常事，我自韶年卧雪來。

小幅經營仿石濤，夕陽多處布帆高。此間不是西台水，有客蒼凉似謝翶。

身是台江老釣家，魚竿長日拂楊花。收綸問我何消遣，尚有樵青竹裏茶。

十四年中過御河，楊花陣陣水微波。秋來滿眼傷摇落，愁比涵元殿裏多。

昔年湖上看廬山，不到開先鼓棹還。收得空青入詩夢，水聲長在枕頭間。

繞屋松篁山氣寒，開軒長日據床看。年來縱有徵書及，却自迴翔惜羽翰。

新詞我笑張春水，欲浄花香作麽生。争抵道人空色相，長年只聽出山聲。〔二〕

粉本新翻戴鹿床，碧雲摇曳竹間莊。故居憶在蓮塘路，盡日楊花入草堂。

昆明湖水罷宸游，今日湖心許蕩舟。哽咽豈堪談艮岳，一分柳色一分愁。

漸近南漳景漸奇，蕭蕭雲竹合蘆漪。秋風徐動秋衫薄，忍着新寒聽畫眉。〔三〕

老樹無聲水不烟，危峰一白欲窮天。任他砭骨寒威重，不到袁安卧榻邊。

驀然失却碧芙蓉，雲出山來白萬重。不管人間方待雨，只從天半作奇峰。

眼中風物似三吴，傍水銀墻柳數株。五尺瓜皮年少女，盈盈到此納菱租。

江上安居四十年，開門逐處水淇鮮。心頭未蓄風波險，一任蒲帆向那邊。

風際簾紋水際簫，畫船暮暮復朝朝。紹興當日宸游地，今屬蘇堤第幾橋？

夾道松欹和尚碑，禪房雨足棗花肥。清鐘本醒人間夢，偏在人間未睡時。

〔二〕見於題畫，「新詞我」作「平時頗」，第三句作「争似道人無住着」，「長年只」作「間中静」，款曰：「大凡學古人，求其似當求其不似。余瓣香海山，下筆時又力避海山。若一點一畫亦步亦趨，即使能肖亦古人之應聲蟲耳。此幀反玉田詞意，經三月而成，請瑞霖先生雅政。畏廬林紓并識。」

〔三〕見於辛酉冬畫作，「蕭蕭雲竹」作「垂垂弱柳」，「新寒」作「新凉」，并注：「余在杭州，每逢秋中必至西溪之葦蕩，即南漳湖。土人稱蘆花爲羅蓬蓬。余輒停舟其間，日暮始反。」

面面溪光入武夷，僧寮何處不宜詩。尤宜雨細風輕際，竹轎中間睡片時。
瓦溝昨夜見微霜，清曉西風拂面凉。屈指已交萸菊候，山房準備過重陽。
連日秋陰欲雨時，鱸魚逐隊過清漪。人生得釣桐江水，不着羊裘亦可兒。
迴首瓊河五十秋，當年雛髮尚盈頭。柳花陣陣飄春水，逃學偷騎老牸牛。
破寂惟聞兩部蛙，四圍純緑竹交加。飯餘投食小池上，突見金魚穿藕花。
木落山空入暮秋，秋聲莫撼最高樓。命宮誰似山人健，坐聽松風到白頭。〔一〕
凉雲陣陣拂鞭絲，谷迴烟深日上遲。行近劍門吟漸苦，一程山色一程詩。
碧柳紅橋盡日風，輕漪倒影上簾櫳。江南只願長無事，留點春光待寓公。
蓮塘有客作田居，臨水垂楊畫不如。五尺山僮無個事，長年走束借人書。
長松落翠蔭山家，清曉溪雯薄似紗。遙想故園春半後，輕烟焙出女兒茶。

丙辰清明四謁崇陵禮成志悲

黃霧潛消日向晨，薄寒凄斷謁陵人。殘年自分無餘望，巨變都疑有夙因。聊藉清明伸一

〔一〕見於乙卯畫作，「木落山空」作「萬木蕭疏」，第二句作「披襟獨坐水邊樓」，「山人健」作「山人冷」，「坐聽」作「静聽」，款曰：「乙卯嘉平之月，曉籟先生大雅屬正。畏廬林紓并題。」

慟，幸憑靈爽鑒孤臣。先皇遺澤何曾歇？松栝青青媚晚春。

宿葵霜閣贈梁節庵

四年兩度面葵霜，陵下衣冠泣夕陽。枯寂一身關國脉，暌離百口侍先皇。遑從竹帛論千古，直剜心肝對五常。眼底可憐名士盡，那分遺臭與流芳。

咏史

閉户經月，心緒惡劣，無一寧日，偶然憶及史事，即作一詩，拉雜無序，盡拾而藏之，不能名之爲詩也。

孫竦媚王莽，瘏口請建儲。吴章傅王宇，深爲衛宗虞。處人父子間，善惡何懸殊。宇也望幹蠱，洒酒丹楹間。譎諫托鬼力，妻子竟駢誅。意本念家族，决策良非疏。頗勝朱梁兒，剸刃爲李猪。海宇且未定，争立一何愚。化家爲國難，恩信恐未孚。奈何作呵殿，坐令人軒渠。

其　二

新室爵五等，爲數近八百。躬桓雜蒲珏，寵賚無虚日。蟬貂賤如狗，邑采劃圖籍。諸侯受月錢，乃食庸保力。漢氏豈如此，常節敢進陟。李廣躬百戰，老死盼爵邑。衛霍僅得侯，况復屬外戚。物稀始見貴，次亦按資格。區區賣餅兒，位乃司空逼。傖荒競符瑞，斯養濫詔策。千載仍顰效，一笑生嚱逆。

其　三

甄豐死剛强，王舜死驚悸。豺目張虎吻，二子焉得避。豐死寧以罪，息息患立異。舜也即幸生，終設亞夫胾。初念助宰衡，非必覬神器。莽勢既已張，凶力生内㬥。助逆自取病，强死誰所致？就賊乞富貴，終竟挾疑忌。豈第爲滅口，勢逼寡全地。不見胡惟庸，鳩死劉誠意。

其　四

孟堅叙劉歆，不願莽居攝。既思圖富貴，兼欲葆名節。孰知泉陵侯，發議震朝列。謝田益崇扇，左右日牙孽。子駿畏劉宗，臨議頗中慴。無如羽翼成，帖耳聽篡竊。文人惜徒類，曲筆故吞咽。歆罪寧止此？母子義先絶。堂堂功顯喪，去斬議麻葛。天性固已涼，何妨肆媒蝎。文采寧足恃？凶穢浹肌骨。咄哉眼中人，經術吾豈屑？

其　五

相衛敢逐帥，實始裴志清。薛蕚既見逐，遂有貝博行。承嗣利其來，洺衛大鏖兵。孰知五十年，見劫史憲誠。何羅踵覆轍，攫取如挈瓶。自視一羌秋，寇死賊復生。盧龍三逐帥，一姓唯淄青。割據代封建，謬言拱神京。争端既已開，海宇焉得寧？嗟我匪杜牧，罪言誰復聽。多恐神州土，盡化朝鮮氓。

其　六

邦昌篡孱宋，僭妄竊鐘虡。博文草赦書，敢作欺天語。歷數侈有歸，謳歌惜已去。淮南歃血盟，邦昌始恟懼。持書詣濟州，後恭失前倨。孔子本尊周，紀信直誑楚。謬説用自圓，求免齒刀鋸。僭號固有讖，妖夢豈無據？坐乘太上輦，二馬爲之馹。燕山受僞册，禁物恣服御。二馬果如夢，妖徵等劉豫。入夢豈即真，出夢足發噱。妄意覬非分，終竟作公路。

其　七

敬冲善屬文，未愧宏微孫。抗節何錚錚，不趣鳳莊門。時議兩稱許，二謝分陽尊。梁台既以建，未嘗舍丘園。温詔除侍中，無羨冕與軒。一旦詣雲龍，隱士翔九閽。不肯阿齊高，偏復叨梁恩。船山論敬冲，極口斥耄昏。謂爲子弟逼，舐犢滋愛根。愛根日以深，廉恥寧足言？陷親以不義，劣子真犬豚。

其　八

淵明與靈運，晋季稱能文。典午未易姓，拂袖歸田園。靈運遷衛率，憤惋日上聞。出爲永嘉守，山水携琴樽。桃墟事一發，徑以重辟論。作詩比子房，自信何斤斤。淵明獨靖默，蕭然事耕耘。靈源記桃花，抗懷秦人村。劉宋即秦嬴，天紀爲之紛。甲子守義熙，抵死心故君。陶謝均名流，於此妍醜分。富貴直須臾，故爲戀斜曛。把酒吟陶詩，頽然已微醺。

端午書感

佳節偏遭亂，未堪親酒杯。瘵深悲國力，惡稔構天灾。畫角連宵咽，觚棱盡日埃。陰風起西北，回鶻趁人來。

作前詩竟突有所聞悵然復成一詩

熏轑疑無已，蕭然亦蓋棺。吾曹得性命，若輩弭凶頑。列傳追苗傅，貽謀失老瞞。漸台何寂寂，竟免解衣冠。

段上將屏從見枉即席賦呈

乍聞丞相徵從事，果見元戎莅草堂。九詣誰譏劉尹薄，一家未爲武安忙。到門鑒我心如水，謀國憐君鬢漸霜。雲霧江天長寂寞，何緣辨取客星光。

感　事

緹騎紛紜作急裝，行看玉石爇崑崗。吉徵早爲諸君哭，大索仍難十日藏。竟有朱家全季布，幸無王允坐中郎。頗聞朝議加甄復，或不横分及老蒼。

偶　成

生平自笑作詩痴，海内投書謬見知。文字何曾真有價，乾坤試問此何時。老來早備遺民傳，分定寧爲感遇詩。兩字綱常還認得，仍將語録課諸兒。

馬來半島白、李二君忽以書來詢余年，書言社中人有謂余年三十者，有謂倍者，紛争不决，實則余年六十有五矣。既以書報二君，作此解嘲

海外迢迢致尺箋，六身二首衆疑年。回頭頗惜青春遠，無計能逃白髮鮮。敬儼受徵偏未仕，《元史》敬儼六十五請老，尋徵爲學士。巫炎粗健不求仙。《神仙傳》巫炎對武帝：「臣年六十五後得道以來，乃如壯時。」静中但學安心法，扇獎由他一莞然。

寄石遺福州

長安扇暑風，市塵翳尋丈。兒女趣園游，偶出意頗强。時彦集若猬，聒耳故扇獎。塵狀挾傖語，白日接魍魎。觸之輒頭痛，戢足禁交往。石遺書斗至，令我發遐想。明月照流水，夜撃西湖榜。雛柳纔敷陰，尺葦若成蕩。亭榭固非多，受月頗宏敞。脱衣去靴襪，船卧至蕭爽。閉目擬蹇態，幻境出俯仰。妒絶詩人福，羈客豈堪仿？昔我居瓊河，繪春園半蕪。種芋拔梅花，斫竹闌鴨雛。丹荔幸無恙，盈盈絳羅襦。積渴久思甘，天海爲之區。石遺獨飽啖，口福誰則如？方回非常奴，絶技能烹魚。供養萬書堆，用此酬勤劬。我但食餺飥，誰復憐清癯？

年來詩力堅，脱手難顛撲。恣爾所欲語，初不患屑禿。章句加絺繪，輕若被紗縠。近詩和耕楳，飄然墊巾角。自關功候永，無罅足尋目。海藏貽近著，灑灑富篇幅。雜詩尤工妙，燈下恣百讀。時時見渟蓄，道貌日矜肅。蕭條龍州作，鬼氣出篁竹。白蓮清夜明，足爲阮亭續。持以較石遺，莫辨絲竹肉。同譜獲二妙，襟靈冠閩越。韓孟真雲龍，拭目看追逐。

八月十三日媿室生辰，余以酒脯祀之春覺齋三年矣。是日陳弢庵、卓毅齋咸集爲禮

闃寂音塵久不歡，三年空自薦杯盤。尊前還信先生健，地下應知世局難。勝會雖非留影在，國憂到此待誰寬。蕭齋三兩詩流聚，寧作中秋雅集看。

晨起寫雪圖有感因題一詩〔一〕

十年賣畫隱長安，一面時賢膽即寒。世界已無清白望，山人寫雪自家看。

又一首

裊裊春風蕩柳絲，湖波嬌軟晚春時。記曾三過頤和苑，别具心頭一種悲。

十月廿一日先皇帝忌辰，紓齋於梁格莊清愛室，五更具衣冠，同梁鼎芬、毓廉至陵下

模糊陵樹尚如春，巷陌鳴鷄漸向晨。車馬仍隨殘月影，衣冠竟類早朝人。依依先帝疑非分，孑孑餘生恨不辰。五度隆恩墀下拜，失聲慟哭兩微臣。

〔一〕亦見於《一四七畫報》1946年第一卷第五期《林畏廬題畫詩》中，「賣畫隱」作「爲客住」，「時賢」作「諸侯」，「清白望」作「乾净土」，「寫雪」作「畫雪」。該文曰：「所云『一面諸侯膽即寒』者，乃指段芝泉祺瑞也。因先生以徐又錚介，合肥一至其家，而彼此談則齟齬。是畫之成，正斯時耳。」

謁陵禮成視毓清臣廉

揮涕澆陵樹，驚心捧御筵。與君合私慶，何福竟瞻天。白首酬恩晚，丹心到死堅。謁陵今五度，兩度對床眠。

《平臺春柳圖》爲詩社諸君門詩而作，即題其上

平臺柳色緑冥冥，柳外還施九子鈴。華殿流塵長日掩，偏生婀娜向人青。

雪中懷石遺却寄

朔風吹雪遍金臺，遥想鄉園梅已開。懷舊頗傷臨老别，對燈滿望寄詩來。艱危共閲無窮事，彼此還存未盡才。更莫消磨鉛槧裏，西湖端可置吟杯。

周松孫下世六年矣，停棺蕭寺，余爲經紀其葬事，飭其子爾龢送歸，臨奠愴然賦此

不爲談詩葬善夫，區區舟麥敢言無。一生郎署寧論命，六載荒庵始出都。未了事惟刊剩

稿，萬難忍是送遺孤。知君此去無他戀，定爲崇陵泪眼枯。周君臨命之前一年，曾入侍崇陵醫藥，歸後哀痛無已。

少帝頒御書「烟雲供養」春條紀恩一首

琳琅宸翰出重城，感激銜恩涕泪横。雨露那曾偏小草，烟雲今足養餘生。從來天語不輕錫，自問布衣無此榮。檢得同光舊衣頂，望空泥首嚮乾清。

喜李畬曾病起天津賦此代柬丁巳

雪後深窗憶舉杯，幽痗未必即爲灾。人難百歲常常健，病逐新春冉冉回。豈藉奇方纔得驗，但憑陰德早無猜。陰用丙吉事。芳園不日花如織，好趁輕車破曉來。

宣尼

宣尼綜大道，未聞闢老子。至中無可偏，皓皓莫尚已。韓愈師孟軻，擊掊自是起。闢佛亦殊淺，所争特尺咫。大顛闡微言，動色未敢詆。君子貴躬行，寧以口舌市。近人競教宗，萬聲崇闕里。畫地局聖域，吾莫測所以。大道吾軀命，嚮背决生死。佛老雖雜傳，附身直虱蟣。悠悠四千年，聖言不爲靡。小儒過幽陋，轉以教宗擬。燔柴助日月，愚闇乃爾爾。

過圓明園

清華水木麗，圓明臺殿渺。同居春氣中，風日忽荒悄。草根枯黄瓦，仍見重垣繚。怪石尚歷落，僵柏自夭矯。寒灰壞殿基，愴惻數迴繞。清漪久乾涸，那復偃芠蓼。顯皇昔駐蹕，千官侍清曉。西師搗析津，南寇竄江表。劫火聯暢春，三輔被窺擾。鼎湖悲甫殺，頤和構臺沼。高樓上切雲，雲端王母笑。興亡亦轉眼，遺民忍臨眺。閉門如連昌，永日閟風篠。殘狀較勝此，狐鼠夜騰嘯。掩泪上馬行，迴頭望殘照。

酬夏劍丞見贈不步原韻

眼中數詩流，吷庵吾所許。極力追宛陵，步不間累黍。賞狎忽及我，駑朽竟何取。詩中論迻譯，乃述抱冰語。昔公鎮南服，廣厦覆寒窶。偶然得吾文，評騭近齟齬。生平避宰相，未敢學韓愈。卅年聲迹絶，臨奠及槐府。去歲面西華，謂其季子燕卿。蕭閑行踽踽。長安多故吏，誰復加收叙。吷庵同我貧，談引或見拒。捶膺愴國老，前頗任艱巨。元翰既凶獰，道子亦竄腐。梁木朽一夕，棘矜奮三楚。公固非知我，念公泪如雨。海藏類杜陵，臨老觸嚴武。呋庵尤鯁訐，《新唐書》：鯁訐不避宰相。黄鐘雜大吕。貶素笑到摀，恐禍無乃魯。抗節能見容，終竟勝黄祖。君我志事同，酬詩掬肺腑。

挽李畲曾同年

老來死是尋常别，冷眼觀空轉不悲。得藥剛傳三日愈，慰情枉寓一箋詩。遺言着意惟祠祭，預兆無心及墓碑。去年君自言今年六十壽，不徵余文，但乞生壙一銘。爲想銘旌南下日，新阡桃杏正開時。

得和軒書言將自裁

絶命詩從天外來，故人揾泪讀千回。謀家不遂遑言國，舉債無門豈有臺。飢渴既難將我恃，窮愁奚止爲君哀。尺箋欲報詞難就，卧聽西風睡眼開。

題退思齋畫影

沈君集畫成畫史，開卷即見吴道子。吴生雲輂貌天帝，畫苑餘事乃剩此。自唐及宋均名筆，宣和御墨尤觀止。景陽宫裏軸五百，蝨蟫飽飫澄心紙。陳伯潛爲余言：景陽畫藏五百餘軸。道君長卷仍幸存，筠從州上人長己。鬅松細筆貌毛君，蘆花十頃斜陽紫。道君卷約二丈餘，中有仿漢毛延壽畫老松枯其半身，一黄衣人放棹蘆中。道君自跋云：漢毛延壽以畫待詔掖垣，吾得其《秋江静釣圖》，氣格清峭，理致深遠。試作小景，狀其閑雅之趣。書法亦奇秀動人。人間竟得饜塵眼，螺江太保取詔旨。梅花道人更奇警，玄宰長江寫萬里。以上諸軸皆伯潛假從景陽宫者，吴仲圭二長卷，精妙無倫，而香光之《長江萬里圖》，墨氣尤非近人所能夢見。周臣亦有《長江萬里圖》，均同時假得者。飽觀竟日未臨摹，胡敢蠅頭書紙尾。寧似塞翁簡遺逸，真本丹黄恣描擬。伯幾真迹最珍異，林巒秀出涵烟水。塞翁言此幀最貴，余觀其輪廓似閻立本，然閻畫參以粉赭，實爲余生平不經見者。貞居别字亦伯雨，收藏不後英光米。張居貞亦號伯雨，藏畫多。倪雲林時主其家。古今人固有相類者矣。黄君號與貞居同，賞鑒名家差可擬。塞翁云此幀假自伯雨，黄君初未謀面，然元之李。嗟余簡率無可道，四聖源難探祖禰。吴生搨本果見賜，問津或可從此始。

春日齋居 丁巳

燕子飛飛傍小堂，沈沈不放出簾香。却從寂寞生詩思，漸近清明見海棠。酒盞固難離客子，餳簫還自憶江鄉。地爐撤後羊裘解，坐覺墻西日影長。

寄題石遺皆山樓

卷簾是處是青山，目力曾無片晌閑。何用四時將竹轎，居然萬緑滿柴關。我疑清福歸前定，天許先生隱此間。一事最饒人健羡，看山兼看鳥飛還。

題《林亭圖》

七閩濱海成殊方，吾祖實若開洪荒。殿中君更負絶藝，追逐虞褚名中唐。蘭亭繭紙入秘府，弓劍同付昭陵藏。殿君書脉紹智永，豐妍婉約追二王。宣和收攬竭海内，墻帙林軸生奇光。金源鐵馬沸汴水，秘笈乃逐腥風揚。此帖若有神鬼護，片紙乃未蠡蟫傷。香墨搨本已難得，况復真本披琳琅。徐君好古世所罕，構亭置石留江鄉。當時此石屬江氏，今刻或者還維揚。裔孫再拜展遺墨，緬懷祖德神彷徨。圖亭紙上未云遂，刻石願附林亭旁。

遣懷

甚處桃源足避秦，一時海内遍囂塵。天心早分開棋劫，醒眼偏教溷醉人。藝苑聲名身外賤，家庭滋味難餘真。那知焦慮陶心後，猶夢花前岸角巾。

叔節先生善余，前後共事學校八年矣。乃三年之中三更巨變，顧叔節有田而不能耕，余無一椽之庇，况乃田耶？作此調叔節并以自調

天下争傳姚氏學，八年聚首向長安。文名盛極身何補，世難嘗深膽共寒。永日戀田偏在客，經時修史未成官。較量終勝閩南叟，江上無家把釣難。

感事一首再寄姚叔節

四海腥風沸虎狼，那能奢望及耕桑。黨人本不談廉耻，藩鎮居然定紀綱。仍有雄渠窺蜀道，豈真天意爇崑崗。灾消穰至知何日，君我寧非燕處堂。

五月十三日紀事

袞袞諸公念大清，平明龍纛耀神京。争憑忠愛蘇皇祚，立見森嚴列禁兵。天許微臣爲父老，生無妄想到簪纓。却饒一事堪圖畫，再盼朝車趣鳳城。

閲報有感

儀同端首各分官，起廢除新印再刓。孤注一拼博盧雉，大家共夢入邯鄲。據鞍忍效杜荀鶴，賃廡仍成梁伯鸞。日夜神靈盼高廟，莫教烽燧近長安。

述懷

吾生一鈍奴，目瞶鬢髮蒼。但識恩主人，初不知炎凉。盛時百花開，簫管鳴高堂。衰時風雨哀，遺構委路旁。車馬過無人，高柳披銀墻。奴也尚依依，曝背蹲虚廊。寧復醜貧窮，飢腸甘粃糠。一旦聞鳴騶，燦燦皆駿良。叩關呼主人，黄金盈佩囊。孤注邀一擲，飲博期千場。轍魚惜枯鱗，戰馬思舊創。蠹木天假年，再移根已傷。傷根即傷心，感涕摧衷腸。願捧杜陵血，醴泉飲鳳凰。

獨坐讀杜詩

身世原非杜拾遺，凄凉偏讀拾遺詩。許身稷卨終何濟，滿目瘡痍儘可悲。杜宇巢空誰與哺，彭衙道險我安之。時避亂者多出城，予未行。迷離一夢匆匆醒，仿佛重開紫極時。

送道郁

憶昔我避兵，爾態何舒適。呼車駐深巷，趣我檢載籍。西開樓五楹，柴門涵水色。倚窗理針綫，米鹽自區畫。今年再避兵，汍瀾不如昔。意似憐我老，雙鬢已垂白。我自戀積書，聊且守故宅。寄食久依我，況有貧窶戚。我晨親畫幛，晚亦事迻譯。得錢市薪米，爲若兒女力。定武言尊王，心本異謀逆。建威不嗜殺，念念在蒼赤。雖處圍城中，鎮静若磐石。亂定不經月，爾且安眠食。

五君咏

張淵静、勞無功、胡瘦堂、温毅夫、李梅庵，皆余友也。有詔徵之，未至而諸鎮兵已臨城矣。

淵静稱鯁亮，臨老卸疆寄。避難隱淶水，食貧甘鹽豉。項城起無功，死抱故君義。作書詆共和，攻者不爲地。二子持峭行，弗奪平生志。淵静幸數見，義憤累攘臂。詔徵温胡李，璽書同日賁。瘦堂隱廬阜，朝夕饜山翠。去年吾謁陵，毅夫適南至。命寫拜鵑圖，言中已見意。潛樓與大政，極力務羅致。搜獵及梅庵，敦趣易道帔。讀詔頗驚嘆，引棹豈寒細。淵静甫治任，烽烟已如沸。鄱陽湖水遥，庾嶺雲容遲。温胡定一笑，再衣吾荷芰。

賣字獨幸勞無功，竟爾周南滯。其中詎有天，完此瑚璉器。吾測李道士，江樓方取醉。賣字日得錢，萬事且決弃。等我隱畫師，安足膺重畀。成此五君咏，觸忌寧所畏。

訛傳江杏村侍御削髮爲僧感賦一詩

杜陵天寶亂，寄迹贊公房。何若披緇去，茫茫奚所望。肝腸無地熱，花竹有餘芳。定卜經聲裏，含凄薦景皇。

五月廿四日晨起，聞巨炮聲，知外兵攻天壇矣。天壇定武軍所屯處鏖戰自卯至未，五時始略息，而東華門及煤山亦同時舉炮。市上聞兵車轆轆聲，寂無行人。飛彈過余屋頂，其聲蚩然。余凄然，懸懸於宮中，因拉雜成此長句

夜色模糊天欲曙，窗户震震炮聲舉。夢中已辨定武軍，果以孤豚齚乳虎。祈年殿外千歲柏，森嚴扃鐍若禁篽。三千健卒竟入居，釃酒割鮮置竈釜。外兵啣躡起深黑，潛若狸狌撲窩鼠。雉堞列炮盡内向，主兵上仰客則俯。御碑壇樹半濺血，呼聲動天過項羽。連環如聽鴛鴦銃，巨彈錯綜間三五。是日奇酷汗氣蒸，遥想血花噴紅雨。南河火爇東華門，

朝車當日攢文武。六年讓政久相安，奪門失計危冲主。人心囂動萬卒叫，區區乃用千夫禦。煤山置炮亦何濟？流彈入宫過伏弩。群奄奔走衛三宫，少帝倉皇籲列祖。我處圍城屹無動，祈天願勿驚鐘虡。爲君爲國漫不計，但覺眼鼻自酸楚。此軍再挫清再亡，敢望中興作杜甫。

王碧栖先一日馳書趣予出城，言不行且悔。余謂義不當行。午後事定，作此寄碧栖

不審吾何意，遲遲戀國門。早經聞戰訊，果爾踐君言。地震炮聲驟，塵昏突騎奔。池魚幸無事，啜茗坐楹軒。

津門晤張小帆中丞感賦

蒼黄無泪洒金銅，淵静齋頭拜寓公。小别三年疑隔世，破空一語問移宫。寒潭雪沍難爲浪，高頂雲孤不任風。且幸蒲輪遲上道，天留餘地待孤忠。

寄葵霜

信君終始如程濟，老我畸零類謝翺。同戀餘明對殘月，不知苦語近《離騷》。剖心還愧酬恩薄，毓德常疑責地高。凄惻那堪談往事，西清悵望首重搔。

可嘆

非分秉大權，往往發奇想。矧乃自除吏，驕狎因傲上。乘亂愈得間，洸洸日張王。開府等分藩，坐擁十萬仗。斂奸類玄默，矯退恣欺誑。天心開機栝，朝局敗死黨。童昏專黜陟，薄海失宗仰。聚兵伏江介，鬼氣嘘魍魎。左右從所可，影和雜慨慷。反側收兩利，大勢據握掌。螗蜩沸議郎，貔虎奮列將。遂興淮徐甲，輦道滿行帳。歃血受私盟，奪門覬上賞。愁雲黯鳳闕，兵氣生馬廠。脱然仍無與，㦬牒語惝恍。京輦局再翻，南面姑三讓。既收漁人利，粗才笑操莽。翟讓處肘腋，那復縱牙吻。殺讓患非義，縱敵差自強。衡湘疥癬患，潢池豈狂攘。和戰日呶嘵，貌仁語則妄。懷光討朱泚，聞畔豈惆悵。逐帥陰所使，藉以撤礙障。楚氛日以惡，割據語無狀。揆席寧虚懸，病叟且入相。集議申天討，神兵運意匠。朔武與古通，久已氣凋喪。既無踰度方，恐有倒戈鄉。驚魂甫守舍，轉瞬覯亂象。傷時泪眼竭，閉户徒感愴。

憶昔

憶昔廣德初，河北置節度。田李均椎埋，奏留出僕固。是歲分諸州，魏博曁澤潞。太阿始倒持，兵柄各竊據。平盧竟逐帥，賜名獲異數。疆臣膽益恣，動即奮武怒。山東最虓闞，牙兵成宿蠹。弘正偶入朝，微復識當宁。悠悠五十載，怪若鷹在篘。脱令柄政要，哮噬寧可禦。動必如今日，侈然竟臨御。自饒一姓樂，豈恤四海詛。那知挑衆讙，救亂手莫措。若聞劉黑闥，鉏菜作酸語。

貪兵

悍卒可拊馴，貪兵難處置。狼嗛豈易實，一噬靡不至。朔方富健兒，能步亦勝騎。撫馭果獲當，劣馬或就轡。南士徵項城，符璽待面致。忽虞墜樊網，悚若魚畏餌。規避既無方，破空出奇智。縱兵掠京輦，留身爲之備。狙譎安可馴，舉軍競冒利。肆劫刑莫及，投械事若戲。大將即弃軍，身不面獄吏。堂堂荆楚師，討叛標漢幟。不戰自崩角，糧仗盡决弃。鐫詰既苟免，昵若驕寵嬖。潰集咸自如，安能奮鬥志。潮汕已破裂，吴鄂咸坐視。

奪便但自私，堅對或恐疐。宰相隱巾幗，尤難語敵愾。感愴尚何言，但有委天意。

諸將

均勢无弗争，同利惡相長。等閑據大寶，諸鎮已怏怏。滇桂本幽陋，莫厄天下吭。得蜀方張王，平楚始敖蕩。瀘叙既見挫，卷甲巴渝向。蜀江割天險，意在蹶上將。全蜀方仇滇，蹈利毋乃妄。所幸范王軍，弃楚徑遜讓。窺鄂必收岳，盡鋭方北嚮。吴帥麾羽扇，開壁納祆黨。截江止援師，荆襄聽擾攘。連和豈厭兵，玩國若股掌。縱敵圖自便，頗蓄擁戴想。陸氏豈人下，氣已吞兩廣。石勒欺彭祖，僞謙日扇奬。得間即兼并，恐不留尺壤。徒涣北人心，坐受南軍誑。燕齊合豫皖，相持作鷸蚌。戰士巢車行，和議國門榜。是非莫適從，萬聲詆樞相。安解當軸意，半壁撤屏障。劃淮互相帝，彼此咸釋仗。肘腋未穩貼，詎即安匕鬯。詔令日反汗，上慢激下抗。内患生腹心，惆悵我安往？

十月廿一日六謁崇陵禮成志哀

匆匆六度西陵哭，五夜衣冠起踐冰。入望御碑空有泪，經時殿樹漸成陰。天高難問滄桑局，事去寧灰犬馬心。凄絶胡僧仍梵唱，臨風忍聽海潮音。

恭題黄忠端獄中所作楷書長卷

九死還疑未報恩，忠魂仍盼轉乾坤。恨聲空咽清漳水，遺墨長留碧血痕。隆武不終原氣數，遼陽何物却生存。洪遼陽與公同里閈。甲申壬午三年耳，忍聽啣悲出國門。公於崇禎壬午二月九日領戍出辰陽，後年即甲申。

題劉葱石參議彙刻傳奇

雙雷閣上檢陳篇，逐一都宜付管弦。揾得無窮天寶泪，江南不遇李龜年。
傳奇叢刻本奇觀，未得承平寶筏看。聞説宫中簫譜盡，空留供奉跳靈官。
校書微撇綉工夫，面面紅窗柳萬株。絶代暖紅偏未寫，當年但作枕雷圖。暖紅，參議夫人軒名也。

題顧端文領解墨卷

四圍山色謁陵歸，車上傾談對落暉。秘笈琳琅商贈我，端宜珍重作龍威。
東林崔魏不兩立，天啓亂乃逾萬曆。叔時存之皆人豪，千秋正氣歸無錫。端文逝去遺墨存，後昆寶乃逾拱璧。尚書經義聲琅琅，黜孔宗蔡出心得。龜山適傳豈易覯，精神貫此數行墨。吾鄉文簡亦健者，力忤權璫被羅織。廷對策歸小蘇齋，淋漓照眼墨花濕。匹此真成玉合子，我欲臨摹鐫以石。東林講學豈立黨，何爲抨擊無虛日。忠憲沉冤從屈平，天相端文脱斧質。楊左前驅周雷繼，盜憎主人盡死力。果知毒焰竟至此，福唐一書早秘惜。雖然于玉立黄正賓亦好事，坐使兆魁作口實。端文心終揭日月，光明豈爲風霾黑。復社再興君子盡，緬想前徽私嘆泣。

追憶

漸台未敗焰恢張，竟有徵書到草堂。不許杜微甘寂寞，似云謝朏善文章。脅污謬托憐才意，却聘陰懷覓死方。〔二〕僥幸未蒙投閣辱，苟全性命賴穹蒼。

〔二〕朱義胄《貞文先生年譜》卷二所録《七十自壽詩》亦收此詩，且此處有注曰「洪憲僭號，徵爲高等顧問。又勸進時，内務部以碩學通儒見徵，赴署署名勸進。余幸以病力辭，計不免者，則預服阿芙蓉以往，無他術也」，上句「謬托」作「陽托」，下句「賴」作「托」。

哭江杏村侍御二首

直諫何曾愧昔賢，偏當危局放歸田。早知破碎難爲國，自咽酸辛敢問天。迴首翰林官舍在，公由臺歸院。傷心觀德殿門前。崇陵奉移觀德殿，紓以布衣入臨，與公泣於殿門之外。可憐四世三公語，竟驗君歸後數年。

咽理吞言總失真，先生到死是完人。一心豈願歸骸骨，七疏真能動鬼神。既毁倫常憑作賊，幸存松菊足娱親。梅陽高隱圖應在，端恐溪山慘不春。

張魏公三省堂研歌爲馬通伯作

風磨雨濯不成紫，何人割此黑龍尾。云自魏公三省堂，伴公揮灑澄心紙。當時草檄討苗傳，泪痕迸入研池水。相隨揆席更貶所，寶如斷璧供棐几。是時玉帶生未胎，公早昂藏思國耻。殺端所失誤王庶，構趙不應聽吕祉。公之精神如玉石，奈何自玷留瘢痏。吾友桐城文章伯，近年買自長安市。錯綜五篆星聚奎，凋光發炯生研底。先生用此助纂著，勤若南安注《老子》。傳紀羅文玉局蘇，史修靈璧襄陽米。我囊銅劍不敢出，生平從未攘人美。

戊午正月沈崑三招同樊樊山、冒鶴亭、羅癭公、王碧栖、梁衆異、黄秋岳、李石龕集其寓齋，聽陳君胡琴、張君法曲。時賈郎、梅郎、姚郎、程郎均與席，梅郎亦度曲二闋。明日讀樊山詞，而癭公并以詩來趣和，作此答之

一曲燈屏集衆仙，玉盆棐几早梅鮮。居然四座生奇暖，難得諸郎正妙年。華髮深慚銀燭影，兵塵寧近綺筵前。風懷何似樊山老，明日新詞上錦箋。

題《明湖小隱圖》

東風吹恨上藤花，流水柴扉遺老家。時有濟南名士集，情懷總不似乾嘉。
疏葦摇涼月滿汀，明湖柳色似西泠。至今歷下亭如昨，身世偏非王阮亭。
吾鄉十研隱閩南，亦有藤花半畝庵。竟與詩人同樣本，畫樓斜日柳鬖鬖。

《諧趣秋陰圖》

内宴傳呼供奉班，歌台斜面玉泉山。匆匆記得渾脱音陀舞，弟子於今匪盛顔。

雙垂紫袖列昭儀，日午東朝出殿遲。新帕御牀龍衮侍，天顔憔悴有誰知？

徵歌恒在德和園，勸善金科張文敏所定譜久不存。御輦無聲秋草合，西風徹夜霽清軒。

秋柳蕭疏傍岸斜，一泓御水長蘆芽。八年玉笛收聲久，舊譜何從問月華？此指莊恪親王爲鼎峙春秋及忠孝璇圖也。

戊午十月廿一日景廟忌辰，紓於十九日至淶水，約毓廉同謁崇陵，宿其寓齋，即席賦贈

心嚮葵霜小閣前，先來淶水訪詩禪。毓之別號。驢鞍趣縣剛三里，龍馭賓天過九年。語到無聊唯對燭，事難逆料却憑天。明朝梁格莊頭路，一望觚棱一惘然。

廿日同毓清臣至梁格莊，居梁髯之種樹廬。時髯病未能興也，劉葱石參議繼至，賦呈二公

歲歲朝陵住此中，舊時日影射窗紅。翠華莫莅長年静，黄葉無情是處風。觸目飢寒憫陵户，回頭衰病念髯公。此來共揾遺民泪，三子寧云道不同。

梁髯構别業於種樹廬後之山麓，意將家焉。余登眺久之，即題其壁

乾坤納納此菟裘，攝取龜山一半秋。門側對龜山。無盡碧中辨陵樹，不多紅處出明樓。隆恩殿之樓曰明樓。豈關勝概安書劍，果得同心定唱酬。拊遍楹軒凄戀久，祝公宿疾早時瘳。

廿一日四鼓至陵下禮成志悲，于是紓凡七謁矣

山史天生哭攢宫，千秋藍本偶然同。一泓野水過羸馬，半夜朝房禮上公。時主祭者，爲奉恩護國公毓炤，字星階。人至謙謹。月黯却看鴟尾迴，殿深微辨燭光紅。丹墀風緊霜威重，萬種悲含九頓中。

戊午除夕皇帝御書「有秩斯祜」春條賜舉人臣紓記恩一首

螺江太保鳴騶至，手捧天章降蓽門。耀眼乍驚新御墨，拊心隱觸舊巢痕。一身何補皇家事，九死能忘故主恩。泥首庭階和泪拜，迴環恪誦示兒孫。

己未元夕爲兒輩畫燈作《蒼霞舊隱圖》

卅年舊夢此留痕，病婦從余住水軒。潮落偶然逢紫蟹，竹深容易入黄昏。此身豈卜長爲客，老母當時正抱孫。一水一山無恙在，眼中處處長情根。

哭高子益四首

質器高寒迥出塵，卅年投契識君真。佯歡似構難言隱，蹇遇寧非宿世因。從此散場無個事，那知同命有姬人。君姬孫氏聞變雉經，舌出矣，遇救得免。留將孝友精誠在，已是金剛不壞身。

焚香掃地日敲棋，官罷私居稍展眉。愛弟書來無盡語，病軀生悟不多時。營巢甫遂偏難隱，謀國何方衹自悲。昨夜夢中嗚咽醒，挑燈起草哭君詩。

當時持節使歐西，草草離筵君子齋。余餞君於畿輔先哲祠君子齋中。逆測歸期疑死別，痛箴狂病發悲啼。君把余痛哭，戒勿任氣。至今思之，心碎矣。寸心只有君能諒，老福何爲命不齊。檢取六年前小影，蠅頭細細尚留題。

都門逐歲祀梧州，兩度招邀拜寓樓。我代故人作生日，君含酸泪溯前游。衰宗昆季誰中壽？同輩年華亦暮秋。回首鑄龍堂舊事，不堪潮上到心頭。

卷　下

《金山奉母圖》寫寄冒鶴亭

孝子出詩人，奉親事亦韻。永嘉山水窟，僑寓幾一閏。凶愚方嘯引，流煽及縣郡。移棹向京口，盡室趁江運。丹陽據形勝，板輿遂吏隱。金山俯大江，勝概冠吴分。焦山集萬竹，送青作夏潤。烹泉奉老母，醇美過良醞。何必問詩力，年來定疏雋。題圖寓良友，和答或非靳。

《松根高士圖》爲成竹山作

高士非胡僧，何爲憩寂寞。愛此歲寒姿，遂以杖麈托。縣解悟道真，過籟若無覺。頗悔來時遽，閉籠未隨鶴。得鶴亦多事，閑賞轉執着。隨地極吾往，奚復用適莫?睇彼松上鼠，緣挽方鬥暴。人情傷刃靡，物亦競强弱。形化心與然，益足悟玄學。持是贈成子，彼此泯苦樂。

咏史

萬蠅凑輼輬，聚散蔑輕重。蹄心入老棘，良造失罄控。制人貴中要，能濟豈在衆。吴仇鐫越肝，覆載莫與共。深閟轉無事，舉國寡訟哄。萬目屬宰相，堂堂蠡與種。眠食邇薪膽，上下茹哀痛。蘇臺吴雲深，吴儂方作夢。越甲碎門入，胥眼且未涷。攄略先守瓶，聚哄直入瓮。明人惡周鍾，臨死却嘲諷。我死闖未死，殺我究何用？

其　二

喪地不遽亡，喪心患乃巨。醉人奮武怒，驟犯亦莫禦。所貴醒時力，百挫不消沮。抱仇入夢寐，仇深決無語。樂生吞全齊，所餘即墨莒。那解田單心，車也鼎能拄。韞火續餘明，刳心結殘旅。已作彭生豕，旋化牛哀虎。天奪燕惠魄，淫威尚究武。益堅齊士志，豈待聞鷄舞。本有七十城，不再講生聚。異族聽殘齕，堅對隱齟齬。哀實勝所券，耻則勇之母。孤齊視今日，寧待較土宇。法宜師田單，堅默勿暴舉。仇復會有時，拄杖日延佇。

己未重陽，張遠伯招同何南孫、閔葆之、沈昌生、楊潛安、羅癭公、湯定之、吴辟疆、黄秋岳、楊瑟君集龍樹院，余以事匆匆歸。歸後補圖，寓遠伯

天竺大比丘，厥號曰龍樹。作爲三種論，佛國侈名著。院以此命名，昔亦桑門住。積湫伏葦蕩，蛙黽哄朝暮。山光從西來，鐘聲出東序。微烟散疏柳，秋色何楚楚。鬼兵起道籙，名勝竟無主。逐僧𩀱佛像，三度易門宇。齋堂罷雲供，秋龕霽花雨。闌楯既一新，吾輩且游處。張侯此置酒，勝流一時聚。秋高葦已黄，在法當一炬。留樣殊非計，因是家狐鼠。吾侯實本兵，薙獮或有取。狂言發禪病，斬猫殊過舉。斬猫事見《指月録》。無佛面虚堂，合十作禮去。

己未十月八謁崇陵，齋於種樹廬，有懷髯公

百年臣子意，耿耿違寧居。薰沐謁陵殿，齋此種樹廬。髯公昔强健，入門聞軒渠。庭月若積水，澄澄侵庭除。除下多牡丹，隆土敷根株。月色故依然，琳琅映架書。髯公久病廢，跬步須腰輿。霜霰寒入骨，安趁西陵車。清(晨)〔臣〕偕余來，彼此相喁于。出門見龜山，斂翠何清癯。嚴風振赭葉，作勢隨人趨。聚首安得常，精誠宿所儲。三更鼓鼛鼛，肅然整冠裾。車聲入寒碧，墮月射棱觚。

謁陵禮成志悲

又到丹墀伏哭時，山風颯起欲砭肌。捫心賴有綱常熱，戀主能云犬馬痴。陵草尚斑前度泪，殿門真忍百回悲。可憐八度崇陵拜，剩得歸裝數首詩。

種樹廬題壁

四海瘡痍國病深，漂山衆呴躍邪陰。幸居人後存餘息，忍向生前昧宿心。不死已慚王友石，頻來枉學顧亭林。垂垂白髮寧云夭，張眼偏教看陸沉。

陵下書所見

出門駕敝車，犯此半殘月。槎枒高樹影，風過落木札。老檜迎人立，鬅鬙若晞髮。野水嚙車轍，沸白亦濺沫。陰燈出深黑，殿角露突兀。石柱標高寒，庫門漸軒豁。衣冠四五輩，朝衫掩裋褐。山風吹天昊，輕若飄夏葛。侍者進杯茗，十指積煤屑。圍爐吐苦語，妻子久不活。言次亦慨慷，盛道節庵節。并述山水暴，華表神橋折。流漫成巨湫，禮臣苦厲揭。我來藏車箱，竟未敗靴襪。此橋聞再修，山水屢潰決。既無將作監，陵制聽殘缺。憬然思泰陵，萬松接金闕。馳道平如掌，丁巳記展謁。盛時已不再，水衡孰頒發？皇室久赤貧，内家且枯渴。迴首望陵殿，酸梗徹肌骨。

贈同志毓清臣

清臣未愧清臣子，八度朝陵共短檠。家國已非仍抗節，心肝若剖豈沽名？久知永永無餘望，尚賴年年有此行。聞道買田在淶水，甚時卜宅與躬耕。

歲暮閑居，頗有所悟，拉雜書之，不成詩也

涉旬不出户，鄰右笑老懶。吾劬乃竟日，破曉已漱盥。據案讀蒙莊，清風張胃脘。見獨或未至，朝徹已在眼。陶潛頗畏死，悟道一何晚。生生乃不生，所坐在煩懣。不攖胡得寧，萬擾奚我綰。微笑踞藤榻，蠟梅開欲滿。

其　二

侵晨洗筆研，檐端明初陽。自拂琅玕紙，烟柳圖江鄉。點染數鷗鷺，蘆茁秋汀長。忽念

滄洲宅，月明竹半墻。離家二十年，轉眼成滄桑。閩州已破裂，歸路良蒼茫。山舟尚能走，守故徒自傷。懷鄉亦何爲？任化乃無藏。

其　三

憂貧夙所耻，邁妾乃同志。半生親藜藿，那復近腥膩。賣文稍得錢，服食漸侈恣。裘裳已在笥，魚蔬亦滿器。此決非我能，一一天所畀。饑民遍畿輔，仰首彼何冀。當思造化心，不必偏我至。杜白侈裘廈，踐願豈易易？邁妾固解事，時時助余施。錢盡還我貧，彼此泯怨詈。

其　四

宿酲曉來蘇，厮媪語嘖嘖。盛道某巨公，黄金賤瓦石。一瞑出不意，舍人竟剥蝕。嬴詘憑讕言，黑白翻僞册。死既莫之挈，生復爲誰積？吾心陋此媪，蠢不辨豐嗇。但取眼福豐，羅前萬萬億。死帶饞眼行，已足慰窀穸。耗散寧得聞，生前已娱適。積書正類此，林軸壓東壁。終年手未觸，羽化乃弗翼。不見皕宋樓，連艫入島國。

其　五

盛名如艷色，在在足招妒。但有日斂退，慎勿侈健步。泰頂捨身岩，石笋若刀鋸。一碎不可拾，死者莫知數。名高勢尤險，昂首萬目注。細事且毛舉，况乃攖彼怒。無罪尚鐫詰，孤立誰汝助。所貴無門毒，一宅得安處。游樊亦深韜，名感始勿慮。墐户全所天，安用槁梧據？

其　六

年來耆舊盡，吾始哭文直。林贊虞尚書。敬裕亦繼殞，沈濤園中丞。社事愈凄寂。子益骨肉愛，高林共休戚。嗟嗟望六年，薤歌動秋夕。拊棺已腸斷，逃眼避靈席。文忠復捐館，梁葵霜少保。震我若霹靂。世亂得早死，此亦關福德。極力自排遣，轉眼復悲瑟。怳然思莊生，特覺豈無術？但能念旦宅，或抵寥天一。

其　七

舉世盡荒經，人人咸坐朽。昌言一無忌，美惡變舜紂。巇倫侈翻新，叛道詆守舊。吾力非孟韓，安足敵衆口。顧戀吾阿琮，予第四子。生質尚和厚。三傳已周遍，三禮逾八九。琅琅温《周易》，厥聲出户牖。《毛詩》吾自釋，旦晚當汝授。頗愛尊疑語，嚴幾道字。義言醲於酒。况復爲聖言，更出哲學右。洙泗語阿琮，心肺欲吐嘔。人生失足易，奪常即禽獸。聰明寧足恃？勵學始自救。

比月以來，寫大屏巨幛四十餘軸，出入山樵、梅花道人間，微有所得，倦枕成夢，均在蒼岩翠壁之下或長溪烟靄中。松篁亘影，不知所窮，仿佛泰山、石鼓、西溪、方廣諸勝。戲作烟雲樓卧游詩四首

柏洞碧無天，焉解山嵯峨。腰輿冒寒緑，漸覺所歷高。軒然出翳薈，絶壁青空摩。連松積長陰，仿佛垂高蘿。飛橋亘晴虹，死澗無軒波。天門懸石級，皚皚修蛇拖。左顧萬丈碑，宛若逐人過。杜陵望莫至，吾得亦已多。

其　二

捲簾東際樓，萬象混一緑。半天屴崱峰，微徑偃雛竹。雲來失群松，雲散漏初旭。不審宵來雲，果否岩下宿？澗芳何芬馥，柯葉類新沐。農僧趣山田，瘦影入横幅。涌泉固不弱，何必念三竺？

其　三

舟動溪光來，時時見春雁。數里積陰緑，水深葭竹亂。眼福似已饜，溪行甫及半。溪心挺高坻，葳蕤被蘿蔓。鬥雀落輕花，鷩鰷竄密薍。厲祠闌干紅，碧柳撑高傘。萬緣一似寂，此游頗云晏。行須襆被來，暫作詞仙伴。

其　四

蓬蒿長没人，乃隱招提境。天門壁面削，再轉得微徑。月痕合山翠，着眼益寒瀙。盤蘿抱僵柏，老蘇滑危磴。水簾空際來，洗鉢泉眼净。扶闌坐萬寂，天然入禪定。石龕逾夏屋，水月出倩影。月光穿洞罅，有白衣觀音影，了了可辨。記曾探泉源，一再凌高頂。

己未除夕

逝水光陰萬古同，匆匆又度一年中。世方多難誰如願，我自安貧未送窮。爆竹聲酣家釀緑，盆梅香細蠟燈紅。憐他兒女通宵樂，管甚街西雪與風。

寄懷鄭蘇堪同年庚申

擘箋遥訊鄭司農，不得音書又一冬。老我依然如馬磨，問君争説未龍鍾。孤微寧改剛腸熱，盤亘知無尺土容。大梗已成逋穢滿，樓居端合日哦松。

續題畫二十首

半空頽緑印深溪，鎮日無人山鷓啼。四寸鯽魚新釣得，冷龕今夕不持齋。

故園隨地足烟霞，遭亂年來不憶家。點染鄉山圖畫裏，先生獨坐注南華。

紅橋數折鏡波平，灼灼緋桃照眼明。誰在緑楊深處住？月中認得捲簾聲。

萬竹敷陰緑蔭苔，柴扉豈爲子猷開？山人養鶴無拘管，門外溪橋聽往來。

峰迴路轉遍松花，松勢如龍正怒拏。采藥山人無處覓，小籬留得鶴看家。

水寺烟深隱畫檐，鐘魚不響雨簾纖。野僧飛錫疑無路，只嚮雲中認塔尖。

夾岸桃花似渥丹，漁郎清曉冒春寒。仙源不畫非無意，正面文章着筆難。

烟鎖重岩幽更妍，沈沈上不見青天。那知人境尤洞黑，寂寞山居轉覺便。

梁髯逐歲往金焦，朱鳥魂從閣上招。一事累儂真不淺，浪將拙集庋松寥。文忠以《畏廬文集》置之焦山，余不能止也。

焦山遥對金山塔，玉帶曾留最上頭。三兩估船弄簫管，却嫌無地畫揚州。

不見宸題一字門，鳳皇山下雨黄昏。建炎遺事何人問，説到臨安欲斷魂。

吴山帶雨没參差，却憶漁洋有此詩。今日江南風雅盡，不勝耆舊感康熙。

萬壑頑雲變幻奇，濿雷起處黑風吹。下方失箸應無數，説與山人似未知。

雪濺雷轟作怒瀾，却教冷眼恣情看。出山急急緣何事？欲再回頭恐萬難。

舍南舍北萬琅玕，瑟瑟時時作夏寒。何必銀河見全月，碎痕留向竹中看。

瓊島春陰柳萬絲，感春却值我來時。無情烟日蕭寥地，自撥長條讀御碑。

生平低首許先生，光禄詞人舊有名。長念孝陵心不死，青山只畫石頭城。

草堂迎面見螺鬟，水向簾前作勢灣。去燕來鴻自相代，盛衰只在一年間。

居然小畫匹松禪，迴首滄桑過五年。宰相布衣同一轍，可能值得半文錢。烏澤聲得松禪所書便面，以左方屬畫，戲題此詩。

對竹思鶴鶴即來，上有白雲下蒼苔。吾家處士有雙鶴，放鶴時節梅花開。

病起書懷

暖風漸趣杏花紅，扶杖花前一病翁。冷眼似超諸相外，閑身猶滯亂書中。綱常垂圮腸空熱，文字還傳道未窮。只惜東南諸健者，無端夢裏作沙蟲。

偶成

蘇門孫徵君，爲年九十二。其氏曰歲寒，嘯台飲山翠。忽然吐奇語，乃與我同志。舉人七十年，夏峰自作贊曰：隱於舉人七十年矣。讀《易》忘老至。吾年剛七十，豈敢昧此義？如皋冒巢民，海寧朱一是。二公皆壬午，先後同年耳。各以舉人終，翛然葆廉恥。吾亦遭時異，法又不得死。當爲列禦寇，執爨且飼豕。

北溟得金輪玉璽，名其齋曰金輪精舍。易實甫爲長歌紀之，余既補圖，亦賸長句

長壽二年作寶七，七寶之中此其一。己未九月稱金輪，鳳閣鸞台署制册。丁亥日食應女變，翼軫同占孽眚出。楊花久謝李花穠，感業寺尼煽妖逆。汜洛二水石與圖，尚方與璽同護惜。通天行且置九鼎，區區一璽特爪蹠。五王斗起張柬之，七廟空尊武士彠。上陽荒蹐伏鬼誅，遺璽還存記天策。迴思藏璽長樂宫，漢家老寡亦釵客。婦政一行玉步改，舉璽抵地究何益？却令吊古動酸梗，亡唐亡漢均女孽。北溟嗜古得此寶，考訂精審加題識。哭庵作歌尤詼詭，幾幾誤我讀雌霓。後來覆國尚有人，晚清恨少梁公狄。

謝林凉生寄天目笋亦名虎爪

三年居杭州，初未踐天目。交春出稚笋，味乃甘于肉。縷縷翹細紋，纖纖蓄淡緑。籜嫩質匪堅，尖鋭手難觸。倒矚類蟬蜕，命名宜雀角。奈何稱虎爪，猛欲甘庶畜。我腹如唐園，牛羊或窺足。今日竟引虎，饞口豈爲福？東坡調與可，千畝納胸腹。金台豈渭川？無竹令人俗。阿狀至愛我，一諾無敢宿。厚楮裹重重，付郵走直北。我老開口笑，晨餐屏苜蓿。和液立柔脆，啓鼎即芬馥。乍嘗固遂意，一饋寧飽欲。作詩責常供，得隴笑望蜀。

夏日齋居，自製十二圖，圖各定名，係之以詩

山雨助溪漲，新潮已平岸。但見烟林霏，初無葭葦亂。濕雲如木棉，一白沮山半。水窗微凉集，流潤上几案。卓哉此中人，世事孰羈絆。《水村烟雨》

物候邇金素，寒林正秋霽。丹楓露奇緋，照眼最明麗。門前一泓水，漁浪吹瑣細。居人類羲皇，秋室閟蘭蕙。倘許吾移家，此中足避世。《書屋晚楓》

一水明斜陽，時時浴鷗鷺。道人不入城，溪次日微步。秋霖洗頽緑，赭葉積溪路。拄杖

臨晚風，憬然生妙悟。彼是兩已忘，寧復計頹暮。《清溪閑眺》

陶潛殊妄誕，世豈有桃源。宋台久已建，蛆蟻方豗喧。先生固有托，煆桑防禍黿。悠悠千餘年，寫此緋桃村。身世將無同，默默尚何言。《桃村閑適》

我欲胸際不平氣，幻此最高峰。僧房如鳥巢，門宇萬緑封。下界深沉沉，那能聞青鐘。我欲凌絕頂，臨風支一筇。張眼俯人境，呼之曰蛩蛩。《危峰聳翠》

世事如流水，道心如白雲。雲水一相值，悠悠泯世紛。道人自閑適，不慕雲中君。溪橋入深緑，弱柳摇斜曛。陶潛固有言，即事真多欣。《水上看雲》

門前過小艇，門内居高人。高梧聚秋況，涼風生蕭晨。插架萬卷書，養此頹放身。何必論齊物，但期葆道真。尺地自可樂，閉户或經旬。《桐陰清課》

水際百檀欒，秋來尚青青。獨坐渺世慮，不緣擁道經。白鷗時一來，彼此咸忘形。黄昏水氣肅，微微涵數星。蕭然秋滿懷，撫懷殊清泠。《水榭吟秋》

輕舟江上過，疏松偶奇石。彌望盡空青，供此江南客。自爲看山來，鞅掌豈行役？世事方瑣瑣，我意自脉脉。何處謝公墩，旦晚當買宅。《松溪泛棹》

我昔游石鼓，一徑入深緑。雲罅出孤亭，一俯渺巒麓。僧房出亭後，碗大開白菊。翠微有無間，偶然過仙鹿。至今詩夢中，似在雲中宿。《山亭晚霽》

蘇堤春曉樓，十月見紅樹。敗荷不留莖，畫眉聲一路。西湖經點染，轉或失真素。采此作畫料，亦復得天趣。挪舟緣樹行，静不驚鷗鷺。《紅樹停舟》

萬事盡灰冷，豈復畏寒雪。一白直到天，吾亦表吾潔。高哉袁安卧，卓哉蘇武節。丈夫畏污染，所仗心如鐵。持贈官中人，與彼澆中熱。《危峰積雪》

哀閩

去年閩海嘯，濁浪高於屋。草舍若漁舟，伏地受怒瀑。砰磅聲一賁，猝死不及哭。平窪無坡陀，摧峻陷墳麓。雷轟聞崩岩，雲委折喬木。吴航十數村，同命等赤族。迴潮激亂尸，沿岸積血肉。會城去海遠，聞變但顰顣。塘障既頽委，潮勢孰鉗束？閩州抱萬山，寱若墜深谷。建溪與山平，江勢作蛇曲。積潦一崩剥，流漫掩平陸。南港殺水患，沿溪杙高竹。支流藉以疏，水力稍爲縮。年久置不問，孰敢告州督？今年苦淫雨，水患乃奇酷。西聳多高原，東走半洄洑。山趺交踵趾，疏泄那得速。深堂入魚蟹，平原駐櫓舳。米價與珠并，灾黎較病篤。下游復苦兵，割據類侯國。恤鄰既難望，救灾孰則告？憶昔丁丑夏，讀書會城北。蕭寺饒松杉，襆被就之宿。嘩言大水至，凭高略寓目。台江混一白，閩山失衆緑。兒啼滿城頭，懸釜煮脱粟。舟繩繫睥睨，炮背置饘粥。翹和知浮棺，膨白識死畜。萬象冥若僵，當空麗朝旭。歷歷數前狀，心膽尚轆轤。今復得噩耗，淒然泪相續。斥我賣畫錢，百金寧所蓄？殫我望鄉心，祈天作巫祝。銜哀告大府，禦患謀在夙。大水毒匪深，毒深在民牧。但能去壅蔽，尤爲斯民福。

述變五月

稱兵必有名，今茲變不測。喁喁一夕議，戰雲蔽天黑。把臂起兵間，手足忽鬥鬩。僨帥領元戎，不謨乃輕出。暑行四十里，拔劍趣飢卒。盛雨猛如軸，鋒銳已前怵。蹈覆出不意，運劍去長戟。肉薄交昏黃，創者立數百。雖揭曲端旗，立碎連雲格。遲明更進撲，形勝爲敵扼。後炮轟前軍，同命自屠磔。劉(君)〔軍〕立嘩潰，收旅盡入壁。餘師望陣悸，竟日不得食。餺飥咸生毛，嘔噦口安適？纖兒理糧運，蟲性主蠹蝕。軍心悉已漓，隸也焉得力？侵晨閉九門，婦孺争啜泣。我老更憂患，有命死胡恤。薄醉且高卧，如雷發鼻息。

賊性

嶺南拓劇場，建坪可百尺。壁以蒲葵扇，聚觀近十億。富女盛羅綺，鬒髮耀珠瓅。錦綉列如屏，垂涎及凶賊。繞壁四縱火，勢如燔洲荻。千戶同一燼，區區焉有得？少得賊亦甘，覆餗舐其瀝。不圖此賊性，沾染及軍國。博徒擁重兵，兵氣已全墨。軍需一百萬，入手即吞蝕。餘資分從官，潛逃如卷席。但具二日糧，三日已絶食。糧車久不至，復爲盛雨及。瓜菜無一餘，民圃地全赤。如聞飢卒嘆，性命固輕擲。尤當具二命，一餓一死敵。大將尚縱博，燈火光歷歷。敵炮自天來，驚悸始動色。車馳半百里，跧伏無敢息。所得曾幾何，立覆四萬卒。較之嶺南賊，爲罪等梟磔。用兵不擇將，枉自侈唶嚄。嶺南賊大笑，爾我真同術。

感　事

掖垣近新鑿，車馬去梗阻。大道如鏡平，道旁隱池籞。翼館何嶟嶟，勢要此別墅。經年司度支，權埒漢少府。深堂閟花竹，風軒語鸚鵡。美人石華裙，明珠賤如黍。羅敷縱有夫，傾心事府主。清和四月節，竟夕聚歌舞。糞土視黃金，酬此好眉嫵。水衡恣所用，億萬寧足數？竭帑助黨人，親戚苦貧窶。主人惡陳乞，譙讓雜笑侮。烽火忽絳天，雄師反湘楚。號曰清君側，武怒過虓虎。幕府集衆議，匆匆主用武。長安數萬師，敗鶉少完羽。外檄數罪狀，邏騎四竄取。孫壽方別居，新第敞門宇。擁髻意蕭閑，對人仍笑齲。故宅已收没，斜陽半庭樹。憬然悟物理，禍敗或自取。

庚申十月二十日紓九謁崇陵，居文忠墓廬，即以斗酒隻鷄祭其墓，感賦一詩

入門冠履見遺真，門外孤墳馬鬣新。一暝早知關國運，群兒莫誤祭詩人。不留餘憾存青史，但有精魂戀紫宸。爲檢敝牛殘帙看，公遺書十餘麓仍置墓廬，署敝牛齋藏書。無窮酸泪感前塵。

廿一日五鼓至陵下祗謁

曉風習習襲衣冠，枯柳梢頭月半殘。義在豈能云老病，時紓病嗽，通夕不寐。山空幸未及隆寒。傷心此日兼懷舊，每次必從文忠之後，今不復見矣。泥首當年記奉安。數數頻來兩措大，指毓廉。儘他陵户恣情看。

陵下喜晤張君聘太守

力敦古誼尚何人，難得君爲侍從臣。公由翰林改官。無補興亡同有恨，得全節概在能貧。

難餘愈稔林泉味，公于未革命前已挂冠歸隱定興。場上誰抽傀儡身。等近古稀奚所望，公年六十餘。相期合傳作遺民。

辛酉三月十日獨游公園

古壇已屏勾龍祀，喬木參天集亂鴉。物候忽驚三月暮，棠梨滿孕一身花。新增亭館都如畫，偶涉林巒輒憶家。此亦浮生閑半日，緑陰獨坐試新茶。

題何仲起廉訪《僧服圖》

仿佛朱明方密之，蒼茫家國不勝悲。得完名節僧何靳，一着袈裟事可知。爲祝故君仍禮佛，非關同調敢題詩。騷經葉葉隨流日，當是琅琅梵唱時。

題《湖心泛月圖》寄何梅生

先生修志辛勤久，暇日當爲湖上游。水際亭臺多好竹，畫中城郭似杭州。詩人例占三分月，吟局天開十頃秋。老我思歸偏未得，昆明屢過不勝（秋）〔愁〕。

適盦聽琴歌爲李生壯飛作

李生立身何坦坦，積重自蹶笑蝜蝂。吟詩餘暇亦鼓琴，豈有成虧入慧眼。長松哦風竹光緑，垂楊細似游絲綰。解囊出琴錯犀象，鍑會裒厠鐫題滿。觸批如志態蕭閑，爲余一奏《平沙雁》。微音迅逝猝難辨，但覺閒遼復痺短。吾年七十指欲僵，即欲學彈亦苦晚。歷歲苦兵頗懷戚，聽琴愈覺生憯慘。長安道上馬如龍，妓寮長夜鳴簫管。等爲將種獨高寒，生擬李膺真峻簡。借琴鳴志古爲徒，定非懶似嵇中散。

黄夫人諭賊行

吉林賊騎如封狼，蜂氣所及無完鄉。依蘭古稱伊蘭茂，鱗鱗萬户微豐穰。鬍賊去來逐水草，剽掠屯鎮資糇糧。依蘭古城當孔道，覬覦膏飫賊吻張。黄埃蔽天炮聲起，萬騎蹴踏乘驕陽。阮公行部賊益肆，哮噬殘齕誰能當？刀鋒豈但碎寺鼓，角聲早已騰城隍。積薪萬疊噪焚署，黄衫小吏齊蒼黄。夫人鎮定慰奴媪，端簪整服臨堂皇。慈祥愷惻諭魁蠹，余知爾輩原馴良。奇窮逼促遑悖計，宿豪煽誘萌非常。罄余所有悉資汝，蘭民無罪休摧傷。乾坤正氣出巾幗，雄渠喪胆争投槍。夫人天恩我知感，戢尾烏敢施權强。父老聞聲出牛酒，狼吞狗啖傾杯觴。闔城交慶脱虎吻，群賊滿載爲鷹揚。鎮州諭寇昌黎伯，免胄伏虜汾陽王。夫人視此寧愧色，擊鼓豈數金山梁。詩成擲筆起命酒，墨光淩紙生奇香。

贈李拔可

觀槿才逾姚合清，偶傳片紙藝林驚。風懷懺盡歸逋峭，格律嚴中寓性情。海上十年看世變，中書一出負時名。千秋不墜辛夷業，天予聰明俾早成。

自題小畫

東坡觀畫如相馬，意氣所到稱天工。雖然所得只竹石，施之山水焉能同。吴生落筆如風雨，嘉陵勝概成匆匆。大李將軍獨不爾，渲染樓閣填青紅。工拙寧復論遲速，但抒意氣言非公。元代四家各一幟，山樵筆墨時所宗。思翁宗派溯二米，瓣香私禮高克恭。吾觀長江寫萬里，房山遺法加托烘。一涉夔巫技亦窘，細皴變寫青芙蓉。此時亦用山樵法，正宗終始當推崇。山樵真本凡三見，墨光蓊鬱成長松。巨幛不肯寫雲物，絶壁突兀撑青空。漁山石谷變家法，墨戲初未兼痴翁。我生苦晚順康遠，悠悠一派師婁東。此幀用墨頗簡易，江色淡緑如吴淞。臨流結屋便漁釣，飽看山色甘長終。楚鄂近乃苦兵燹，馬殷行密方争雄。買山莫得且作畫，詩情姑且藏圖中。

四月十七日余南游雁宕，車過滄州，饑民七百餘夾車而號。余出十金屬巡士俵散，巡士言人得二枚耳

酸風捲出哭聲哀，菜色人人雜色灰。赤地再無登麥望，順奉一帶半成槁壤。白頭頗悔看山來。探囊恨少金千鋌，勝火何資水一杯。河朔雄藩方縱博，那能引作切身灾。

夜中望岱

不辨天門路，嶢崝如列屏。量高逼月近，作勢壓城青。萬仞僅一瞥，五年兹再經。莫教落人手，松石被胡腥。

徐　州

車窗曉望盡平疇，薄暖輕寒近麥秋。無限庚申懷舊感，青山歷歷過徐州。

淮上聞牧笛

三兩青牛起草間，牧童吹笛意蕭閑。老來那有歸耕事，只作尋常畫本看。

金陵城外懷陳伯嚴

廿載傾心陳散原，石城永日閉柴門。詩源遠溯孟貞曜，文境醇如虞道園。不仕自然全晚節，得名何必過高軒。海藏樓下饒花竹，果否能來共一樽。

至滬上居瓊女寓樓作此示之

花時送汝古城陰，我亦看山海上臨。一路柴車泥滑滑，三楹小舍晝愔愔。艱難畢竟隨郎樂，眠食宜存慰母心。雁宕歸來宜作畫，爲兒瀑布寫千尋。

訪蘇堪於海藏樓，談詩經時而別

垂老方知氣類難，信君道力未曾殫。不輕沾激排時彥，自斂襟靈接古歡。到耳已拚無好語，回頭奚忍述長安。還能箴我詩中弊，肯作徐郎鸚鵡看。

陳挺生、朱蓴芳招游半淞園

園林佳絶惜花殘，春後依然作淺寒。四合緑陰過小榭，一灣流水抱朱闌。却生詩客無窮思，難得吴娘盡日閑。笑過蘆漪調二子，如何忘却釣魚竿？

重到杭州

廿載戀杭州，翩然續雅游。河山聊信次，筋力未衰僂。感觸原多事，方洋轉自由。儘他風物換，且覓酒家樓。

過行宫

湖西寂寞古行宫，柳外宫墻一帶紅。今日凉棚高百尺，興亡不涉賣茶翁。

拜林杭州墓

墓門風物都如舊，獨吊斜陽起嘆嗟。公道還知重循吏，詩人倘爲補梅花。廿年踪迹尋前夢，一路芳菲感鬢華。最是薛廬題句好，湖山終古屬林家。

韜光庵題壁

雲陰解駁漏陽光，曲徑盤紆選佛場。磴穩仍然汗如濯，鐘來幾與世相忘。敢從靈境嫌僧俗，却對修篁味笋香。萬緑深深窗十面，輕衫着上數分涼。

三潭印月新先哲祠

撓巇誰如曾靜昏，臨安遺老久沉冤。誰知香火湖山社，竟有人祠吕晚村。

竹素園〔一〕

竹素園中竹抱樓，花神十二美無儔。居然烈士來争席，那復神弦祀故侯。

〔一〕題畫詩作《過西園竹素園》，「居然」作「於今」，「那復」作「無復」，款曰「秀峰仁兄大人正句，畏廬林紓未定草」。

感舊一首示夏侄〔一〕

當時從我僅成童，三十年來類轉蓬。頭角森然今抱子，夢魂繚處念而翁。力求厲約當無禍，廣積圖書似未窮。尚復吺吺問家事，笑余垂老尚冬烘。

湖上晤胡瘦篁侍御，易道士裝矣

抗疏歸來過十霜，相逢湖上服華陽。而今薄海無乾土，曾否廬山有草堂。時輩幾人聞節趣，故交唯我共飄藏。年年咽盡辛酸泪，未敢從君述景皇。

樂清舟中望大溪寓樓久不至

舟中暮色迎人起，屢問長年到未曾。田水赴溪微作瀑，露螢過竹遠疑燈。岸泥無地尋篙眼，島寺回頭記塔層。塔在海門。賴有稱身藜杖在，山亭準備曉來登。

〔一〕亦載於《兵事雜志》1924 年第一百二十八期 GR 生《畏廬師輓詩》「十口承師謀去住，一官與世淡恩仇」注「壬戌夏日，吾師有雁蕩之游，便道過杭州，賜詩云……」，文字略異。

石門

雙岩束水水深清，狹處才通小艇行。流過前溪作雷吼，源頭澮漷轉無聲。

由石門入山道中口占示夢旦、稚星、拔可

似聞草木發奇芬，沿路峰皆斧劈紋。瞬息陰晴終作雨，高低松栝偶來雲。響泉墜澗前溪應，危徑穿山積緑分。竹轎飄然空翠裏，林巒轉處待諸君。

過鐵城障

此障誰加漆，居然號鐵城。緑封疑路斷，天豁助灘明。石狀時時變，山容漸漸晴。廿年靳幽賞，今略慰生平。

合子橋

濕翠空濛裏，無心竟過橋。石華經雨潤，松勢受風驕。地迥成孤賞，泉酣集衆嘵。林巒誰愛護，來往不逢樵。

沿路看山至靈峰下

十年懷雁山，飢僂醉腥膩。翠微且三歷，騃愿等孺稚。崇效趣花事，沅叔適南至。傅君增湘。爲述大龍湫，寒緑滲夢寐。買舟訪高夢旦李拔可，方洋逐吾嗜。四月苦霖瀝，山色尚蒼媚。石門約怒湫，奔灘始鼎沸。潛壑呿飢鰲，蹲石距伏屓。石梁亘天半，闌楯敞城雉。峰霞想異采，瑶烟結新翠。暗水響殿陰，黑不辨澮瀄。取質天台頂，天台亦有石梁。修狹或難類。邐迤謝公嶺，陁靡趣深秘。弟鬱昂萬峰，高士抱殊致。蓊薆交竹柏，酸質變幽翼。壁面傳全緑，雲根藐無地。石髡作禮拱，老僧岩高至七八十丈，宛然如人立。粗具袈裟意。是豈諸詎那，開山之祖。骨化尚標幟。鉗空伏虎洞，豁悶合殢翳。腥豈明瘴花，火不笑木魅。橋門印圓月，怒笋若鳥鷙。雙峰劈寒緑，一徑懸荒寺。開闔各有勢，主客成堅對。齋厨出陳釀，趣走咸道帔。伏虎洞無僧，有羽流十數。按圖問靈岩，熊魚孰決弃。輿夫久偃卧，山轎早署置。

五月三日至小龍湫宿天柱峰下蔣氏兄弟屏霞廬

群峰如堵墻，盡處出篁竹。赫然見天柱，撑空聳奇緑。展旗峰名相拱揖，軒秀合真樸。余足且佁蹶，夾掖資健僕。麓然入荒翠，升俯布巒麓。屏霞峰名疑建標，歷歷上畫幅。抱拱致殊佳，綰接勢非複。顯勝努岩張，内斂陰崗伏。雲際小龍湫，發聲震壑谷。滭弗窮所趨，梗險患顛仆。樓窗忽聞雨，細泉日滲漉。下匯成深池，上仰岩勢蹙。流雲如輕紗，瞬瞀翳群木。蕭然斷樵泯，壯哉此林屋。心儀剪刀峰，冥晦亦森肅。明日能仁寺，襆被岩下宿。

自靈岩偕諸子至大龍湫

靈岩古神鄉，信次日嗢噱。開軒峰巒集，紋竅緑班駁。驟驟苦山雨，一暝接晦朔。十里距龍湫，荒尋頗惴縮。坐恐山靈笑，責誚吾豈覺。侵晨命籃輿，犯雨入叢薄。鬧灘湊琴筑，奇石礪齟齬。抱竹團焦隱，偃檖山田錯。眩深睫爲交，踏險氣且索。荒漫若無睹，朋息輿夫脚。斗然聞水聲，忻悵且交作。陰岩列積鐵，壍峭動魂魄。半天發龍吼，初不挺頭角。一吐空際白，立洗人間濁。發坎鱗甲重，墜澗紗縠拓。隨風飄珠塵，得日耀瓔珞。吞漱孰伸仰，飛濺難捉摸。瓏玲到此極，何必羡吴岳？雲與草木合，軋芴兼蒙絡。緑净爽心目，青濕透履屩。聊向石亭憩，敢擬神湫濯。瑰景此一嘗，夢境亦卓犖。吾生苦紛泊，得此聊自藥。

屏霞廬口占示蔣季哲

七十逢君豈偶然，此生頗信佛因緣。到門一笑無他語，萬緑環樓坐聽泉。

歸舟至澤國鎮值雨

墨雲盛處斂殘陽，水榭停舟傍飯莊。獨樹臨溪迎雨勢，亂蟲入店聚燈光。忙中未覺衣襦濕，坐定纔聞筍蕨香。眼福本將辛苦换，任他木末擺琳琅。

澤國鎮舟中雨盛不眠

遠火明還滅，船頭疑見星。四更篷滴緊，一路水風腥。夢覺今宵短，山歸明日青。江鄉生長地，此景似纔經。

雨終夜不止，溪水暴漲，橋門益低，舟不能過。舟人下其篷，篷去身不盈寸，苦極矣。戲成二十字

積雨助溪漲，橋門狗竇如。庾冰吾所耻，今亦伏籧除。

舟中讀江弢叔集即題其上

行藏略似杜陵翁，一片哀音發集中。最足動人悲骨肉，不堪回首述咸同。名流無計才從宦，亂世何方足禦窮。藩鎮洪楊無異轍，老來恐亦見兵戎。

五月六日陪螺江太保及諸公游釣魚臺賜莊

平泉草木路彎環，白髮元僚共往還。紅藕香中憑水檻，緑蕪盡處出西山。各含詩思都無語，不料勞生亦偶閑。半壁東南腥穢遍，吾曹却在畫圖間。

越四日太保再招集釣魚臺，時座上有翠雲居士者，日本老畫師也

地邇蓬壺絶點埃，賜莊每待勝流開。端宜獨樂爲之記，僅有嚴光匹此臺。南度幸陪元老席，一帆却送畫師來。禁中假得琳琅册，主客傳觀近百回。是日公盛陳名畫中有假自内府者。

余居京廿年，其貧不能歸者恒就余假資，始但鄉人，今則楚鄂川滇靡所不有，比月以來至者益夥，竭我棉薄，幾蹶而不起，作此自嘲

等是天涯羈旅身，忍將陳乞蠛斯人。遷流此後知何極，懷刺頻來似有因。倘爲輕財疑任俠，却緣多難益憐貧。迴頭還咀窮滋味，六十年前甑屢塵。

酬臺灣王隱君友竹見贈長句

長安寄食一衰翁，敢擬臣家處士公。片紙忽然來海外，情波無際出詩中。悲君所遇如韓偓，知我何修得孔融。等是遺黎尚奚語，祇餘酸泪洒金銅。

郭春榆侍郎薦余經濟特科，余辭不赴。及余與某校長争名教關係，侍郎復以詩來，有原道之目。秋日無事，檢得來詩，感賦一首

侍郎愛士踵康乾，薦牘居然達九天。措大豈能稱幹濟，餘年只合老丹鉛。累加開獎良非分，力挽綱常詎有權？重我老來知己感，一通疏草一吟箋。

題張董齋《知稼軒集》後

行行輦下避花驄，抗疏淋漓列上公。遷客一舟下湘水，政聲萬口出遼東。園居始信秋光好，詩筆原歸老境工。一白後堂鶯燕入，笙歌忙煞紫髯翁。

送李星冶兄之安慶

六年舊治莅新安，定有人民夾道看。垂老仍然具風骨，一清直欲掬心肝。俗梟易動飛文詆，弊積當知着手難。得失原無輕重係，勸君沿路且加餐。

《張園雙松圖》爲張仲昭作并題四絶

碧蘚周身忍歲寒，當年學士尊甫簣齋學士此盤桓。因君憶及宸題樹，風雨凄凉滿戒壇。

花開花落石頭城，誰動傷今吊古情。獨有張園秋氣足，都無人處作濤聲。

高絶梁髯種樹廬，先生曾共玉堂居。學士與梁文忠同官翰林。九原相見無他語，陵樹關心五尺餘。

風前鱗鬣舞蒼虬，相國遺詩壁上留。張文襄詩：對舞髯龍入畫圖。到底南朝遺物貴，劫灰休問絳雲樓。來書言藏書數十萬卷，辛亥國變悉燼無餘。

《樂庵寫書圖》爲蔣孟蘋作

樂庵長日窮鉛丹，何爲專集抄鶴山。意者吴曦方叛蜀，君亦有感思時艱。侂胄傳首彌遠繼，朝局變幻成瀾翻。邛州臨死尚憂蜀，樂庵心爲邛州寒。忽從淳熙得真本，如護墜典紛傳觀。金人一炬臨安燼，寧從塍褚分私官。神鬼呵護落君手，首篇鴻箸披論韓。《周易》要義最通貫，鏡深繹隱心神殫。宛陵一序未蠹蝕，渠陽舊署當從删。高翀重刻病草率，寧同此本名精刊。李生拔可傳語索吾畫，畫中爲寫山灣環。群松結翠蔭精舍，先生運筆神蕭閑。方今危局類孱宋，襄樊戰血沿江殷。鶴山有靈應太息，桂旗仿佛來衣冠。《宋史》載了翁病革，門人問疾者，猶衣冠酬答。

《題密韻樓圖》寄蔣孟蘋

密韻樓頭采摭豐，詞家獨數弁陽翁。知音似勝戈吴縣，庋得遺篇鄴架中。
公謹生平重紫霞，怨琴凄調感年華。今從集外搜殘刻，何不傳抄付笛家？
費盡黄金翡翠裘，好詞僅得絳雲樓。浩然齋稿成全璧，此亦詞人數世修。

十景當年畫聖湖，木蘭減字借題圖。明年結伴游三竺，定與先生畫槳俱。

十月廿日祇謁崇陵至梁格莊齋廬中，與清臣、君聘夜話至三鼓，用孟郊《獨止舍待替人》韻

山莊無主人，蕎地致三客。南朔距萬里，道義契一脉。仰聖齋同虔，感舊意彌索。蓬蒿接庭廡，升俯石徑窄。缺月窺破窗，勁風撼空壁。愯然疑荒墟，悟是文忠宅。文忠去我遠，我鬢亦垂白。太息述先皇，未計嚴更迫。五鼓辨色起，群岫光歷歷。

謁陵禮畢紀哀一首

衣冠九頓玉階前，敢惜微臣衰朽年。紫極重開當有日，白頭十度此瞻天。行踪只合尋吾契，心迹何須剖世賢。羡煞淮王鷄犬福，却從銅輦早登仙。

文忠墓下同清臣作

頻來我已鬢成絲，萬古應難塞此悲。彈指將成三載別，時文忠之喪，未禫也。同心諒有九原知。空留遺構依皇寢，頗訝貞臣闕墓碑。略一思量悲更甚，教人不敢憶鬚眉。

贈張君聘

陵下相逢第二回，知君曾自鳳池來。齋廬午夜衣冠肅，兒女新喪未敢哀。君聘舉家病疫，喪其兒女及親屬六人。

滿拚傲骨歷艱難，不向新朝乞一官。我自與君同冷暖，贈袍寧爲范雎寒。君聘久典其裘，余贈二十金贖之。

十月廿三日春覺齋與翥鴻叔、謙侄及張生性甫、陸生子清夜話慨然有作

小奚蹀躞撥爐灰，秋老冬温菊尚開。容膝竟成談藝地，傷心我正謁陵回。得沾升斗良非易，試想東南儘可哀。屈指辛壬剛十載，景光一一變金臺。

謝齊照岩致鮰魚

故人雅意重臨存，迢遞雙魚至畫軒。敢以武昌辭不食，肥如梁水尚何言？無煩謝允來行術，鄭重王弘此置門。漫續楊花春岸句，天然風味過河豚。

辛酉九月余七十賤辰，及門四出徵文，又醵資製銀杯爲壽。余不能止也。趙次珊制軍忽貽書張生承蔭，請署弟子籍。衆大驚，謝却之。昨日晤制軍，意頗怏怏。感賦一章，以謝知己

尚書求署吾門籍，駭汗群生措大疑。有意降尊憐我老，不才何福受公知。照鄰久已宗前輩，尚書長余八歲。文舉安能屈大兒？異日藝林述佳話，滑稽傳外一傳奇。

車中望頤和園有感

行人不忍過連昌，杰閣依然聳佛香。委命園林拚國帑，甘心骨肉聽權璫。鬼兵動後無完局，藩鎮基成始下場。迴望瀛臺朱闕裏，紅橋斷處水風凉。

羅雲章以墨筆畫蘭見惠，即題其上

生綃一幅寫蘭叢，老石幽花墨氣烘。我醉先生高格調，鄉人迴想所南翁。龍岩奇種出吾閩，下筆傳真更有神。聞道璇閨精六法，子昂合配管夫人。

再謝齊照岩致松花江白魚

先生終始憐饞吻，屈指于今兩拜嘉。鄉味殷勤致遼瀋，報章珍重賦鱠鯊。北來不自留公宴，南產何從取釣家。頗笑東坡知味鮮，松江鱸豈及松花？

題《松花春望圖》寄孫贊堯將軍

將軍獨馬自臨邊，春盡松花水拍天。旌節一來荒服靖，家傳兵法十三篇。

談玉庵隨節入都，幕府倥偬，不及聚談且別，賦此代柬并訂重來之約

德星已分聚長安，不道匆匆把臂難。五里行轅隔杯酒，四更凉月想征鞍。緣慳一似無情別，健在還留不盡歡。冬盡榆關風雪緊，望君珍重日加餐。

歲暮客居，得金陵盧君克昌書，言夢至大林中，有黄冠南面彈琴遥指北方，謂有救窮之人，意屬余也。讀之憫然，郵致十金并寄二詩，慰其淒寂

度君非想亦非因，耳我虚名過失真。賣（盡）〔畫〕長安一窮叟，莫教誤信夢中人。

年來滄海已成田，紗帽何能值一錢？無力贈袍寧贈炭，石頭城外雪漫天。

懷江伯訓

周方高李盡凋殘，垂老江郎碩果看。社事迴頭仍有味，故人當日頗能官。熱腸一片應消歇，世變千重只坐觀。剩得梧州賢弟在，畫樓把酒擋春寒。

贈郭筱麓

王謝門才朱雀橋，郎君飛思入雲霄。文章有價聯三俊，家世能詩閱四朝。大度不矜行馬貴，少年早識阿龍超。荔香社稿琳琅極，老我微吟愧續貂。

讀《北史》壬戌四月

高歡覆爾朱，百戰乃無敵。自洛克臨潼，幾奪魏人魄。力擴邙山騎，未頓金鏞戟。再接取虎牢，連雲侈戰格。元戎握政柄，驕穩示區畫。南台與北省，除授自推擇。卞躁孰敢忤，力足變黑白。堅對遇黑獺，模略亦宏闢。（默）〔黠〕哉韋孝寬，謀過孫討逆。破塹至十道，蹂尸且山積。暴骨七萬具，悲風動玉壁。迴思武定春，掩卷一太息。

六月十七日晨起，溲便均閟，爲狀甚殆，尋取德醫狄博爾以鋼管導之，溺出盈碗。疾間遂入醫院，戲成一首

暑滲交侵鬱不消，匆匆急病發崇朝。滑和我豈心無朕？怛化人幾舌盡撟。檻塞偶然成內閡，冲融未必作中燒。憑他神禹疏河力，瀫濁行須滌腑焦。

樓居曉起

疏簾隱約弄平明，接葉重重小鳥鳴。曉色上窗添緑意，新凉入枕識秋聲。失眠得夢翻成趣，小愈逢人劇有情。一卷《南華》千遍讀，翛然自覺此身輕。

二十二日晨起甚適，率成一首

肯唱玲瓏奈老何，行年七十亦云多。世方洚洞誰寧謐？人近聰明易折磨。苦况略從來日減，國憂暫付睡中過。果知病是偷閑地，何惜些時此養痾。

偶成

陰雨幾涉旬，狀如游二靈。二靈山青青，是間晝冥冥。侍者窺吾意，仿佛嬰天刑。吾方念子輿，句贅成椎形。跰躚自鑒井，妙悟開胸襟。身任自然變，沴氣由之侵。死既爲吾尻，欣戚胡相尋。矧有御風心，空際秋泠泠。微青安足云，據梧仍高吟。

老醫克利以聽機按余五臟後，問余年，答以七十有一。醫哂曰：早耳，子年殊未艾也。爲之憮然，口占二十八字

曾聞女偶似嬰兒，隳體遺形那自知。望切居然稱壽相，儻能挨到太平時。

病中用東坡示侄安節韻贈從子叔謙

病容臨鏡訝峥嶸，幸汝同來聽雨聲。屢解吾愁原過計，不經人覺始真情。未瀕危候仍眠食，豈屑殘年較死生？蘇集兩函分半讀，萬行施注一燈檠。

趙生念持與叔謙侄同侍余疾幾二十日，今垂愈矣，賦此贈之

入門不作子來看，相對無言掬肺肝。未憚長途馳晝夜，何曾片語涉温寒。支離病態收功易，時余已健全。患難門生得汝難。一晝區區吾豈靳，余言病起必贈以山水小幅。好教精紙備琅玕。

二十日以來，問疾者衆，弢庵、匏庵二公尤數至，意極勤懇。初六夕，余乃大溲，疾霍然如失。家人將迎余歸，口占一首

親故臨存情話長，招邀林下立斜陽。雖憐晨暝施攻熨，較勝西南坐亂亡。一夕蟻封決堤障，四更虎子擺淋浪。排淮瀹濟功垂就，明日巾車反草堂。

七月七日自醫院歸春覺齋

拂瓦連檐見緑筠，墻腰細草尚敷茵。憑窗恍易新遷宅，對硯如親久闊人。本合養疴中壽日，那能鬥健少年身。余素不服老，至此爽然。頗餘一事堪怡悦，繞膝雛孫問訊頻。

病就瘳，朱生悟園尚日來省余，賦此贈之

岳岳朱生肝膽真，頗疑沆瀣屬前因。當年早蓄傳衣願，逐日來親隱几身。何取鄙言成語録，大難亂世作文人。遥知蕭寺秋風裏，鋜冷衾單自禦貧。

寄懷何梅生

何郎貞整復聰明，林軸縱横藐百城。專集西湖成絶作，詞家南産孰齊名？不妨濁世高標格，愈信風人富性情。累約山游偏未就，空勞函札訂將迎。

咏　史

晚明無將才，寧南號慓悍。床下拜侯恂，極力加推挽。功捷曳長縑，志概日亢滿。皖南

與軍要，首叛熊文燦。愚哉楊嗣昌，褒拔易嘲訕。金印大如斗，猲然長驕慢。桴艪貌李郭，俛僶縱闖獻。就糧陽示威，與政内府怨。吴牲萬元吉，争引僅得半。尾大既不掉，蜂氣積襄漢。馬阮復蔽朝，吴鄂成冰炭。私人進黄澍，廷對頗詆讕。笏及馬瑶草，梗野恣擊斷。責禮無朝廷，科罪寧梟轘。翳身蔽牙纛，何人不煉煅。晚年蘄州甲，識者久定案。堂堂黄虎山，厄彼銅陵畔。再呼袁臨侯，城火已照岸。

郭春榆宫保寓詩見存，感激知交，賦此奉和

函中逐句發奇香，再拜陳詩報侍郎。亂世得年寧是福，名醫多事爲籌方。空留喘息支幾社，争忍污鸞看晚唐。一事關心恒夜起，開軒天半望欃槍。

姻長周熙民道尹尹綏遠，以策干都統，力行裁兵，議成歲省軍費三十六萬，都門相見，喜而有贈

力勤農事銷金甲，名幾臨邊相國齊。此策果然行魏博，重兵何用宿淮西。名流見本高師武，循吏功真及旄倪。怪道鬢絲些子白，原來辛苦住官齋。

讀史偶成

苻堅豈畏謝仁祖，金亮寧逃虞允文。淝水一呼朱序力，遼陽左顧世宗軍。可知幸勝非無敵，遮莫佳兵適自焚。千古英雄半妝點，史家紀載枉紛紜。

八月十三日爲余友高梧州生日日，余合其高足每年祭之春覺齋，計今十二度矣。壬戌八月病愈，招同黄嘿園、陳杰士、王希農、李孟魯、高耕愚及林蔚生、魯生敦民兄弟爲禮，愴然感賦二詩

幽明隔絕路悠悠，我亦頹唐漸白頭。十載蕭齋空夜祭，萬重客感入中秋。長眠縱決人間世，愛國寧寬地下憂。最足傷心逢粵客，苦將惠政述梧州。

本來草宿不宜悲，魂夢偏能繫我思。痛恨賊臣應作厲，寶藏遺稿竟無兒。焚香盡屬傳經侶，把酒迴思夜話時。慟絕失聲還自咽，摧心不願九原知。

後哀闔

我生值咸同，天下正鼎沸。温陵靖逋孽，楚卒方朝氣。戍閩五十年，幾豎牙兵幟。國屯

構辛亥，彭寵乃專制。殺人滿都市，鬥變褻威器。客將再專師，燕楚互易置。挑邊激粵怒，泉漳久割弃。乞爲城下盟，兵退復署吏。分符任别將，蹇縱積猜貳。奪符踵劉季，爲術頗詭秘。遂生狐兔感，仇復惜徒類。讙奮擁權首，健兒策幽冀。猪靴竄荆棘，虎落發鐃吹。據隉苦不早，奪便已狎至。三橋行旅絶，雙塔夕烽熾。頻年戀鄉井，將老身及累。四更迴念小西湖，萬柳低湖翠。波色水心亭，松氣湖邊寺。美人裝畫艇，曼睩生流媚。四花滿頭，風暖游人醉。陡然發凶沴，脅污出不意。天道本惡盈，侈縱宿所忌。吾年十五六，師法多名輩。布素崇儒先，酒肉輕市儈。内外戒必嚴，蒙養德務粹。澆風一回染，禮防立墮地。兵禍已足悲，況復人心異。主兵果王潮，或爲吾閩利。渾濬實多猜，鍾鄧詎一致？影和終必争，誘受本非計。行看飛血肉，禍不輸滇桂。斛米逾十金，那復論糗糒。西風動窮巷，童孺駭烽燧。哀哀盼松楸，吾命死生係。杜老枉悲秋，冬郎空雪涕。臣家本哀宗，留閩寡昆季。烏能置喪亂，初不念親懿。經旬渺消息，或云行劫質。敲骨復吮髓，此禍誰所遺？腸斷問真宰，欲泣轉無泪。

重九書感

匆匆時序縱奔忙，佳節能無理一觴。祖臘久更新曆日，秋人還認舊重陽。已拚輩轂無餘戀，可奈萑苻滿故鄉。迴首當年萸菊地，流亡相繼釣臺荒。

讀史雜咏

守屏蹴踖漫相尊，浮道終須見累痕。李密果然傾翟讓，縱遲加刃已忘恩。

擁護朝廷直美談，懷諼迷國孰能探？本無甘露中涓變，從諫何勞衛鄭覃。

兩雄并峙動生疑，卧榻非君鼾睡時。笑煞魏公聽王庶，當年曾賴曲端旗。

文淵閣事柄焦芳，長日咆哮政事堂。虛與委蛇寧有濟，子規不勸李東陽。

晚明皇祚利庸才，天子門生實禍胎。定策兵權歸鳳撫，潞王無語福王來。

當時犬禍果無靈，事業平西照汗青。争説美官西選好，滇南奔湊小朝廷。

《散原校詩圖》寄祝陳伯岩同年七十壽

天與冰雪懷，乃出凌寒筆。嗇神復挫鏡，如奏啞觱篥。意亢聲愈寥，求泯致則逸。清風激淮甸，上與郊島匹。石城美松篁，緑暗窗户密。萬象自扃鐍，據梧日抱膝。乾坤苦分裂，斯人一篷篳。新詩積逾寸，蕭晨檢殘帙。澹然忘老至，孰者躡高蹠。吸吐日練臧，期頤我所必。

余去年七十作自壽詩二十首，略述生平，近於褰簾自炫，屏去不録。今年大病新愈，又届賤辰，率成一首，用自解嘲

模糊度過少年場，長物惟餘書滿床。一病幾乎收鬼録，千金偶爾得良方。天教留眼看因果，我自無心入老莊。解道黄昏情愈適，松篁高處遍斜陽。

寄劉資穎將軍

宗澤呼過河，垂死念國仇。公病未至死，乃爲鄉里憂。憶昔甲午役，搏戰大東溝。萬炮注旗艦，飛彈穿兜鍪。大帥伏籧篨，縮頸如蝸牛。矯命變陣勢，號令傳劉侯。舉軍得生還，嚴敵驚權謀。定策收炮臺，鉗揣一伺周。陸將自弃軍，敵焰遂虔劉。所謀適不用，國梟乃無鳩。比年預樞近，宦海相沉浮。彫豙亦云極，牙孽且未休。移家逃析津，長日睡扶頭。巨變發鄉里，禍稔惡復稠。節度弃桴旝，延建兵雲愁。鍾鄧既争功，重兵臨上游。猛概朝議起將軍，兵食令兼籌。公曰必單騎，恩信逾貔貅。昂藏上馬行，言者争推求。將軍誠有猝爲斂，涕泗看吴鈎。肯死婦人手，喪元亦首丘。腦病動荒踣，喘息成衰僂。心，肝膽誰能儔？願收英雄泪，勿爲言者流。天果祚將軍，此病終當瘳。長風駕高浪，一

舉收閩州。

辨岳篇

高宗稱岳侯，小心復忠謹。銳意報國仇，先使賊氛泯。着手覆庶雄，百騎平陶俊。再戰敗黃善，横矛貫敵陣。苦嶺降戚方，舉軍不血刃。張用稱阿父，兵力江淮震。賀州誘曹成，縛紲詭糧盡。整兵趣江袁，指顧定列郡。水戰搏楊么，易若撈蛤蜃。一朝謝兵柄，步歸匡廬頂。挾兵不自重，豈類唐藩鎮。近人慕武穆，縱賊乃勿問。正陽再喋血，悉銳西平進。舞陽接郾城，村落悉煨燼。迴軍撲上蔡，所過加蹂躪。豫皖且瓦裂，初不激忠憤。朝聞鼓角聲，健兒理鞣靷。暮聞鼓角聲，壯士整甲盾。哀號聲四徹，將軍但笑哂。勒兵偵内政，屬目在樞近。劫持靡不至，簡書如束笋。其名曰蔽朝，寧曰攄忠悃。翼奸庇私昵，狠乃逾注訓。岳侯豈如是？妄意漫稱引。直云别聖凡，豈但判靈蠢？方以徐鵬舉，識者或吾信。沈德符《野獲篇》有徐鵬舉者，稱武穆後身，一無知識，人謂之徐草包。

富貴

富貴而高壽，斷無家庭樂。子孫競簪組，喜懼已隔膜。群蜚即玉艷，雛鶯伴老鶴。問年豈靈匹？斗悟或索漠。温清類銜參，黽勉頌矍鑠。貌襲晋公裴，名次汾陽郭。真意日以漓，苛禮特束縛。兀然類土偶，差未泯知覺。三家村先生，長年授大學。得錢市棗栗，諸孫繞膝噱。門前風竹凉，大婦卷葦箔。中男挑糞歸，濯足理錢鎛。高言詆時宰，里語收謡詠。入秋菘已香，啓鼎芋新斫。啜醨亦復醉，淅米那用鑿。讀書日看山，漫未計晦朔。兩家恣所擇，後者吾其托。

輯佚·詩詞

卷一　詩

賦得「劚藥鉏輕帶濕雲」得「鉏」字五言八韻〔一〕

長鑱藥澗雲交織，靈苗帶雨疏。細香宜小劚，濕暈上輕鉏。荷月將歸否，耕烟合借渠。岩翠渾無際，松光畫不如。芝田清福永，肯讀養生書。

賦得「秋風生桂枝」得「生」字五言八韻

香吹鍾阜商聲動，秋陰變晚晴。風枝交不斷，桂粟艷初生。來雁銷餘熱，連蜷報始英。蘋白饒新賞，花黃續舊盟。沈郎詩句好，傳遍石頭城。

〔一〕「賦得」七首，録自《正誼書院課藝》。

賦得「雪爲五穀精」得「精」字五言八韻

挼雪兼蠶天，占年重穀精。一時爲旱備，五味得甘成。霏玉天公戲，宣禾土德呈。胚胎銀海氣，長養醴湖英。歲兆飛花瑞，經符本草名。品泉茶乳細，供佛飯香清。餘潤猶黏絮，新泥亦種粳。耤田春意滿，肅隊侍親耕。

賦得「文筆鳴鳳」得「鳴」字五言八韻

藝苑論才日，文章一代名。但看鴻筆健，絶勝鳳韶鳴。碧落新碑擬，丹山舊句成。氣含垂露潤，響到入雲清。經籍流光久，宫商協律生。人間推作手，天路話前程。毛羽山鷄愧，聲華野鶴驚。翰林回首處，咳唾盡瑶瓊。

賦得「水清石瘦便能奇」得「能」字五言八韻二首

水石分奇境，菩提寺乍登。清光來不盡，瘦態比猶能。泉練池根沁，雲藍樹罅蒸。蕩成胸活潑，豎起骨崚嶒。六垢蠲無礙，千形畫不勝。迹從王宰得，懷到老坡澂。性得夷之介，詩如島所稱。蓬萊峰涌現，海色日初升。

雪北天南地，禪參一指能。烟霞都媚佛，水石最宜僧。源自曹溪沁，名隨海岳增。涓流成飲樹，倩影逼禪燈。妙悟橫刀畫，堅頑聽偈應。八功和月汲，九黑帶雲憑。澱濁嗤杯渡，須彌涌塔層。菩提開法界，膜拜乞三乘。

賦得「吉士思秋」得「秋」字五言八韻

勵志詩成後，從知吉士修。所思猶此日，不覺又新秋。展轉春蠶老，沉吟晚蟀幽。壯懷慚伏驥，佳節想牽牛。玉品豐年重，金聲永夜遒。清名齊片羽，老氣付純鈎。《大雅》梧桐什，《離騷》杜若洲。由來身世感，多半屬書囚。

賦得「停車坐愛楓林晚」得「林」字五言八韻

遥指停車處，山光向晚深。來方從石徑，坐却愛楓林。畫本添秋意，鞭絲裊夕陰。霜前相掩映，雲外獨登臨。鴉點零星散，騾綱落日沉。橋亭供小憩，村舍喜幽尋。偶覺支頤倦，還應負手吟。黄昏歸未得，對月更張琴。

撫孤松而盤桓〔二〕

崛健何曾健，今看五大夫。支離如叟甚，節操笑君無。

吴山楚水路重重

吴山楚水路重重，三尺焦桐七尺笻。莫嘆曲高同調少，知音原有崍寒松。戊辰嘉平月立春前四日，作於申江客次。夢坡道長兄法家兩政。弟林紓飽飯無個事，呵凍并題。

古風長句〔三〕

陳君發興最飄忽，風致如仙骨如鐵。湖海意氣排元龍，雄談醉裏霏香雪。一朝對我色慘沮，欲言未言轉嗚咽。袖中一躍出雲箋，大書特書節母節。孝子性情發怒花，一片琳琅

〔二〕録自吴家瓊《林琴南生平及其思想》（《福建文史資料》第五輯第102頁）。原文説林紓在正誼書院時，與山長林鴻年有矛盾：「有一次月課試帖詩，以『撫孤松而盤桓』命題，琴南所作全首八十字的詩，都是藉咏松而諷刺鴻年的，……蓋鴻年於太平天國之役，畏葸不前而革職也。琴南晚年頗以此舉爲悔。」

〔三〕録自《福州晚報》2014年9月6日陳蘇《新發現林紓佚詩二首》。該文説此詩作於同治十三年（1874年）。

千點血。慚愧先生徵我詩，請爲節母揚風烈！節母舊是名家姝，堂堂巾幗軒眉鬚。稿砧泣唱新婚別，布帆遥指東泮月。三年奉母兼持家，井臼艱難向誰説。海波連雲青茫茫，天涯游子歸故鄉。騎鯨把臂遇李白，招魂不返雲天長。樓頭少婦吞聲哭，啼痕入地生斑竹。低徊尺組欲殉夫，回頭慘弄衰年姑。海枯石爛已如此，宛轉相看不得死。不死重蘇恢復心，銜哀且撫寄生子。了能讀書慰母心，青燈夜半光沈沈。書聲琅琅機杼疾，二十九年如一日。泮水流芹采掇歸，天與郎君生花筆。高堂一笑心顏開，佳兒佳婦呼將來。子孫環立聽我語，百種劬勞今語你。孤撑瘦骨擔飢寒，獨抛酸泪挨風雨。空空妙手葬三棺，有時截髮供鷄黍。自許清名保一生，敢望流徽照萬古。我思母節無以方，蘭兮九畹同流芳。況復陳君名下士，循陔潔養當毋忘。陳君許我忘年友，臭味已堪期白首。他日升堂拜母時，請將此曲譜入青琴爲母壽！

題《并蒂蘭畫圖》[二]

蘭香骨相本神仙，鎮日牢愁楚水邊。同調却逢斑竹子，湘烟湘雨共年年。

[二] 録自《福州晚報》2014年9月6日陳蘇《新發現林紓佚詩二首》。該文説此詩作於同治十三年（1874年）。

西湖之水碧於玉

西湖之水碧於玉，湖中倒浸群山緑。群山匯匝畫船來，雙槳摇波波皺縠。烟柳迷離認六橋，岡巒掩映連三竺。蘇堤遥接白堤邊，北山高枕南山麓。塔影斜依錦綉屏，泉聲遠漱烟霞谷。有時吹緑上船唇，終古縈青鎖岩腹。湖山勝處世間多，如此清遊遊不足。那知身世入圖畫，但覺襟懷濯塵俗。靈境由來天所鍾，俯視金焦總奴僕。幾生修到逋仙福，孤山自築梅花屋。英雄只羨彭尚書，退省庵邊種修竹。丁丑孟陬月，畏廬。

生平不入三王派〔一〕

生平不入三王派，家法微微出苦瓜。我意獨饒山水味，何須攻苦學名家。琴南畏廬，光緒八年。

〔一〕乙巳、乙卯畫中題詩與此略同。乙巳「獨饒」作「但留」，末句作「毋須着力作名家」，款曰：「乙巳七夕畫，爲秋坡仁兄同研大人雅屬。弟林紓。」乙卯「不入」作「不涉」，「出苦瓜」作「近苦瓜」，後二句作「我自孤懷托山水，幾曾着意作名家」，款曰：「乙卯重陽後三日，奇寒不出，畏廬老人林紓并識。」

甲申馬江之敗感懷〔一〕

禁垣特簡出群才，父老傾城洗眼來。晝省香爐誇侍從，赤車院牒耀輿臺。期門秋柳軍容冷，夜月蘆花鬼哭哀。自是符離關小劫，魏公鼻息正如雷。

秋感見寄〔二〕

錢溪不失險，回洑亦屏障。劉胡縱跳盪，逼仄病轉餉。

神圓知方

神圓知方，規天矩地。通變成文，象事知器。彰往察來，先難後易。體縱萬殊，理歸一致。詩雜仙心，畫通禪意。就範寫形，引伸觸類。巧思不窮，閑情可寄。乙酉夏書，錦堂二兄大人雅正。弟林紓。

〔一〕録自《鐵笛亭瑣記》之《以詩取忌》，題爲編者所擬。

〔二〕録自《石遺室詩話》卷三（《陳衍詩論合集》，福建人民出版社1999年版，第48頁）。陳衍謂：「憶甲申秋馬江既敗，余避地建溪，畏廬……又《秋感見寄》云……，用事均切。」

儲澤疏流利下田

儲澤疏流利下田，宜晴鏡碧漾澄鮮。唐堯漢武均垂蹟，川后天吴各得權。湖達江兮田達海，滇爲秦也繼爲燕。望霖半夏愁□那，思一湔之萬頃漣。丙戌中秋後，畏廬林紓寫。

和林述庵四首〔一〕

屠狗叢中幾友朋，怒調惡馬架奇鷹。酒香滿市群兒笑，醉眼横天一劍冰。肝膽向人空痛哭，頭顱食肉不飛騰。欄干拍遍誰青眼，墨墨愁雲月半棱。

但解疏狂骨已仙，不燒丹汞不通禪。照鄰我願呼前輩，賈誼人争説少年。滿把不酬知己泪，與君曾受美人憐。中流擊楫知何日，事業堂堂望二賢。

談兵以後更談詩，百種雄心入酒卮。生願負瓢隨玉局，行當把劍哭要離。出關心緒長歌壯，讀史襟期短燭知。一卷陰符三尺綫，滿天風雨閉門時。

茫茫斜日下江河，醉卧殘雪當枕戈。冠蓋論交名士耻，文章覆瓿腐儒多。猖狂罵座君何

〔一〕録自《林先生述庵遺詩》。

顬，慷慨傷時我亦頗。笑挽妻兒歸隱去，結廬旦晚北山阿。

咏　史四首〔一〕

斜月荒臺動酒悲，頭顱空負好男兒。憂時我愧陳同甫，抗疏誰如杜牧之。天海茫茫雙袖泪，生涯草草一囊詩。中原白骨三千里，此是群公報國時。

塵土衣冠走沐猴，杜陵無計但牢愁。罵人尚狃書生習，言事空懷國士憂。自分姓名老鄉里，不堪慟哭向中州。佯狂使酒成何事，萬里風雲一倚樓。

熱血填心死不灰，際天風雨托吟杯。宦途但識金銀氣，草莽誰儲將相才。中外誓書傷國體，東南民力困天灾。九閽言路何曾塞，仗馬銜枚亦可哀。

人間無地可狂歌，酒醉樊樓匹馬過。真幹功名人有幾，邇來燕趙士無多。達官争説歸山好，大義其如報國何。手把吴鈎自期許，頭銜漫笑布衣羅。

〔一〕録自《林先生述庵遺詩》。後發表於《游戲新報》1920年第一期、《益世報》1923年7月21日。

再倒叠前韻寄示林述庵四首〔一〕

秋隼盤空避網羅，英雄落魄奈天何。傷時杜老非無見，敢死陽城本不多。市駿臺空凡骨重，招賢館好幾人過。銅琶鐵板宫商調，醉遣關東慷慨歌。

何必酸心賦八哀，文章充棟棗梨災。贊皇空有籌邊策，殷浩終無濟世才。敢望功名躋史册，可堪身世落吟杯。斜陽荆棘銅駝感，莫過昆明問劫灰。

獨嘯江天庾亮樓，茫茫暮氣黯神州。荆公入閣更新政，陸贄還山抱國憂。牛馬風塵填世路，關河蕭瑟入邊愁。讀書畢竟歸無用，奇技何曾見棘猴。

鐵雨金風痛哭時，臺城應教尚徵詩。遼東樓破栖龍尾，野史亭空泣裕之。酒市談兵驚惡少，中原立誓啖胡兒。蒼茫獨立天無際，吊古傷今亦自悲。

〔一〕録自《林先生述庵遺詩》。

三疊前韻寄示林述庵四首[一]

北宋流民最可悲，中原事勢誤群兒。東山無詔徵安石，内閣何人惜退之。遺老猶談全盛事，書生空有感懷詩。西臺如意辛酸泪，江水悠悠日暮時。

昆蟲雕罷刻獼猴，太學何人抱古愁。陳亮猖狂談國勢，屈原侘傺發離憂。高懷有意存千古，落魄何心問九州。手挽汝南袁彦道，月明燈火上樊樓。

河朔江淮戰骨灰，年年寒食奠餘杯。前身諸葛誰開府，左肘垂楊幾將才。守令惜身輕報國，史官鳴盛諱言災。狂奴别有傷心地，多謝王郎説莫哀。

拍案呼盧倚劍歌，五陵年少數經過。肥魚大酒權相逐，王第侯家詎足多。直以小兒呼德祖，肯將國士讓蕭何。醉中笑問河陽守，不信温生禮可羅。

亂石堆中樹萬枝

亂石堆中樹萬枝，蕭蕭野竹賊清泜。有人問我家何派，半學迂翁半大痴。庚寅秋九月二日，

[一] 録自《林先生述庵遺詩》。

畏廬林紓并識。

紅樹船停幾許詩

紅樹船停幾許詩，碧棲才調搭微之。我今打槳桐江路，正□山林歌解時。庚寅凉秋，畏廬老人林紓。

恭題《孝節王夫人樓居圖》并引〔一〕

夫人笄年聞婿黄氏噩耗，即屏居樓上十餘年。俟父王翁窀穸既，乃告其母，請適黄氏。禮成，時觀者至廬萬數，咸嘖嘖稱夫人孝節，爲亘古所難。里人林紓尤嘆服夫人從容就義，於孝節爲兩無愧焉。先三日沐浴，始繪此圖，呈夫人。夫叔倬人先生。紓與倬人未謀面也，特服其家有偉婦人，殊黄氏之祥也。詩以慶之。

妖蟆蝕壞團圞月，尺帛自封頭上髮。瓊枝已謝椿樹危，忍死十年瘗父骨。重樓嚴閉不到日，策策朔風撼松柏。下樓拜母適死婿，燭華斂作秋磷碧。海枯石爛血不熱，夫人之心

〔一〕此詩當是林紓在致用書院時所作。陳慶元主編《謝章鋌集》有《王節婦樓居圖林琴南紓屬題》（吉林文史出版社2009年版，第335頁），其中云「林子作畫兼徵詩，大義兩全爲衆師」。

堅如石。林紓拜稿。

玉鈎斜[二]

鏡裏頭顱斫未曾，内家叢冢掩秋塍。燕釵宿膩銷黄土，蝶路春魂化錦繒。繐帳塵昏香唾碧，迷樓人散泪花冰。紅心草瘦垂楊老，明月無情自廣陵。

表忠觀[三]

羅刹江聲萬弩沉，西風破葉廟門深。降幡不種兒孫孽，社酒從知父老心。五季功名餘券鐵，兩州將校尚碑陰。熙寧制詔眉山筆，忠孝文章照武林。

[二]《玉鈎斜》至《讀〈虬髯客傳〉》二十八首録自《支榭詩拾》，署名「林群玉」。《玉鈎斜》後發表於《平報》1912年11月8日。

[三] 後發表於《平報》1912年11月6日，題作《和作》，前有陳衍《題表忠觀》詩：「祝聖明湖禱祠深，廟門黑箐曉陰陰。鼾聲卧榻聞衣帶，歌舞春燈話餅金。鐵券賜書錢氏志，錦城降表李家心。如何五代歐陽史，曲筆傳疑訟到今。」張俊才《林紓評傳》擬爲《和石遺〈題表忠觀〉》。

夕陽

雁聲吹落萬家秋，一段依微鬱古愁。眼底平蕪連故郢，風前匹馬望洮州。樓臺長笛人如畫，城郭垂楊水自流。楓樹紅酣鱸鱖上，詩心一一逗歸舟。

題吴梅村聽玉京道人彈琴歌後[一]

秋夜横塘曲宴闌，玉人半老去長干。六宫風雨移行帳，一夕滄桑换女冠。北地人歸花事盡，南朝夢醒徵聲寒。可憐萬種凄凉曲，偏向蟲沙劫後彈。

[一] 後發表於《平報》1912年11月8日，題作《和作》，前有玉瑜《題吴梅村聽玉京道人彈琴歌後》：「丹山雛鳳碧城鸞，一曲哀歌老泪彈。同命求凰傷緑綺，脱身騎鶴慕黄冠。琴河風雨金徽冷，瓊觀兵塵玉樹殘。唱斷開元舊詞客，聲聲幽怨寫烏闌。」張俊才《林紓評傳》擬爲《和玉瑜作〈題吴梅村聽玉京道人彈琴歌後〉》。

李後主〔一〕

吴王宸翰麗丹霄，墨史猶能記李超。羅襪夜凉過别殿，落花詞愴入靈簫。千秋局最金陵短，一脉魂隨玉樹銷。惆悵南來徐騎省，舊恩戀戀作烏朝。

題《吴梅村集》後〔二〕

腸斷宣南舊直廬，巢由迎拜侍臣車。疚心忠孝生低首，嚼蠟功名老著書。講院春風殘泪在，夷門秋月舊盟虚。宦情輸與錢龔老，華省宫袍照佩魚。

《桃花扇傳奇》題後

梨園唱徹孔雲亭，遺老筵前酒半醒。粉黛湖山新樂府，兵戈藩鎮小朝廷。河房士女傳殘

〔一〕後發表於《平報》1912年11月13日，題作《和作》，前有玉瑜《吊李後主》：「金屑檀槽醉舞銷，兵塵草草换前朝。款書竟逐降王梃，奉使虚隨騎省軺。天水碧侵爪步月，鍾峰青隱秣陵潮。凄凉一闋家山破，泪滿江南廿四橋。」張俊才《林紓評傳》擬爲《和玉瑜作〈吊李後主〉》。

〔二〕後發表於《國學萃編》1909年第二十二期、《平報》1912年11月11日，後者題作《書吴駿公集後》。

畫，舊内樓臺銹故釘。輸與橫波夫婿貴，揚州檀板演燈屏。

燕〔二〕

烟際松聲掠碧紗，亭亭白柰雨絲斜。一彎屧路妝樓柳，十面珠簾秘殿花。畫棟秋風曾小劫，疏蕪落日又誰家。莫愁湖上休相見，曲院於今衹斷鴉。

金川門〔三〕

瓜洲渡口陣雲陰，蕃騎排山卷甲臨。骨肉豈關燕邸事，干戈隱痛孝陵心。幽蘭劫急王孫在，貝葉聲乾佛火深。家事與人姚廣孝，袈裟病虎亦銷沉。

〔二〕後發表於《平報》1912年11月12日，題作《和作》，前有欣園《燕》：「萬里輕身感鬢華，傍人門户又天涯。相逢歸路長堤柳，小訴春愁别館花。新雨簾櫳寒食節，春風鎖鑰故侯家。六朝興廢無心管，零落烏衣日又斜。」張俊才《林紓評傳》擬爲《和欣園作〈燕〉》。

〔三〕後發表於《國學萃編》1909年第二十二期。

寒鐘

一杵楓林破月幽，雲心滯在幾層樓。旅燈穗外支吟榻，佛火光中擱茗甌。夾道亂梅靈隱寺，半篷殘雪廣陵舟。年來我亦曹谿客，鬟帳霜高葛帔秋。

題《庾子山集》後

亂後臺城長緑蕪，枇杷遺堞又啼烏。名流墜劫文章賤，殘貴登場地望孤。兵柄兩朝虚笠轂，臣家一水戀蓴鱸。不知璧月瓊花輩，解續江南賦手無？

靈武〔一〕

范陽賊騎扼臨潼，車駕西來宿衛空。三輔河山懸帥府，九天符璽落儲宫。軍中奇貨真龍種，劫外生棋走狗功。蜀道望歸歸底事，南宫葉落雨濛濛。

〔一〕後發表於《國學萃編》1909年第二十二期。

三垂岡

秋聲挾泪入檀槽，上黨行轅曲宴豪。將種開場先慷慨，老羌晚節忽風騷。兩河兵力朱梁横，一角棋心晋絳高。原廟空餘三矢在，愁臺咫尺亦蓬蒿。

浣花草堂

彭衙憔悴卸琴裝，滿眼兵雲玉壘長。西狩六飛曾棧道，北征一老此溪堂。釣竿天與先生健，棨戟花迎節度香。橦竹蕭蕭秋四壁，不堪回首望襄陽。

過絳雲樓故址感作

奄兒覆手碎乾坤，北上王褒獨拜恩。東澗頽唐新閣老，南都零落舊巢痕。文章盟主同芝麓，忠孝門生得稼軒。晚節且依鐙席去，陪京遺事忍重論。

天下大師墓

燕師動地迫長安，隧道凄凉行路難。直北風沙華表在，江南松柏祖陵寒。瓣香豈列郊壇祀，玉匣真成塔廟看。高帝子孫今孰是，當年多事學蕭鸞。

厓山懷古

翠華風雨望臨安，一火厓門壁色丹。行帳南來龍種盡，大江東走雁聲寒。海師將帥真孤注，舟國君臣亦大觀。凄絶鐵艟衝擊日，有人囚服倚篷看。

老伶

太常屬籍幾經秋，記作箏人未裹頭。廣幔施燈猜舊夢，殘衫被酒説牢愁。華年似水憐紅豆，剩粉如塵褪緑韝。莫過江南遊冶地，琵琶是處是歌樓。

吴桓王

會稽遺堞晚蒼蒼，總角英雄馬槊强。赤壁大功歸愛弟，丹陽首事得真王。僮奴禍踵岑彭局，雄鬼名依項籍香。我過江東開戟地，劍花片片上吴霜。

鈐山堂

閣老威名地望尊，伊誰敢叩蓴山閽。一時相業青詞貴，十載書聲白屋存。偃月燈光人下直，格天詔墨鬼啼冤。歡場試味歐陽語，春夢回頭問舊痕。

復社

贅閹遺醜復牙緋，十廟園陵指顧非。刀鋸同心甘黨禍，鶯花泪眼看京畿。千秋東漢翻藍本，半壁南朝釀殺機。輸與嬉春侯雪苑，朱樓夾道戀斜暉。

土木堡

軍聲夜走鐵浮圖，宣府沙寒戰鬼臞。南牧釁端挑馬市，北行兵事誤璫奴。氈廬劫火從官燼，帳殿陰風法駕孤。京國同聲歌雨帝，君王料到奪門無。

蝶

噙香抱粉度江城，又熱高樓蕩婦情。屧上細香纖草路，鈴梢殘夢墜花聲。雨風時節當春瘦，萍絮生涯受劫輕。懶唱祝英臺近曲，年年芳冢吊卿卿。

余闕祠

孤臣嚙指誓旻天，半壁長淮死控弦。安史禍深天寶日，襄樊事去理宗年。萬重戰骨金城月，一曲神弦皖水烟。忠節坊西松檜碧，可憐異代識公賢。

朝雲墓

竹根凄斷塔仙吟，瘴水琵琶怨不禁。謫宦行藏秋燕影，病姬魂魄杜鵑心。詩懷紹聖殘衫冷，花落栖禪小碣深。儋耳毗陵相向在，端明應不惠州臨。

追題完顔海陵《吴山立馬圖》〔二〕

傳檄風生古汴州，佛狸暮氣飲江流。六年夢寐湖山局，一蹶東南草木秋。肘腋有人窺鄴館，鶯花無地起迷樓。晋陽車騎宣和筆，擬似高洋恐未侔。

〔二〕後發表於《國學萃編》1909年第二十二期。

讀《虬髯客傳》

朔風吹雪上吴鈎，兒女英雄孟浪遊。客路恨無賫巨眼，酒杯我不懼仇頭。稗官着意描三俠，劍客何才王一州。自是阿麼天意盡，豈關心折太原裘。

題《紫雲圖》〔一〕

曼陀花色好，芳氣静中聞。珍重葳蕤鎖，防人乞紫雲。琴南寫於臺南冷紅齋，癸巳元夕。

風静微聞響暗泉

風静微聞響暗泉，當岸松影淡於烟。亭居鎮日客來少，一角遥山對榻眠。癸巳小春用元人深秀之筆，未能似也，識者以爲然否。畏盧老人林紓。

〔一〕録自《林紓書畫集》。

題《雲栖山水圖》〔二〕

未至蓮池三里路，松篁落影蘸青溪。不知已入雲栖塢，一徑陰陰啼竹鷄。戊戌四月偕拔可世講同至雲栖，歸後囑爲補圖，用黎二樵法寫之。畏廬老人林紓并識。

題贈彭初世《雲栖紀遊圖》

試看雲栖話客蹤，扶欄醉看數棵松。衹今回首蓮池塔，猶忘齋堂傍午鐘。戊戌四月，余同鄭稚星、林東生、李拔可同至雲栖。余填《慶宫春》題于壁間。六月二日，爲彭初世兄補此圖。琴南識。

遊西湖雜詩十二首〔三〕

西施昔日浣沙津，石上青苔思煞人。一去姑蘇不復返，岸旁桃李爲誰春。

柳色参差掩畫樓，曉鶯啼送滿宫愁。年年花落無人見，空逐春泉出御溝。

〔二〕 録自《林紓書畫集》。

〔三〕 林紓《西湖詩序》云光緒壬辰「余甚感於宋氏之陳迹，每至必皆有詩，積六日得二十首」，未知此組詩是否屬其中的一部分，或爲林紓在己亥、庚子杭州期間作，暫置於此。

霧濕晴花春殿香，月明歌吹在昭陽。似將海水添宫漏，共滴長門一夜長。

西宫夜静百花香，欲捧珠簾春恨長。斜抱雲積深見月，朧朧樹色隱昭陽。

芙蓉不及美人妝，水殿風來珠翠香。却恨含情掩秋扇，空縣明月待君王。

金井梧桐秋葉黄，珠簾不捲夜來霜。熏籠玉枕無顔色，卧聽南宫清漏長。

宫門長閉舞衣寒，略識君王鬢已斑。却羡落花春不管，御溝得流到人間。

君恩已盡欲何歸，猶有殘香在舞衣。自恨身輕不如葉，去來還繞御簾飛。

紗窗月落漸黄昏，金屋無人見泪痕。寂寞空庭春欲晚，梨花滿地不開門。

越山迎面送晴嵐，界水朱闌艇兩三。獨酌寒泉面湖緑，此間風味勝江南。

鈿車多度柳絲間，路轉沙堤第幾灣。遊客不勝南渡感，湖樓斜日望吴山。

濃春已逐麗人天，遊女盈盈尚水邊。日落西泠湖翠合，歸船風引煮茶烟。

橋陰春水長鴛鴦，撲面楊花作墜香。薦菊亭荒詞客去，更無人配水仙王。

題《游西溪圖》四絶句

百曲西溪暮靄中，西風吹墜半林楓。菱蘆陳迹何曾勝，爲愛詞人屬太鴻。

烏桕經霜漸漸稀，鱸魚只覺到秋泥。小艭駛入溪橋後，一帶秋花白板扉。

紫菱蘆漪第幾灣，回頭猶見法華山。江村老生詩船游，我欲停寓卜此間。

首座陳侯意氣粗，就中郭子最清臞。此間橫遇黄花節，比似龍山蕭曠無。己亥九月，同梅容四兄游西溪，翹首再游花塢，梅容囑爲補圖。因成四絶句，蓋以示和，即乞教正。畏廬弟林紓并識，時同客浙西。

扶杖西溪日往還

扶杖西溪日往還，野漚不及道人閑。昨宵新悟華嚴理，笑看蘆花以外山。庚子元夕，用松雪法寫西溪一角，即呈。林紓繪。

紫崖碧峰連雲樹

紫崖碧峰連雲樹，白石青莎并紅路。采樵客去洞門深，出郭人歸烟水暮。兩崖之間高且虛，有亭翼然誰所居。山花當户可載酒，芳草滿庭宜讀書。庚子三月初十，畏廬林紓。

生長東籬處士家

生長東籬處士家，不同凡卉競春華。金風報到重陽節，管領芳筵是此花。歲庚子同天節後一日，畫於滬北語新樓并題。

反游仙詩五首〔一〕

青童雙扶紫鸞車，迎謁瑶池阿母家。嬴得琅軒成底事，樊籠長日嗅桐花。
南昌舊時負靈根，總轡雲霞避國屯。衝舉應難江左去，何因變服落吴門。
屏却披霞紫綺裘，西風策策鹿袍秋。東方只信人間樂，不逐斑龍向十洲。
縹緲虛無海上山，朱幡翠葆碧雲間。十年心冷龜臺籍，未敢焚香禮阿環。
每嚮天風聽步虛，棗瓜瓶李負軒渠。嵇康道力何曾有，辜負長休指我書。

排雲殿 飭聯軍之侵頤和園也〔二〕

昆明湖對西山麓，崔巍秘殿仙雲緑。宿衛披鈹五百人，垂楊掃道銅街肅。内侍傳呼趣蹋秋，粉霞長綬揚歌喉。至尊來與紅雲宴，十萬銀燈捧御樓。紫檀抱竹長教舞，緹幕當花不上鉤。無端忽構傷心事，禁城傳箭紛紛至。豸帳宵空侍女稀，鵶翹曉出親藩侍。西上潼關入亂雲，西山别殿被斜曛。奪門兵仗踉蹌入，蕃甲蛇鱗酒半醺。白頭宫監吞聲哭，

〔一〕録自《貞文先生年譜》卷一第29～30頁，置於1901年。手稿圖片題作《反游仙詩四首上郭春榆侍郎》。
〔二〕録自《普通學報》1901年第一期。

落花掃後仍愁獨。細草如氈輦道深，而今恣蹋西人鞠。問道千官請啓鑾，屬車西下古長安。殿庭細細槐花落，回想烽烟膽尚寒。中興指顧行新政，聖人肯忘蕪蔞儆。海宇澄清會有期，昆明湖水仍如鏡。

野狐外道藍田叔

野狐外道藍田叔，我竟無心兒類之。從此閉門識禪病，瓣香長禮苦瓜師。學濟師十年，卒不得其荒率蒼蔚之氣，但覺獷悍逼人。此魔着吾腠理矣。今將力識之，並乞藍洲先生誨我。林紓識于湖上，辛丑九月。

一瀉如聞百里雷〔二〕

一瀉如聞百里雷，一時洗浄萬重埃。雲泉通是山人物，縱費千金買不來。辛丑小陽月，仿椒畦老人大意。畏廬林紓寫於烟雲樓。

〔二〕 録自《鼎爨》1926年第二十三期之《林畏廬仿王椒畦山水》畫中，畫後有「冷庵」的按語云：「畏廬老人之畫書氣盎然，近日收藏家均欲得其真迹。此幀係其五十歲用功時所作，仿王椒畦極似長四。筆力至佳，其老年枯筆，實不逮此也。」後甲子二月的畫中亦題此詩。

題《故園幽居圖》〔一〕

莫問當時補柳翁，天涯五載悵離群。故園多少閑松菊，竟向宣南作寓公。晴川二哥大人雅屬。畏廬弟林紓識，壬寅六月。

獨坐空山垂釣者

獨坐空山垂釣者，時從林隙見天光。白雲滿地紅塵少，覺得閣中意味長。癸卯小春二月，作於春覺齋，林紓。

送石遺南歸〔二〕

明知行促故牽裾，門外新泥已濺車。名輩漸稀君愈貴，清貧能耐計非疏。灰心忍挂滄桑淚，索畫仍描水竹居。病起寧饒相見地，風前不盼雁來書。「楓林凋晚葉，關河迴，夢客慘將歸。」

〔一〕 録自《林紓書畫集》。
〔二〕《林紓詩文選》輯自抄件。《庸言報》1913 年第一卷第五號載此詩，無題款，「漸稀」作「漸非」。亦見於手稿，個别字據手稿校改。

石遺特科報罷，夜走東，將以二十七日出都。余大駭，飛書勒勿去。請以畫爲餉。石遺乃爲余留一月。余惜别之情，溢出筆端，惟恐其畫之竟也。畫竟，卒無詩。拾宋人語，用以志别。癸卯閏五月二十八日，林紓并識。

我有清溪水

我有清溪水，終朝學釣魚。不圖貪口腹，爲想古人書。癸卯秋七月，爲芒生仁兄大人屬。畏廬林紓。

題《花塢幽篁圖》〔一〕

山雲蓊老篁，直入三里緑。不見華塢花，但見華塢竹。法花塢竹逾於雲栖、韜光十倍。余居浙西時，月或一至焉。比來京師，夢時及之，寫奉少泉先生雅政。畏廬弟林紓并識，癸卯八月。

俞太恭人七十壽詩〔二〕

自我友公度，乃在辛丑歲。簡峻如李膺，清節愈峭礪。累聘却當塗，塵囂獨窮閉。忼慷

〔一〕録自《林紓書畫集》。

〔二〕録自《中華歷史人物别傳集》第62册。係爲馮恕母七十壽辰（光緒三十三年七月四日）所作。馮恕，北京大興人，原籍浙江慈溪，字公度，號華農;清光緒進士，曾任海軍部參事、司長等職。

述母德，布素泯門勢。緬懷庚子亂，魁蠹暴無藝。達官避胡走，樞近雜萌隸。曉日射潼關，鐃吹迓皇帝。京闕烟塵滿，母意獨鋭厲。散財命儲粟，圍城預籌濟。存活乃百數，爲惠豈云細？更憫蚩蚩愚，浚迪出宏製。琳琅備萬笈，新學獲階砌。母功至魁偉，學子襲嘉惠。上天右祥母，奇壽冠當世。我詩固庸陋，語語赴真際。

至漢上[一]

車箱一瞥見江光，不覺吟身落楚鄉。遠勢莫窮南逝水，征夫暫卸北來裝。望中形勝趨京口，雲際旌旗壯武昌。屈指江程從此始，扁舟明夜定潯陽。

非色野宫詞六首[二]

鏡殿春陰玉臂寒，君王每向睡餘看。粉霞寸寸鴛鴦錦，珊枕函邊喚馬丹。

輦道微風散曉烟，持鈹人聚御橋前。玉京朝會除門籍，枉署瑶臺侍從仙。

〔一〕録自《國學萃編》1909年第二十二期，原詩名下有兩首，其一即《畏廬詩存》之《歲暮邯鄲道中》。《冒廣生友朋書札》亦録此詩，擬題從之。

〔二〕録自商務印書館光緒三十四年（1908年）版《恨綺愁羅記》卷首，序文署光緒三十四年花朝，詩或亦作於同時。

簾外飛泉落碎瑛，羊車久罷此間行。個人不解儂凄咽，錯道瓊窗鸚鵡聲。
承恩一十七年中，樂府何曾唱惱公。燕子飛來金鳳去，秋痕冷上水晶宫。
一簇梨花小苑深，玉璫函札久沉沉。君王卧起長生殿，怎釋樓東望幸心。
晚凉浴殿襲珠襦，纖履光涵緻緻膚。誰解宫門金獸外，斜陽一片在蘼蕪。

題《徵車過闕圖》〔一〕

畫裏朱樓聳百尋，徵車過處柳陰陰。蒼梧父老共相憶，不换先生戀闕心。戊申五日，嘯桐同年蒲輪入都，朝儀極品入御中臺，得假南歸，寫《徵車過闕圖》送之。畏廬林紓寫贈。

山居塵自遠

山居塵自遠，門徑瓊英蔽。時有幽風來，香氣襲衣袂。戊申秋七月，余自吴至越，分袂過友人處，出示所藏墨井道人《梅花書屋圖》，蕭疏冷雋，古香可愛，因撫知意。畏廬居士題於逸園。

〔一〕録自余暇《鑄龍高士》（《閩都文化》2017 年第 1 期）。高嘯桐戊申來京應御史考試，高中頭名，後未記名。

山人無事寫青山

山人無事寫青山，此肖西溪第幾灣。十載杭州拋不下，秦亭月色上毫端。畫成，信筆寫此，端字竟出韻，幸山人不試，亦自無落第之戚也，一笑。聚卿仁兄大人雅屬。畏盧林紓并識，己酉閏二月。

一脉清流數仞山

一脉清流數仞山，丹楓烏桕供盤桓。烟雲過眼渾閑事，誰識蒼松耐歲寒。己酉秋日，畏盧林紓寫并識。

落筆縱横不自休

落筆縱横不自休，抹成小景絶清幽。碧波千里楚山晚，紅葉一林荆樹秋。己酉冬十月於宣南春覺齋，寫此排悶。畏盧老人林紓并識。

霧斂山明處

霧斂山明處，斜陽三兩家。幽人高隱處，一徑入桃花。己酉嘉平□衛年世講屬作。畏盧老人林紓并識，時在宣南春覺齋中。

嵐氣欲化烟

嵐氣欲化烟，溪色平如掌。山人家竹中，冷翠濕虛幌。庚戌春半，見雪畏寒不出，展清暉老人畫本，參以己意，遂成是幀。畏廬林紓并識。

有情重也憐輕別

有情重也憐輕別，點染河山作畫圖。壯我行旌多少色，狂花十萬撲征車。庚戌立春日大雪，回憶舊寫此排悶。畏廬老人林紓寫於春覺齋中。

溪堂斂秋色

溪堂斂秋色，竹外風疏疏。童子洗鶴去，落葉平階除。庚戌春日擬石谷。屬錫青九兄大人雅屬。畏廬林紓并識。

林泉生長猒應難

林泉生長猒應難，更寫方屏幾曲間。仕宦東西苦無定，此心長似宿家山。庚戌五月，用吴墨井法，寫呈權伊大人雅鑒。畏廬林紓於春覺齋。

題《溪堂山翠圖》〔二〕

山翠侵人作夏寒，宣南無此好林巒。年來多讀漁山本，摹得溪堂竹萬竿。庚戌五月下澣，用吴墨井法寫呈拱北觀察大公祖大人雅鑒。弟林紓并識。

道人轉華嚴

道人轉華嚴，推枕起清曉。松深不到日，時時聞山鳥。昔在越中恒寓西溪，畫中風物似之。寫呈後齋上公雅鑒。林紓繪，庚戌中秋前七日。

明一品服少詹醴原陳公像題詠〔三〕

烈皇晚歲聽權奸，雄決徒聞逐諫官。一疏立邀嚴譴至，衰朝始信建言難。豈勝輦道銅駝感，肯負霜臺獬豸冠。削髮且依燈席去，雪峰清曉磬聲寒。宣統二年秋八月，鄉後學林紓敬題。

〔二〕 録自《林紓書畫集》。
〔三〕 録自民國七年（1918年）版《金華陳氏重修族譜》。

題《仿吴漁山圖》〔一〕

墨井風流二百年，同時競爽但耕烟。壽陵餘子非無力，學步邯鄲總可憐。吴漁山爲家谷寫山水，重巒叠峰，筆墨真造黄鶴山樵堂奥。吾友忽雷閣主人藏□真本，余幾寢饋其下。主人欣然見假，極五日之力摹成，終不能肖也，擲筆慨然，卒成此詩。庚戌十月七日，畏廬林紓識於宣南春覺齋。

秋烟散處竹房開

塵海何人策蹇來，秋烟散處竹房開。是間竟有尋幽客，忍惜樓前一道苔。庚戌十月雪中，用石谷法寫呈慈舟公祖大人雅鑒。畏廬林紓識於宣南春覺齋。

《梅陽歸養圖》送江侍御〔二〕

直臣引退事堪悲，却費山人一首詩。中尉今無張萬福，樞廷真肖鄭當時。歸逢笋候宜醇

〔一〕録自《畏廬遺迹》。又有畫作亦題此詩，款曰：「曩在友人案頭睹漁山看雲圖，歸而擬之，終覺心手不相應也，擲筆廢然，并記此絶。壬戌春日，畏廬老人林紓寫并識於春覺齋。」

〔二〕録自《國風報》1910年第一卷第十一期。

酒，老就梅花豈夙期。戀闕心醲兼戀母，在天端有景皇知。

昀谷太守之蜀作《江行覓句圖》送别賦此〔二〕

生平不識嘉陵道，却寫夔巫上峽舟。爲愛詩人能作郡，聊將畫卷紀清遊。從今編集多新語，沿路聞猿及早秋。日日推篷山色在，知無餘地著離憂。

癭公集同人游花之寺，海棠未開，景物凄黯，以圖紀之并題一詩〔三〕

選勝猶選詩，與俗異憎愛。尋春嚮廢寺，白晝即幽曖。駭車竄豕群，訝客哆僮喙。入門目殘狀，傾欹賞石態。癭公豫泛掃，浥塵當澆溉。縱有頹墜感，焉爲清游礙。朝貴束簪組，眇此若遐穢。南城寺榜存，問名莫舉對。時危構幽賞，樹的集群誶。所喜非近名，屏迹入沉晦。春雪易成泥，顛頓馬力退。雛芽挺疏筆，野色明畦菜。歸途望西山，雲末横餘黛。

〔二〕録自《國風報》1910年第一卷第二十七期。
〔三〕録自《國風報》1911年第二卷第十期。

山　家[一]

一夜雁聲寒，群峰縹緲看。清吟來鄭綮，高卧傲袁安。拔宅歸瑶島，開門失翠巒。有人山下望，如在白雲端。

記我題詩東際樓

記我題詩東際樓，曉來倚枕看雲浮。十年不到招提境，往日闍黎應白頭。余居鄉每年必至石鼓三數次，計東際樓凡二十宿矣。都下無山，日望玉泉，都在風沙之外，怏怏不能不思石鼓也。次舟大公祖大人雅屬。林紓并識，辛亥四月。

春盡蘭亭水自流

春盡蘭亭水自流，冬青鬱鬱投松楸。六陵尚有零星骨，去作人間玉髑髏。辛亥七月，讀《元史》至楊璉真珈事有感。唐玉潛先生高義，爲補是圖。玉枝當日山中易骨時，而理宗顱骨爲楊禿竊作飲器。及明洪武時，始從武庫中撿出，以禮葬之。見高季回先生詩。某寫，爲秋波老兄大人雅屬。弟林群玉識於臺南，畏廬。

[一] 録自《吴門雜志》1911 年第二期。

見津門大街各報館高張大革命白幟，書「革命成功萬歲」。見者皆歡呼，歸途感賦〔一〕

此局明明肇孝欽，卅年府怨士民深。紛奢有過秦人暴，屠脅無難漢族沉。縱未改元署光宅，居然漏網免河陰。今朝父老歡呼競，鼎革仍原上帝心。

讀廿五日遜位詔書〔二〕

數行詔墨息南兵，畢竟收場勝晚明。終賴東朝持大體，弗爭閏位戀虛名。伏戎頗已清三輔，定鼎還勞酌二京。最是故宫重過處，斜陽衰柳不勝情。

題《平挹江瀨圖》〔三〕

十載長安作客吟，夢中時動聽泉心。山靈笑我不歸隱，真欲神州看陸沉。東南亂事未弭，孫

〔一〕録自吴家瓊《林琴南生平及其思想》（《福建文史資料》第五輯第100頁）。當作於1911年辛亥革命後。
〔二〕録自吴家瓊《林琴南生平及其思想》（《福建文史資料》第五輯第100頁）。
〔三〕録自《林紓書畫集》。

盧之焰猶張，建業危城尚在金風鐵雨中。長日無聊，以畫自遣。鐵楳先生以此見屬，裝池後來徵吾詩，猝成二十八字，送之，與畫初不相涉也。紓又識。

西溪雜咏[一]

倚山靠水翠重重，迎面居然山更濃。寂寂溪南風日麗，道人不打午時鐘。用王烟客筆法并録《西溪雜咏》一首。宣統三年歲次辛亥，秋月平分之月，畏廬林紓。

那王出撫外蒙，辟力醫隱爲從事。醫隱老矣，行沙漠非易，詩以止之[二]

徵書一紙出元戎，老去寧開五石弓。漫就李程分苦樂，先從宋鄭辨昭聾。田園且畢平生事，宣撫原非旦夕功。絶漠暑風天萬里，何妨袖手待英雄。

鄭太夷入都省壽伯茀家以詩見示且徵和作[三]

我哭師門已三世，觥觥尤痛殿中君伯橘子茀徒。不留餘孽天胡醉橘徒兄弟四人一月中盡以疫死，

[一] 録自李雲雷《西溪畫尋》，杭州出版社 2012 年版，第 60 頁。
[二] 録自《文藝俱樂部》1912 年第一卷第三期。
[三] 録自《文藝俱樂部》1912 年第一卷第三期。

暴振衰宗古未聞。今日鄭公過故宅，當時高叟吊秋墳嘯桐與予同過伯苐墓下。卅年撫盡榮枯眼，白廟榆枋自夕曛。

醫隱先生計未疏

醫隱先生計未疏，酒錢多半出蓮租。晚來偶款城中客，釣起門前一尺鱸。此爲鶉房山莊，吾老友醫隱先生廬也。壬子五月，余至山莊，經宿始反。先生方種魚，言秋中魚肥當款客矣，故詩中及之。蠡叟林紓圖并識。

爲雷譜桐作大幅山水題詩其上〔一〕

鎮日求閑未曾閑，亂前徵畫亂餘還。篋中幸剩清暉本，染此桐江一角山。壬子秋日雨中，寫爲譜桐先生雅屬。弟畏廬林紓作於力民小園。

〔一〕録自手稿，款識據李家驥抄件。李家驥注：「福州西湖名人畫展，觀得壬子遺作。」

題《桑溪禊觴圖》[一]

一曲桑溪水，詞人挹禊觴。風流消歇久，誰吊陸榮臧。道咸之間，吾鄉李蘭屏先生兄弟方□皆□，守福州者爲陸榮臧先生，桑溪禊事甚盛，榮臧填《醉蓬萊》二解，高雅直逼史梅溪，殆□六十餘年，風流頓盡。春日寫此，心爲慘然。癸丑元夕，畏廬林紓識於宣南榕蔭堂。

烟雲出没有無間

烟雲出没有無間，半在空虛半在山。我在閑中消日月，幽林深處聽潺湲。癸丑初春，畏廬。

[一] 録自臺灣《藝術家》1989年第二期石允文《畫家·文學家·翻譯家——林紓》。

林述慶墓表〔一〕

十年曾飲京江水，北顧蕭條羞故壘。題詩鐵瓮吊寒潮，恨欠英雄江上起。英雄千古一蕲王，試劍孫劉好戰場。一擲盤龍今已矣，蠻烟愁殺小南强。寄奴奇氣軍中吐，半壁健兒跨北府。義聲從此震盤龍，變色誰知談卧虎。金山形勢拱焦山，九月江城凱隊還。西望兵氣憐古冶，秣陵何處漢時關。樓船鐵騎翻千古，水陸雙方馳契箭。單騎飛登龍膊岡，淡月疏星觀夜戰。君不見天保巋然第一閣，再興血戰猶縱横。又不見建康城中北極閣，岔路炮痕猶焦灼。吁嗟乎！太平有兆太平門，浦口横戈大敵奔。破魏由來能救趙，解圍遥壯武昌援。武昌回首上流固，石頭無恙台城路。吁嗟乎，噫嘻！東南兩大功，樓中黄鶴洲中鷺。

〔一〕録自《福州晚報》2005年1月12日黄榮春《林紓撰書林述慶墓表》，文中還披露：「林述慶墓在馬尾區閩安鎮溪頭頂……碑文係林紓爲林述慶撰書的一首長詩……林述慶被害，林紓聞訊奔哭其家。林述慶夫人陳慕志縞素出拜，以林述慶在軍中所寫的日記《江左用兵記》見授，囑請爲亡夫撰寫生平。林紓不負林述慶夫人所請，除作《金陵秋》小説以酬外，還爲林述慶墓撰書墓表詩文。林述慶墓原在長樂籌岐山……1986年5月……遷往距林述慶故居一公里左右的溪頭頂今墓址。」林述慶於1913年4月13日被毒殺，故此詩作於1913年4月後。

岌岌東南局

岌岌東南局，兵戈指顧間。故鄉歸未得，且畫故鄉山。此幀用石谷舊本，參之以己意，爲翼之仁兄大人雅屬。畏廬林紓并識，時癸丑四月。

烟水蒼茫一望遥

烟水蒼茫一望遥，當日髯蘇此停橈。江山風月似然好，遊客何人解洞簫。癸丑年夏月中浣塗於□客古柳軒，以應雁亭先生指正。畏廬林紓絵。

聞江右皖南警報作此寄橋叟〔一〕

長安觸目已堪悲，江表紛紜甚亂絲。大率勢趨藩鎮局，居然身見晚唐時。無聊何地能銷酒，有感隨方易得詩。一探思鄉陳橋叟，却難指顧定歸期。

〔一〕録自《大公報》1913年8月26日。

眼中景似釣龍臺〔一〕

眼中景似釣龍臺，萬个修篁曉霧開。記向錢塘吊漢月，西興竹色上衣來。癸丑立秋後日，畏廬老人林紓。

霜染楓林九月初

霜染楓林九月初，天公調赭復調朱。我今對坐橋中望，取得時光在畫圖。癸丑九秋，林紓識。

〔一〕又見於手稿。《林紓書畫集》所收《家山憶舊圖》上題詩同，款曰：「余讀書釣龍臺下，時蒔竹萬竿，築室其中，名曰畏廬。居凡十五年。合去就金台講席，計今二十一年矣。聞竹色尚漪漪動人。漢月者，錢王妃也，墓在龍山。隔江望西興，竹烟四合，恨未能至也，故詩中及之。辛酉九月，林紓識。」另有癸亥六月《雲山幽居》亦題此詩，款曰：「北地無梅而亦無竹，南中視竹爲薪，而聖祖皇帝視宮中之竹能過墻者爲異。癸亥六月寫此，不禁思及杭州及台江兩處，日在竹中吟諷時也。」

紛紛胡騎出榆關〔二〕

紛紛胡騎出榆關，排悶圖成故里山。世上桃源何處是，避兵合住畫圖間。癸丑十月，林紓於春覺齋。

粉本傳抄趙伯駒〔三〕

粉本傳抄趙伯駒，分明一幅富春圖。不知寂寞山居客，解道人間理亂無。癸丑初冬，畏寒不出，寫此以遣。林紓識。

萬松聚秋氣

萬松聚秋氣，驚濤日夕聞。草堂隱君子，對坐方論文。癸丑冬月仿麓臺法，於宣南春覺齋，畏廬林

〔二〕《畏廬遺迹》中畫作題詩同，其款曰：「壬戌四月，京師亂定，搶得乾隆二十六年江南製造局故紙，用石谷法成此一幀藏之。林紓自記，時年七十有一。」又《林紓書畫集》所收《避兵絹本册頁（一）》壬戌冬月題詩同。

〔三〕《畏廬遺迹》中有畫作題詩同，并曰：「壬戌冬盡，畏寒不出，以九十年故紙，竭三日之力成之，蔚然可觀。此亦秀才敝帚之享。林紓并識。」又《林紓書畫集》所收《避兵絹本册頁（二）》題詩同，款曰：「壬戌冬盡，寫於宣南春覺齋，林紓并識。」

紓識。

題《量松圖》

量松長舊園，修業亦如此。側想栽松人，壽豈彭籛已。癸丑嘉平，閩縣林紓寫。

與 GR 生〔一〕

無意相逢詎有天，白頭我憫未歸田。兵謀還述收江表，黨禍曾聞脱劫前。彈指别將過五稔，微髯汝亦近中年。長安爾日無佳語，此局全輸劇可憐。

江水如油柳似烟

江水如油柳似烟，垂綸曾憶瘴江邊。老來事事都知足，心拜南屏《説釣篇》。《柈湖文集》發源震川，初不依桐城門户也。余最愛其《説釣》一篇，謂有道氣，故詩中及之。甲寅正月，畏廬林紓識。

〔一〕録自《兵事雜志》1924年第一百二十八期GR生《畏廬師輓詩》中「燕京再謁恐訾呵，竟錫詩篇叨酒肉」注「癸丑遊北京，師贈詩云……」。

旅食京華過十霜

旅食京華過十霜，江鄉歸思正茫茫。人生不向桐江住，辜負鱸魚徑尺長。甲寅正月，用墨井法，應陶陶夫人屬。林紓寫於宣南春覺齋。

元代風流高克恭

元代風流高克恭，墨筆一灑翠重重。當時只下南宫拜，餘焰居然爍一峰。甲寅二月，此用米海岳遺意，畏廬老人林紓。

題《垂柳烟汀圖》〔一〕

杏華紅陣落烟汀，杜宇斜陽不可聽。一一江南風物感，垂楊還作御河青。南宗少爲青緑，石谷間一爲之。余步武清暉，一無所肖，寫後愧悔彌日。甲寅上巳，鏡宇四兄大人政。畏廬林紓題。

〔一〕録自《林紓書畫集》。

霜後溪堂風物幽

霜後溪堂風物幽，老篁猶帶二分秋。山人轉罷華嚴偈，添上木綿薄薄裘。倪高士本，澌江上人跬步必仿。鄙意以石田之學力學之，猶不能肖，矧上人以枯淩之筆，謂即追踪高士耶？雲林亦出北苑，無梅花道人之雄恣，取徑王、黄均别，但以韻勝耳。濟寧孫氏有藏本，多名公題跋，用渴筆，澀而不韻，恐非真迹。余亦好事者，率爾爲此，自覺顔汗。甲寅三月三日，畏廬林紓并識。

秋聲萬樹高

秋聲萬樹高，雲半松華落。濛濛烟靄中，焉解山人樂。甲寅三月二十九日，仿清暉老人，爲翽梧先生屬。畏廬林紓識。

木落岩深近早秋

木落岩深近早秋，山人已試木棉裘。白雲似拒游山客，長日氤氳鎖此樓。甲寅春日，用石谷法寫於宣南春覺齋，林紓。

萬峰晴翠出芙蓉

流水溪橋數粒松，萬峰晴翠出芙蓉。山樵那及先生健，雲海翺翔仗一筇。甲寅春日，畏廬寫。

竹輿曉過傲來峰

竹輿曉過傲來峰，迎面芙蓉翠萬重。殘醉未醒詩思健，山門入看六朝松。泰山下普度寺有老松一株，虯枝怒拏，如作龍勢，殆北魏至今。名曰六朝松者，以江南爲正統也。余爲松寫照，正恐未能肖其萬一。甲寅夏四月，閩縣林紓並識。

看雪秦亭十四年

看雪秦亭十四年，南來一白欲黏天。如今不作杭州客，餘雪居然上鬢邊。甲寅端節寫，爲仰鄰宗兄大人雅屬。畏廬弟林紓并題。

泰岱曾登日觀峰[一]

泰岱曾登日觀峰，一身闖出碧芙蓉。虬枝四繞交濃翠，不辨唐松或漢松。丙寅五月，畏廬寫。

素性原不愛畫松

素性原不愛畫松，畫松不與畫山同。粗枝大葉横斜處，一派寒濤萬壑風。甲寅秋月，畏廬老人林紓識。

頽緑忽蘇經雨石

頽緑忽蘇經雨石，濃青鬥暗欲雲峰。山人曉起得新句，風帶吟聲出萬松。甲寅十月仿黄鶴山樵法。今頗將軍大雅教政。林紓并識。

題《田家樂圖》

田家樂，何融融？田西流水鳴田東。兒童鞭牛牛背隆，牛浴濺沫吹溪風。龐眉中坐頽老

〔一〕原題日期爲「丙寅」，或爲「甲寅」之誤。林紓曾於甲寅年登泰山，故暫置於此。

翁，兒孫繞膝春衫紅。朝課田工夜女紅，垂楊化絮飛濛濛。昨宵問卜言年香，年豐足救田家窮。田家不窮田祖功，宰羊割雞酬蒼穹。甲寅十一月，畏廬老人寫并題。

題《篝燈紡讀圖》〔二〕

霜風砭竹竹不枯，秋霄柳上聞啼烏。烏啼欲曙天漸青，機聲書聲何曾停。敦兒劬苦如母機，掬母心血充兒飢。月痕斜陽呼□道，水光瀲灩母心槁。千艱萬苦□語兒，防兒酸梗增母悲。樓中情緒千萬種，綿綿不絕如機絲。兒今立矣母長眠，舊時樓舍横蒼烟。留此畫圖彰母節，消盡孤兒眼中血。甲寅□□月爲節母陳太夫人制，林紓敬繪并題。

林叔臧先生四十壽言〔三〕

四十年前過板橋，陳陳景物憶前朝。却看魯殿靈光在，坐見昆明劫燹銷。一老精神寄山水，諸郎英發想風標。勛名寧爲先生祝，但把喬松媲後雕。

〔二〕 録自《天荒》1917 年第一期《畏廬哀畫》所載畫中，又見於《藝林旬刊》1928 年第六期所載畫中。
〔三〕 録自汪毅夫《臺灣近代文學叢稿》（海峽文藝出版社 1990 年版）之《臺灣近代文學史事編年》。

茅亭坐對萬風荷

茅亭坐對萬風荷，夾岸垂楊帶水拖。不向家山思舊隱，畫中暫借作行窠。乙卯春三日，獨游陶然亭，歸作此圖，紉薌太史大雅正之。畏廬弟林紓并記。

萬家山色浸淪漪

萬家山色浸淪漪，南渡人題幾許詩。一段紹興亡國感，柳梢鶯燕那曾知。乙卯端陽，寫呈巨儂世丈大人雅鑒。林紓并識。

不雪何來訪戴舟

不雪何來訪戴舟，道人性本喜尋秋。年來洗浄箏琶耳，特爲溪聲半日留。乙卯長至節，仿吴漁洋法，即請質夫先生大雅之政。畏廬林紓識於春覺齋中。

至滬上居夢旦寓樓，濤園三兄弟匪日不至，賦呈一首[一]

偶隨北雁向南飛，十五年來暫息機。有夢不離湖上寺，無聊但鎬雨中扉。枉抛勝概詩情減，坐失流光我計非。笠屐俱存何所惜，忍言病馬不任鞿。

細泉幽咽雜輕冰

細泉幽咽雜輕冰，雪嶺何人犯雪登。梁格莊西山不斷，記曾冒凍謁崇陵。摩詰《雪圖》久無人見，即營丘、道寧世亦罕覯，然尚有人斥兩家古勁之氣有餘、荒寒之韻不足者。大雪之中，何地不足荒寒，只恨寫不出耳。然吾嘗見痴翁真本古勁無倫，却有荒寒之韻，惜論者不之及也。畏廬林紓并識，乙卯重陽後一日。

晴窗摹仿燕文貴

晴窗摹仿燕文貴，粉本新從内府來。一道松陰隱荒寺，山花沿路向人開。余恒於每月下浣後必作畫數幀藏之。此幀經一日有半成之，氣勢頗雄厚可取。乙卯重陽後三日，畏廬林紓。

[一] 録自《東方雜志》1916年第十三卷第一期。當爲乙卯夏南游時所作。

題乙卯山水畫二首

一葉扁舟載酒行，兩三秋樹水邊横。無多點綴尋常景，寫入圖中便有情。
可有詩情擬輞川，晚風漸落一灣坳。故人爲和先題得，紅樹青山好放船。乙卯秋日，林紓并識。

江南十月滿林霜

沈生徵畫五秋强，鉛槧絆人亦可傷。搨得鹿床真本去，江南十月滿林霜。丙辰正月雪後，寫此寄奉冠生賢弟。畏廬老人林紓并識。

題丙辰二月山水四屏三首〔一〕

吴山過雨鬱蒼蒼，一片空青入草堂。率性長年休見月，免教中夜望欃槍。丙辰二月仿米虎兒

〔一〕原四屏中各題一首詩，其中「長松落翠蔭山家」已收入《畏廬詩存》之《余每作一畫必草一絶句於其上，二年以來作畫百餘幀，而題句都不省記，强憶得卅首，拉雜録之》。手稿亦存，題作《爲企林畫四幀》。

法。畏廬并識。〔二〕

竹亭對面見烟墩，點點斜陽塔影昏。怪道荒寒人意悄，原來點點是秋痕。企林先生大雅之屬。畏廬林紓并題。

薄翠籠寒似雨餘，山坳四五釣人居。破窗臨水無人迹，盡數前溪去打魚。畏廬居士仿鹿床老人法，丙辰二月。

柳花卷雪撲行縢〔三〕

柳花卷雪撲行縢，馬上單衣冷不勝。此是遺民殘泪稿，五年四度謁崇陵。畫中風物，寫梁格莊也。紓今年寒食第四次謁陵，歸時悲不自勝。臨池賦色，不期成此一幀，即題二十八字於其上，請少石方伯大雅教政。林紓謹識。

敝裘犯雪忍隆寒

敝裘犯雪忍隆寒，擁鼻微吟行路難。輸與山僧嗤過客，忍抛歲月付驢鞍。丙辰四月，仿黄鶴

〔二〕另有畫亦題此詩，并曰：「亂事至於今日，五代藩鎮之所無也。終日無聊，托畫自遣，然虞亂之心不期流露於楮墨間也。」

〔三〕林紓第四次謁陵是丙辰年。

山樵法。畏廬林紓并識。

段上將軍以顧問一席徵余。余老矣，不與人事，獨能參將軍軍事耶？既謝使者，作此自嘲〔一〕

中年嘗讀北山文，老隱京華百不聞。長孺固宜爲揖客，安期何必定參軍。懸知骨相難遷貴，見《北史》。自愛行藏愧備員。再拜鶴書辭使者，閉門閑畫敬亭雲。

爲劉伯紳寫《雙松一石圖》四首〔二〕

松石其如劫燹何，楸枰暫且置岩阿。匆匆一局全輸了，那有工夫待爛柯。圖中三人，一爲伯紳，一則劉幼雲，一則勞玉初，均余至交也。再附詩三首於後。

〔一〕録自《大同月報》1916年第二卷第九期。亦見於《公言報》1917年9月21日、《大公報》1917年11月4日。汪辟疆《光宣以來詩壇旁記・林琴南逸詩》亦收録。《林紓詩文選》注：「1916年6月，當時任國務總理的段祺瑞親赴林紓家，聘林爲顧問，林紓謝却，并爲詩紀其事。」

〔二〕録自《集古賞金——天津市文物公司成立五十周年紀念》，天津人民美術出版社2011年版，題依手稿。後三首發表於《大公報》1917年6月1日，題作《懷人三首》。又見於《小説月報》1917年第八卷第七期。汪辟疆《光宣以來詩壇旁記・林琴南逸詩》亦收。

晞髮廬山最上頭，西風斜日滿潛樓。可憐嗚咽西江水，似帶遺民血泪流。右幼雲

循吏清名滿故都，如今蓑笠作農夫。廿年同看鴛湖月，未爲滄桑變故吾。右玉初

直北秋風動禪臺，一官拂袖早歸來。劉郎絶迹玄都觀，桃菜由他各自開。右伯紳。丙辰中秋日，林紓識。

一路緋紅玉洞花〔二〕

一路緋紅玉洞花，有誰到此飯胡麻。人間那有神仙事，多半權與小説家。丙辰秋日，臨石田小册子，齋廬中。林紓。

〔二〕《畏廬遺迹》中有畫作亦題此詩，款曰：「甲子三月，臨石田《玉洞桃花》本，戲題一詩。時爲清明前一日，余將□酒春覺齋。廬中無事，寫此排遣。遺民林紓識。」

題梅蘭芳團扇[一]

自寫冰紈贈畹華，盈盈比玉更無瑕。最憐寶月珠燈下，吹徹銀笙演葬花。

恭題《福雅堂詩鈔》[二]

卅年同事偶齋師，當日長安已可悲。變滅難尋前度夢，行藏長繫一生詩。清才通贍真無

[一] 録自《商業月刊》1939 年第二期適安的《畏廬老人贈梅詞》，云：「民國五年冬，福州南台大火，灾情奇重。旅北京閩中人士謀所以救濟者，乃邀集京都名伶，演義務劇一日，以所得資匯濟灾民。劇中主要角色爲譚鑫培、梅蘭芳二人。譚、梅之藝，均騰耀一時，而梅之色藝雙佳，尤爲衆所企羡。事竣，主者擬予重酬，而蘭芳乃辭而不受，惟托人言於林畏廬老人，擬乞得畫扇一柄，以爲光榮。林重其意，立繪一團扇與之，且題一絶於上，云：……梅得之，視如拱璧。」《北京晚報》2008 年 12 月 10 日第 43 版朱慶榮《梅蘭芳和林紓的翰墨之誼》亦載此事及此詩。另，冰心《故鄉的風采》（原載《福建文學》1990 年第八期）説：「關於林紓（琴南）老先生，我還從梅蘭芳先生那裏聽到一些軼事。那是五十年代中期，我們都是人大代表的時候，梅先生説：他和福芝芳女士結婚時，林老先生曾送他們一條横幅，『芝蘭之室』。還有一次是爲福建什麼天灾（我記得仿佛那是我十三四歲時的事）募捐在北京演戲，梅先生不要報酬，衹要林琴南老先生的一首詩。當時梅先生曾念給我聽，我都記不完全了，記得是：雪作精神玉不瑕，□□□□鬢堆鴉。劇憐寶月珠燈夜，吹徹銀笙演葬花。」

[二] 録自《福雅堂詩鈔》，都門印書局 1916 年鉛印本。

匹，傳本雕鐫幸有兒。挑盡殘燈終夜讀，回頭却感鬢邊絲。

一幅秋山仿奉常〔二〕

一幅秋山仿奉常，疏林新着曉來霜。詩人曳杖聽琴去，老翠荒青間草堂。丁巳三月，林紓寫。

題《天台路圖》〔三〕

屈曲天台路，仙雲薄似紗。半空出樓閣，三匝繞桃華。丁巳春日深居不出，用石谷法寫此排悶。畏盧老人林紓識。

題《海天旭日圖》二首

石鼓山頭岹崱峰，沉沉下界不聞鐘。天鷄唱罷日輪上，萬道霞光拄石邛。

觀日人人説泰山，五更異采射螺鬟。我來四月剛逢雨，飽咽腥雲一笑還。照訓先生屬作《海天旭日圖》，余去年適觀景陽宮所藏宣和御筆，布景於滄波烟靄中，涌出日輪。上有宣和自跋，云此仿曹弗興《鍾山王

〔二〕 癸亥畫作中亦見此詩，「奉常」作「太常」。

〔三〕 録自《畏盧遺迹》。

氣圖》也。吴人八絶，曹居其一。秘閣所藏甚少。南齊去吴未遠，而謝恭等謂弗興之迹殆不復見。王以意圖之，未必即會其轍。嗚呼！宣和秘殿曾藏毛延壽真迹，得弗興畫，宜易之耳。今乃以意爲之，而吾又背臨宣和，其去曹畫，不尤遠耶？丁巳五月亂中，畏廬林紓閉門寫此。

六月四日姚叔節、臧碉秋、張少樸、徐又錚小集春覺齋，時魏季渚亦至自滬上，夜談甚歡，去復賦呈五君〔二〕

諸君望冑出淮徐，徂暑臨余水竹居。絶口不言天下事，安心同味小園蔬。文章名早抛身外，憂患生咸出劫餘。輸與易堂魏冰叔，江南風物述漁樵。

飲水行爲駱夫人作〔三〕

飲水復飲水，水入危病祛。傷哉駱夫人，孝節誰則如。苦心鞠兒女，季女名仲儒。靈警出天性，淹博賅群書。從余受韓文，落筆風霆驅。暑中來省余，爲述娘艱劬。阿爺久病肺，嘔血神惛瘻。營療苦無術，養疴僧寮居。大父宦秦中，歸騎從群奴。祖姬與俱來，行

〔二〕録自《大公報》1917年5月26日、28日。
〔三〕録自《大公報》1917年5月28日。

李羅前除。姬年逾二十，阿爺四十餘。大父令呼娘，趣答方捻鬚。忤旨動笞楚，竟體無完膚。癃瘵被捽搏，畢命剛須臾。臘鼓聲鼕鼕，哭聲與之俱。服斬僅七日，壽筵鳴笙竽。遷柩置隱處，去斬更衣袽。繩短日芽孽，朝夕聲喁喁。父子久宦別，新婦當宿儲。祖姬督群傭，笥篋盡情胠。兒襁及女舄，紀載勞鈔胥。予錢日三百，六口同魚蔬。母病忽瞑眩，奄然抛諸雛。醫藥請莫遂，環榻啼嗚嗚。三日母忽醒，思水如醍醐。張目眴諸兒，爾輩應戀吾。戀吾以水來，水來吾病蘇。一飲竟霍然，母言良非誣。忽聞姑惡聲，趣起令行厨。意在奪母節，用心如豺貙。母節屹山岳，誓與兒女俱。無心及庖次，巨裹當墻隅。展視皆裘裳，燦燦貉與狐。心知姬且逃，欲訴行趑趄。孰知槖中金，傅翼如飛蚨。無待開閣行，東墻高可逾。大父已耄耋，但餘母將扶。惛固雖日深，有時亦長嘘。侍疾逾二稔，心力咸疲瘏。母年今六十，神觀加清腴。水豈能療疾，此乃非天歟？我老飽閱歷，天道原非虛。淫固足破義，義在淫何虞？挺挺孤生松，犯雪堅根株。奇變古所罕，孝節今則無。作詩寓仲儒，老泪爲霑裾。

哭高氏甥女女爲予從子琇婦[一]

若母甫卧疴，汝在床下戲。聰明自識字，略解書中意。母病漸癯惙，惶眩侍湯餌。黄裏藏金經，珍若枕中秘。五夜起禮佛，奴媪驚盥器。以潔自明虔，心可神天質。除喪就兄嫂，貧約寡釵珥。若姊固儜弱，生命構屯詖。日忍姑惡聲，先母死羸瘁。母哭姊不聞，摧心欲置地。臨命堅托汝，以汝爲吾累。覆轍吾所懾，相婿敢徑遂。琇也頗忠愨，事我尤敦摯。婿汝固非偶，少省我惶悸。出關萬餘里，塞馬共聯轡。荒寒樂隨倡，辛苦茹鹽豉。近歲入軍籍，文階襲武吏。清俸不爲薄，衣裳滿篋笥。若姑肫如佛，常以愛女視。汝命胡不辰，年止三十四。吾衰尚何術，滂沱但涕泗。從孫抱我前，白衣襯嬌膩。刓心痛莫忍，悲愕一時萃。喃喃述前迹，顧我若微懟。琇也成泪人，情款亦云至。平時固婉淑，垂死忽詬誶。反常知莫挽，熱惱亂肝胃。詩濕不易紙，留此辛酸泪。

[一] 録自《大公報》1917年6月1日。

《平臺春柳圖》爲詩社諸君門詩而作，即題四詩於其上二首〔二〕

移盤無泪灑銅仙，腦木浮圖盡日烟。再起漁洋定惆悵，靈和全不似當年。

五龍亭外數經過，亭下游魚唼小渦。飛絮豈關榮悴感，化萍去就液池波。

爲臧碉秋作《校史圖》并題長句〔三〕

明人學史如續綉，工力所效乃針縷。神亡貌存枵響鏗，凌蔑唐宋了無取。鳳洲自信尤堅卓，崇祀北地爲初祖。亡適非文詡全盛，腹笥吻筆侈壯語。震川隱鳖百不問，鏡深繹阬洞焦腑。氣脉所審附别精，點畫定處即法矩。望溪祖述亦精審，香火子孫及摯甫。佛門所謂無盡燈，寧爲掩句剽字竄。徐郎好奇翻吴刻，又錚刊刻此書，在百忙中仍同校勘。碉秋校勘

〔二〕録自《大公報》1917年5月3日，共四首。前二首又見於手稿，并收入《畏廬詩存》，即《〈平臺春柳圖〉爲詩社諸君門詩而作，即題其上》和《續題畫二十首》之「瓊島春陰柳萬絲」。四首詩又見於《林紓書畫集》所收《平臺春柳圖》，款曰：「丁巳春日，吾鄉諸老爲詩鐘之會，以畫燈爲彩，得上第者取次。余爲製《平臺春柳圖》，并題四詩於其上。六橋補柳翁林紓識。」

〔三〕録自《大公報》1917年6月7日。

忍辛苦。音字發字率前例，考訂豈但及魚魯。磵秋所居本下相，鄉親遥溯楚項羽。相見軒眉拊案時，案上新茶如潑乳。

寫《潛樓圖》寄劉幼雲青島〔二〕

獨居念劉子，得書歲雲晏。游氛方蔽天，竟遇東來雁。潛樓幸無恙，匿迹異貶竄。遺民無紀年，焉解歲華换。施窗面東海，蜃氣恣眩幻。鬥健當長風，試險趾危澗。抱節目若電，義利判冰炭。故人固衰朽，束身未從亂。西陵凡五謁，酸泪抉河漢。劉子既知我，衆歡聽呶訕。滄趣貢所畫，天語加褒嘆。烟雲許供養，宸題光炫爛。竊署烟雲樓，分得潛樓半。生死我素決，高枕聽世難。心目屬劉子，欲縮東海岸。悠悠松竹窩，林軸發璀璨。懸揣成此圖，贅詩足噴飯。

三　冬〔三〕

三冬暖不到衰翁，那復靈犀一點通。竟有人中窺衛玠，保無簾底笑江東。綺懷早已隨年

〔二〕録自《大公報》1917年6月7日。

〔三〕録自《大公報》1917年6月15日；亦見於《公言報》1917年11月21日。

減，禪定今知入手功。寄謝俞娘休悵惘，未裁玉茗幌春風。

喜晤沈雁南即題其集集名《詩瘦》〔二〕

一十三年晤沈郎，華燈照席話滄桑。久聞清績留南服，更有新詩逼晚唐。劫後幸能完稿本，酒邊未忍問行藏。因君却憶澄園老，曾共看山過武昌。澄園者，賢兄丹曾也。

醉司命日宋鐵楳招飲晚學齋〔三〕

銀墻一角小停車，來款將軍水竹居。交誼定從談道後，詩心醲到罷官餘。盆梅在几頗思月，熊掌登筵況得魚。是日庖丁腰膰烹魚皆極美。竈鬼朝天吾亦醉，頽然偃卧半床書。

〔二〕録自《大公報》1917年5月15日。
〔三〕録自《大公報》1917年5月17日；亦見於《公言報》1918年2月9日。

《漢江秋望圖》四首〔一〕

漢水鱗鱗瀉晚秋，西風匹馬望神州。眼中風物何曾異，不見當時黄鶴樓。〔二〕

城上高牙出緑楊，烽烟百道接荆襄。贊皇縱有傷心語，忍把鴻文吊戰場。

棋局先收杜預言，英雄赤手挽乾坤。眈眈虎視都教息，寧使蒼黄播國屯。

豐沛由來尚武鄉，徐郎一出掃欃槍。天留此席容陶侃，待爾重來鎮武昌。

史　局〔三〕

祖義滂仁總失真，千秋成敗本由人。却令史局翻藍本，今日天津古孟津。

丁巳題《蜀景圖》二首

危棧連雲亸百盤，匆匆行旅幾曾安。羅劉尚有鏖兵事，仍是青蓮蜀道難。

〔一〕録自《大公報》1917年6月21日。

〔二〕又見於手稿，題爲《爲徐又錚畫》。

〔三〕録自《大公報》1917年7月3日。

川中久不得韋皋，群盜於今半似毛。我欲乘間編蜀碧，白鹽赤甲血風臊。蜀中山水，余友趙堯生道之歷歷，證以少陵入蜀諸作，不差累黍，因嘆古人體物之工。久欲入川，一覽草堂風物，屬時滇軍襲川，川中大亂，遊興爲阻。丁巳六月寫此，并題二詩，識余眼福之薄。林紓記於烟雲樓。

憶竹憶松二首

廿載龍潭記講經，修篁手種萬竿青。一經辛亥兵荒後，半壁斜陽鐵笛亭。〔一〕鐵笛亭，余手築者，在釣龍臺下，地曰龍潭。余聚徒講經於此，有竹千竿，余顏其屋曰風篁館。又每秋必三至石鼓看松。丁巳夏中，寫此圖中適有二物，因作《憶竹憶松》二詩，題諸其上。林紓識。

當年石鼓坐哦松，古幹盤拏欲化龍，東際樓頭三宿處，至今猶戀五更鐘。

〔一〕癸亥六月的畫作中亦題此詩，「記講經」改作「日講經」，并曰：「鐵笛亭在釣龍臺下龍潭講舍中。舍鄰宋陳忠肅祠後，余鏟刈荒穢，築鐵笛亭於其中，時時填詞亭上。學子私稱曰填詞亭。余於庚子前已去福州，聞辛亥革命後，此亭圮矣。今始存其意於畫中。畏廬林紓識於宣南寓齋。癸亥六月。」癸亥十一月的畫作亦題此詩，款曰：「福州南城外有所謂龍潭者，在越王釣龍臺下。余前三十年讀書處。蒔竹萬竿，間以芭蕉、梅柳之屬。長日緑陰，掩映窗户，幾不辨人間之有酷暑。北來長安三十四年，不知所謂鐵笛亭淪爲猪圈否邪？癸亥十一月，畏廬并識。」

林光撲入小樓青〔二〕

林光撲入小樓青，風際秋蟬最可聽。此是清涼詩世界，那容俗客叩岩扃。丁巳七月，仿石谷老人法，於宣南烟雲樓，林紓并識。

丁巳七月亂後至校，檢點殘書，率成一首〔三〕

驕陽微殺早秋天，景物陳陳未變遷。塵案仍留纖碎稿，風窗還咽兩三蟬。本無得喪寧生感，自愛沉冥漸近禪。尚有濠梁餘緒在，觀魚來傍藥闌前。

〔二〕録自《星洲畫報》1932年第一卷第一期。另見於題畫詩，「小樓」作「小亭」，「秋蟬」作「高蟬」，款曰「培藩仁兄大雅之屬，畏廬林紓」。

〔三〕録自《大公報》1917年9月7日，又見於《公言報》1917年9月8日，汪辟疆《光宣以來詩壇旁記・林琴南逸詩》亦收。《林紓詩文選》注曰：「亂後，指1917年黎元洪與段祺瑞發生争鬥，黎元洪下令將段祺瑞免職，段祺瑞在天津唆使各省督軍推翻黎元洪。『辮帥』張勳表示願入京調解，陰謀藉此復辟清朝。段爲藉張勳之手打倒黎元洪，佯許張勳贊成復辟。六月十四日張勳入京，段的『討逆』軍攻入北京與張勳激戰。林紓遣楊道郁及子女到天津避難。」

爲莊思緘作《秋窗述舊圖》并題〔二〕

高方殘碣委荒丘，高嘯桐、方子順。君漸中年我白頭。最動思量唯勝集，偶乘休暇及初秋。舊僚已散虞鄉幕，明月還臨庾亮樓。悟到滄桑是恒事，寧須身世感浮漚。

移　家〔三〕

辛亥初移家，戰塵起江表。丁巳再移家，内兵避紛擾。我且述亂源，禍實黨人兆。項城甫僭號，在法必伸討。六詔首發難，撲蜀如振槁。黨人恃舌戰，爲功不横草。牙吻日磨澤，陰險陽浮道。鴆類柄政要，吹毒蔽穹昊。詭恨結議郎，吐發直蠻獠。婢婿丁大全，用心尤憸狡。永日構府院，排擠匪昏曉。合肥既策免，義旅起燕趙。十道同進兵，爲禍豈云小。定武鎮淮徐，儆爲和事老。挾兵散黨人，輕類鶚撮蚤。復辟出不意，脱手授大寶。藍本踵唐明，無如已末造。詔書行三日，反戈竟内搗。吾鄰奔避盡，令吾惡懷抱。八子

〔二〕録自《中華編譯社社刊》1917 年第八期。
〔三〕録自《公言報》1917 年 10 月 15 日，亦見於《大公報》1917 年 10 月 17 日。

侍母行，少者甫襁褓。六年三避亂，臨鏡况蒼皓。垂老且居守，諮嗟望龍纛。

連夜西風林葉丹

連夜西風林葉丹，山樓曉起覺微寒。道人不帶悲秋眼，只作炎涼代嬗看。秋山林葉丹時，不假人力，天然開一清涼世界。余在江南時，秋日恒至祖塔院，即東坡詩所謂「道人不惜階前水，乞與麭鷉自在嘗」之地也。入山稍深，四望紅葉間出，在萬彩中獨翹嫵媚。而西山固有紅葉，泉石之趣終遜江南也。丁巳重陽前八日，用烏目山人本寫，奉心組仁兄大人雅鑒。弟林紓識於煙雲樓。

謖謖松風過草堂

謖謖松風過草堂，正襟永日看雲忙。長安史料年年换，却累山人吊晚唐。司空表聖生晚唐，能翛然不樂。余雅慕其人。今日西南之鬩，直一藩鎮局耳。余奈何與表聖同其生世邪？丁巳十月雪中寫此，應曉霞先生雅屬。畏廬林紓并識。余友劉葱石參議藏吴漁山立軸，余借觀經月，寢食其下，嘆爲極構。此幀皴法，曲摹漁山，自謂粗得其仿佛。畏廬林紓再識。

巍然天半孰登攀

巍然天半孰登攀，作盡寒威暝色間。我自心頭仗熱血，眼中只當作冰山。李营丘本曾一見之，然不能摹也。古人寫雪山，郭河陽爲最雄厚，而一峰老人則用亂柴皴，尤不易學。茲以意爲之，自謂雅有殊致。畏廬林紓并識，丁巳十月。

到底禁寒是老松

到底禁寒是老松，任他雪壓碧芙蓉。昨宵夢上隱屏頂，迎面雲開玉女峰。此幀全仿大痴，自謂饒有思力。丁巳十月，畏廬老人林紓并識。

瑶卿供奉畫梅三首〔一〕

此筆曾無上孝欽，拜恩秘殿御簾深。而今吹徹江城引，簾外何人更賜金。

澄心染出玉珊珊，不雪微生一種寒。等是興亡陳迹在，暗香好配玉京蘭。

畫上仍留玉雪痕，頤和苑寂樹移根。梅郎顔色如花艷，恨不同時侍至尊。

〔一〕 録自《公言報》1917年11月22日。《林紓詩文選》注云：「瑶卿，即王瑶卿，京劇表演藝術家，因在皇宫内獻技，故稱王供奉。」

冬日無聊，閉蟄不出，讀羅癭公贈程連喜、尚小雲詩，興復不淺，作此調之四首〔一〕

程尚新聲舊一聞，尚郎妙悟更超群。定知淺醉蕭齋裏，書遍羊欣白練裙。
紅兒詩筆屬君家，應悔當時辣手差。放去雲郎君亦忍，玉珊久不捧硯矣。偏留餘興續梅花。
舞榭争徵燕子箋，板磯烽火正連天。却憐枯木寒岩叟，也爲梅郎一破禪。
海飛山走不勝悲，遺老猶傳紫稼詩。比似金臺殘泪記，視今還算太平時。

奉和樊山先生見和之作，不步均二首〔二〕

楝花開後峭帆遲，先生名句也。三十年前醉此詩。那分蕭齋迎杖屨，絶勝團扇畫鬚眉。本無着處心君泰，自有生來手筆奇。爲想炳靈江漢集，因公追話到南皮。南皮課士草，先生爲之點竄過半，予最喜誦之。
京華甚處稱吟觴，勝集聊云在市鄉。試問頻年誰好語，却輸我輩看春光。何人敢抗詩翁

〔一〕録自《公言報》1918年1月12日，亦見於《大公報》1918年1月16日。
〔二〕録自《公言報》1918年3月30日，亦見於《大公報》1918年4月2日。

席，明日來登君子堂。先生見枉敝齋，余事集，期以明日通謁。畢竟綺懷消未得，吟箋還自念梅郎。

題　畫五首〔一〕

眼中風物似杭州，不到西溪二十秋。江左已成藩鎮局，臨安是否屬錢鏐？

人生那有林泉樂，此樂端宜付畫中。身處晚唐殘破局，佯狂我久學司空。

老翠荒青入晚秋，名場人孰解尋幽。萑苻滿地無乾土，我欲移家到上頭。〔二〕

没個人來且閉關，林巒迴合屋三間。神頭鬼臉知多少，只有青山且好顔。

早識崎嶇行路難，豈關一白失岩巒。年來朝野皆冰冷，不雪心頭也覺寒。

〔一〕録自《大公報》1918年5月1日，亦見於《公言報》1918年6月6日。原爲六首，其中一首見《畏廬詩存》之《續題畫二十首》中的「生平低首許先生」。

〔二〕有畫題詩與此首同，并云：「山居以吾鄉爲最，姬岩、方廣、武夷、天姥諸山均有勝處足容團焦者。自北軍入閩而寇虐轉厲，聞海濱四先生所居之古靈亦爲盗藪，兵耶匪耶不復能辨。余詩所謂移家者，亦夢囈耳。仲衡先生雅鑒。畏廬林紓識。」又有畫題此詩，并曰：「南北鏖兵如主客相搏，近者海上和議復梗，世亂終未訖也。慘目傷心，無可自遣，特於畫中寓其逃秦之思，然而微矣。紓記。」

當年看雪過西溪

當年看雪過西溪，樊榭祠南萬竹低。不審茭廬庵上壁，可曾爲我舊時題。庚子之冬，杭州大雪，余放棹南漳湖，過太鴻祠下，飲酒三蕉葉，入茭蘆庵，醉題四詩，今都不省記矣。戊午四月，小病新痊，閉户不出，作此排悶，而心之尚戀西溪也。畏廬林紓寫於宣南烟雲樓。

爲君慤老弟寫《秋園》并題長句〔一〕

秋氣靡百卉，秋人生吟情。具此溪山勝，蕭然閉柴荆。微飔旋輕漪，草堂秋色明。尋幽兼勝侣，堂上羅瓶罍。叢菊半已華，垂檐多新橙。平臺何蕭爽，着耳夾溪聲。劬亭人非劬，苦茗蘇朝酲。何爲在歧路？車馬勞宵征。避地海上村，故園方苦兵。圖成累太息，何時掃欃槍。

〔一〕録自《公言報》1918年5月17日。

阿香曲〔一〕

阿香爲台灣某公家姬，産自番社，豐艷異常，而舉止乃有大家風範。前此五十年，余見之淡水，嫣然一麗人也。後十年，阿香死，而某公亦籍没。余戲爲昌谷體，製爲此曲。事隔四十年，昨日檢明刻《南華》，此稿竟在楮葉中。哲維好録吾詩，因授以敝帚。

峭碉危箐蠻路深，海棠紅綺傷秋霖。雜花仙鳳貼金翅，緑瓊軿上生流媚。銀燭垂虹寶帳昏，童娃籠燭扃重門。西園一夜紅心死，新緑排衙覆春水。老桂收香蠹抱根，重簾隔斷苔花紫。彎彎筀道青驄馬，綉幄傳餐餍新鲊。越羅無光簟色灰，烟態着茵泪盈把。緑華劫盡雲車回，粉臺香氣留玫瑰。十二門前春色變，翩翩緹騎腰花箭。塵壓屏風不見人，月斜珠幌歸雙燕。

香破寒梢來解冰

香破寒梢來解冰，詩成嵐霧滿行甆。銀雲香海看無際，身在寒山茅幾層。擬元人筆法。戊午

〔一〕録自《公言報》1918年6月10日，亦見於《大公報》6月12日、13日。又見於1912年11月17日《平報》連載的《鐵笛亭瑣記》之《李氏姬》中，個別字詞不同。

端節，畏廬林紓識於宣南煙雲樓。

戊午五月山水四屏四首

春日曾停瀨下舟，小闌宛宛可通幽。當時不爲饑驅出，何用年年抱國憂。福州勝處，石鼓以外，曰方廣，曰姬岩，皆人間洞天也。然經此二處，必過瀨下。瀨下有石壁，作赭色，村人亦曰赤壁。余凡數游其地，擬移家入山，不圖客長安十九年，三經喪亂，而好山好水，弃之如遺，吾罪重矣。戊午五月望，林紓記。

陰陰塘外走輕雷，葉葉風帆觸霧開。瘃句舟中剛欲就，碧雲將雨截江來。閩江之藤山，趙忠定之祠在焉。前此四十年，陳愛山、丁和軒諸人結紫藤社於藤山之麓，月必數集。余恒以小舟絶江赴吟集。時時值雨，江霧濛濛中，望洪山風帆葉葉，着霧□向東而駛，已而雨集矣。事過境遷，詩流垂盡，老來懷抱日惡，每念舊遊，良不勝黄壚之感也。戊午五月，畏廬居士識於春覺齋。

老去清暉筆力遒，雪圖高不遜營丘。瓣香久下虞山拜，擬似西亭總未侔。右爲石谷晚年本，仿爲鯉門仁兄大人屬，畏廬林紓識。

收取鄉山入畫圖，如聞鳥語嗔提壺。松篁一一安排定，入眼應知處士廬。余家釣臺之下，頗饒松篁，十九年作客未歸，抛下無窮烟月，《北山移文》固不及我，然心亦自笑其無爲矣。紓識。

樊榭祠前溪水流〔二〕

樊榭祠前溪水流，道人風味最宜秋。晚涼闌際攤書坐，只欠迢迢訪戴舟。戊午六月，一雨三日，扃户不出，寫此排悶。畏廬老人識於宣南煙雲樓。

寄湖南督軍張勛臣將軍〔三〕

初聞陷巴陵，勍敵遽翦撲。驕將失羈勒，望陣慴草木。兵鋒震吴鄂，裹足避蛇蝮。嶽嶽張徐州，嶄然見頭角。怒馬趣烽燧，卷甲驟平陸。臨湘指顧收，平江以次復。牙旗三丈黄，倒映洞庭緑。横槊睨熊湘，兀若俎上肉。長縑署功捷，轉柵千里速。所嚮寡堅對，全楚歸鉗束。痍傷被郊甸，呻楚寧堪觸。斂兵自撫馴，膏雨及時沐。左顧瑣交廣，前望威巴蜀。同時稱渾馬，乃得吴子玉。吴將軍亦所嚮克捷。瀟水向我流，未敢施一鏃。屬聞斬彭寵，喻彭壽松也，廢亂閩中，殺人如麻，白晝戕人，都市莫敢問者。既而斂金逃漢上，復入楚謀變，伏誅。尤足暢心

〔二〕壬戌、癸亥畫中亦題此詩，「只欠」作「竟有」。厲鶚（1692—1752），字太鴻，號樊榭、南湖花隱等，錢塘人，是林紓最推崇的詞人。

〔三〕録自《公言報》1918年7月30日，亦見於《大公報》1918年8月1日。

目。彭氏訌七閩，厚集椎埋族。黑衣養刺客，囊劍日尋逐。殺人洗血手，相顧敢攝録。風僧犯前馬，剋日梟高纛。聲影皆捕治，巧爲無證獄。飽颺足金帛，襃漢久逋伏。痴心忽謀楚，篝火駭奴畜。將軍奮武怒，頸戾加顯戮。徐子自南來，又錚以書寓紓言其事。詳我經尺牘。執慮誠衎衎，祥刑豈冤酷。天心怒蘊惡，凶蠹寧所福。迷惘使南行，萬鬼躡其躅。天假將軍刃，勿使一路哭。我老悲鄉井，憫亂頞頻蹙。祆黨且狂攘，雄渠尚横暴。安得悉楚鋭，晨氣蕩鼯蝠？貝州平亦易，所望文潞國。

陰陰氣候近涼秋

陰陰氣候近涼秋，漸見新霜積瓦溝。天解山人仍熱惱，淒風時掠最高樓。戊午夏日寫，畏廬。

深深修竹見人家

深深修竹見人家，澮澮溪雲薄似紗。回想武夷三月節，女兒歌唱采新茶。近武夷山溪，居多翳竹林之中。三月清明，采茶歌聲四徹，故人謝秋波作《采茶曲》八首，佳絶。近南軍入閩，隨在被兵，未知武夷風物當何似矣。南望鄉山，泪垂筆下。戊午九月，畏廬識。

爲太夷作畫二首〔一〕

曾從留下過秦亭，無數雲松作隊青。飽飯僧寮無別事，長廊坐看少微星。〔二〕

年來酷似藍田叔，復社詩流頗見知。寫寄漢陽江上客，看山莫待晚秋時。

題畫雜詩四首〔三〕

水榭蕭蕭弄薄寒，哦詩偎熱碧闌干。江南江北多紅葉，畫與詞人一路看。

萬竹連雲蘸碧流，分明畫裏是杭州。南漳若買田三頃，生計當隨烏犉牛。

曾記西溪載酒時，櫓聲軋軋入蘆漪。不知渦水南僧壁，尚否留吾數首詩。

〔一〕録自《公言報》1918年11月22日，又見於《大公報》1919年6月11日，陳衍《石遺室詩話》卷三亦收録。陳衍謂「鄙見欲易『莫待』作『且過』」。第二首亦存於手稿中。

〔二〕另有畫亦題此詩，其中「雲松」作「晴山」、「長廊」作「危崖」，款曰：「余居越中，凡佳山水，足迹幾遍，而獨喜西溪。庚子之春，過秦亭山，憩山寺，傍晚出行江次，景物幽蒨，不類舊境。自來長安，飽饜塵土，無日不念秦亭也。畏廬老人紓寫。」

〔三〕録自《公言報》1918年11月22日、《大公報》1919年6月11日、《廣益雜志》1919年第十期亦刊登。亦見於手稿，後三首題爲《寫西溪竹坪》《寫蘆花小艇》《寫溪上小樓》。

長日松聲聒枕頭，何人來上水邊樓。年年供菊兼儲釀，樊榭祠南過一秋。

爲蕫齋題《知稼軒圖》〔二〕

詩人昔建陪京節，退食恒思稼穡難。今日歸耕寧便得，故園烽火路漫漫。

爲成竹山作《澹庵圖》畢并題一詩〔三〕

遥山潑黛水拖藍，一道松陰入澹庵。塞北詩人栖隱處，披圖莫誤作江南。

積雪報深深

積雪報深深，溪山絶影迹。鳥栖迷故林，泉聲斷餘滴。中有讀書人，箕坐忘朝夕。戊午仲冬避寒，顧大雪終日，即來寫此。畏廬老人林紓。

〔二〕録自《公言報》1918年12月17日。《林紓詩文選》注曰：「蕫齋，即張元奇，字君常，號蕫齋。清光緒丙戌進士，授翰林。官至民國奉天巡按使。著有《知稼軒集》。」

〔三〕録自《公言報》1918年12月27日，手稿中亦存。

我前三山之群仙

我前三山之群仙，海水清淺三千年。狂吟醉倒不歸去，碧桃飄雪春風前。六鰲贔屓戴坤軸，鼎立其下根株連。層峰俯視扶桑日，老樹遠入蒼梧烟。崩崖鬼斧怒斫斷，白虹噴霧飛奔泉。緑陰沙際行人立，漁舟天末來翩翩。石橋蒼蘚滑劣馬，似聽流水聲潺湲。雲深路絶□木青，忽入上有仇池天。戊午嘉平日，畏廬林紓寫。

題《江上哦松圖》

開軒納江聲，振衣着松氣。營樓拓詩境，傲兀豈避地。詩來竟不覺，謖謖含松意。道源既澄徹，結響日完粹。樓松豈社櫟，所保與衆異。櫟壽尚歲翦，松年胡可既。落落歲寒交，請以短章遺。戊午十二月爲澹庵壽辰，寫《江上哦松圖》祝之。小弟林紓敬識。

飽看岩前三日雪

飽看岩前三日雪，無人指出玉山瑕。入冬藏釀陳陳在，坐憶江梅幾樹花。戊午十二月，雪中閑坐，用郭江陽法寫此，請漢生一兄大人雅政。林紓識。

題《桃花源》〔一〕

畫中風物是桃源，亡國陶潛特寄言。今日避秦避何處，那從幻境立家園。《桃源》一記，直荒渺之言，人間那得有此？生逢世變，亦往往好讀其文，足以見吾心之悲矣。戊午冬日，紓記。

題戊午冬山水四屏二首

迎面青山似六朝，酒人到此早魂銷。那知更有涵元殿，添上長條復短條。戊午十二月，畏寒不出，挑燈寫此，時漏已三下矣。紓識。

莫作承平六出看，災黎偏地悉袁安。道人參透人情幻，自覺心頭比雪寒。戊午冬日雪中以酒自慰，盡二蕉葉，醉矣。醒時，吮墨寫此。畏廬林紓識。〔二〕

〔一〕録自《良友》畫報1932年第六十五期。畫後注云「周雨青藏」。

〔二〕另有題畫詩「莫作承平」作「莫當當年」，「偏地」作「卧地」，「道人」作「山人」，款曰：「此余去年冬間題畫詩也。西南苦兵，京畿苦水，流民被野，余不能效一拂先生取而圖之也，只能自作吾畫而已。生平所觀古人雪圖，以郭河陽爲第一，大痴立軸行荒亂柴皴，亦奇花動目。余不敢效法，但行以己意而已。畫工日拙，我自知之，勿待旁人評騭也。林紓識。」

題《望闕圖》[一]

丹心不死見孤忠，終始天家獨我公。無盡光宣臣子意，都含望闕不言中。某公告我，外人言終始不失臣節者唯紹軒將軍一人。余深韙其言，然紓之私朝崇陵凡七度矣，想將軍望闕之心甚於紓之朝陵也。因製《望闕圖第四》。以上四圖，均以意爲之，畫不足言，然紀實也。希紹軒將軍指政其謬。林紓謹識。

詩心爛漫入秋光

詩心爛漫入秋光，老翠荒青聚草堂。咀嚼一番盡禪味，不問聞得木樨香。己未元夕後二日，畏廬居士寫於烟雲樓。

雨中柳色酒家樓

雨中柳色酒家樓，定有詩人醉上頭。終始平山堂下路，十年幻想到揚州。己未二月，琴南林紓寫意。

[一] 作於戊午年冬七謁崇陵之後，暫置於此。

張董齋以《知稼軒集》見貺，今年董齋適六十，題其集端，并以祝之〔一〕

堂堂一品贊皇集，鴻麗文章世所珍。耄耋前徽多吉語，封疆餘事作詩人。頓忘勢分因多暇，倔起田間忍失真。三十年前吟賞地，知君還憶鳳池春。君以名翰林掌教鳳池講席，匆匆三十餘年矣。

寓感〔二〕

海南有老女，婺守甘幽獨。井銼日以躬，那復逐膏沐。少時美容色，未肯事令僕。頭上溶溶月，門外娟娟竹。韶華等流水，聽逝不云速。第完松柏性，胡敢侈娌妯。西家歌凱風，七子戀親哭。紛紜起羹沸，晨暝鬧蚊蝠。何來越俎言，引此作尸祝。妾心古井水，苦亂類蛇蝮。鄙哉冒時賞，因人作寒燠。一笑閉柴關，秧我秋來菊。

〔一〕録自《公言報》1919年3月22日，又見於《大公報》1919年3月31日。
〔二〕録自《公言報》1919年5月15日，又見於《大公報》1919年5月16日。

白龍出匣向人飛〔一〕

白龍出匣向人飛，濺沫時侵薜荔衣。我久耳聾何必洗，年來不管是和非。己未春日，畏廬老人林紓。

芳洲一帶扇芬芳

芳洲一帶扇芬芳，不見蓮娃趁夕陽。仿佛錢王祠下路，十年舊事憶泉唐。杭州五六月間，表忠觀外荷花極盛，餘則裏六橋耳。余於花時必甫辨色起而出城，徘徊池上，至今荷香猶沁腦也。少岩先生政之。己未新夏，林紓識。

題《超山觀梅圖》〔二〕

當年曾過超山下，香海樓前觀宋梅。自是仙人奇骨格，最清净處亦能開。己未五月，寫爲錦

〔一〕 另有畫作題此詩，并曰：「北來久不見瀑，翠微山中即細泉亦不易見，吾安得置身於大龍湫邪？畏廬老人林紓并識。」

〔二〕 録自《林紓的繪畫》，題後有「扇」字。整理者收集有林之本《文壇名家，丹青高手——林紓》報紙文章複印件，所載林紓《賞梅圖》即題此詩。

帆仁兄大人之囑。弟林紓識。

巢父洗耳不洗心

巢父洗耳不洗心，安知不與時浮沉。盈科所貴乃有本，未許世人量淺深。己未六月，大雨如注，心念桑谿之泉不已，寫此抒其鄉思。畏廬居士并識。

嵐氣濛濛破曉開〔一〕

嵐氣濛濛破曉開，游魚唼喋水旁苔。終年不恨無絲竹，自有松聲撲枕來。己未夏日，寫此排悶。祖恩先生雅屬。畏廬林紓并識。

題《四季山水》四首

不是楊花夢謝橋，薄雯横岸作輕綃。雨餘山色仍濃翠，屈指前磎欲上潮。（谿誤作磎，謬甚，自註。）雨餘看山，余在南中時費蠟屐無數。北來無山，經雨而泥深没髁。詩人果有雅興邪？一笑。畏廬記。

到眼琉璃失翠鬟，何人來看雪中山。先生詩骨寒逾健，一任時流笑老頑。己未夏日寫。錦帆

〔一〕艾俊川先生所贈抄稿中，「破曉」作「侵曉」，「游魚」作「潭魚」。

仁兄大人雅政，畏廬林紓識。

乍看上界日曈曈，轉眼都歸烟雨中。世局年來偏類此，多應粉本誤南宫。辛亥以來，國無寧日，長日閉户不出，然亂狀時聞。《易》之臨卦「至於八月有凶」，今則凶兆多在五月，何也？果史家編《五行志》，當不知其主何祥。因作《烟雨圖》，思其變態，因識數言。畏廬居士跋。

夢中屢屢到開先，玉匣飛龍落半天。準備杖藜向廬阜，那知已屆古稀年。余夢中往往至廬山，蓋一見南康之塔即色然而喜，因悟太白之夢遊天姥非欺人也。畏廬識。

對松何須辨秦封

對松何須辨秦封，看竹難分翠萬重。不審十洲何世界，昂頭我欲問鑄龍。己未又七月，仙舫一兄大人屬。畏廬林紓識。

草廬隱隱樹交加

草廬隱隱樹交加，辨得琴聲處士家。似爲仙源留樣本，春風逐處碧桃花。己未八月十四日夜，月色大佳，小飲一蕉葉，陶然欲醉，以苦茗醒之，成此一幀，自謂頗有蓬心風格。時在宣南之春覺齋。鈺岑先生雅政。畏廬林紓并識。

己未八月題山水四屏四首

水際傾斜三兩家，雨中山色翠交加。一從喪亂無寧宇，既不耘田況織麻。林紓仿高房山。

曉閣凌寒戰朔風，詩心裝入玉壺中。任他六出彌天瑞，田爲兵荒那得豐。己未中秋，寫奉自堂將軍雅鑒。閩縣林紓寫。

路轉山回一徑深，蔽天萬樹碧沉沉。林泉今是偷生地，擁鼻休爲《梁甫吟》。己未八月，畏廬寫此并題。

蘆花一片碧波澄，岸柳模糊水氣升。小艇不來沙鳥去，恰宜破曉下魚罾。此等風物唯南中有之，北來不多得也。己未八月，畏廬記。

題《哀蟬落葉圖》二首

仙柯竟老早秋前，凄絶餘音警晝眠。那解畫簾微雨感，移盤鉛泪過銅仙。

元相添薪仰古槐，悼亡心緒向誰開。却看病葉焦黄盡，似向秋墳月下堆。余友李一山述佩臣觀察意，爲寫此圖，悼其德配種夫人也。圖成，爲題二詩，在小病中寫此，不能工也。己未八月，林紓并識。

垂楊漸漸可藏鴉〔二〕

垂楊漸漸可藏鴉，數折低籬傍水斜。無待劉郎感興廢，自開自落碧桃華。己未八月，畏廬居士寫。

題《雪庵讀騷圖》〔三〕

歷劫阿難入石龕，打包行脚出閩南。胸中一掬《離騷》泪，學叟行踪類雪庵。雪庵和尚於明亡後，以《騷》經作梵唱，或棹孤舟。每讀一葉，輒掣而投之水中。余甚哀之。前晤學真上座，有雪庵之迹，而深悲極慟乃過於雪庵。因作《雪庵讀騷圖》送之南歸，并係二十八字。己未九月，林紓識。

題己未秋山水四屏四首

緑蔭門外萬荷花，小隱真堪度歲華。打叠明年花港去，老來游興未曾賒。己未秋日，畏廬寫意。

〔二〕艾俊川先生所贈抄稿第二句作「數折溪橋近岸斜」。
〔三〕録自《林紓書畫集》。

小幅閑臨龔半千，芳亭面水白蘋鮮。金陵遺軌無多在，外道時時誤後賢。金陵八家，以半千爲最。會公兄弟用墨步武龔氏，獨高蔚生自闢蹊徑。余家藏半千畫三幅，未嘗一臨，□□仿其意，然不能得其仿佛。子春將軍雅鑒。畏廬林紓識。

峭岩無人白雲深，恰稱高人出世心。霧間沉沉窗盡掩，知他料理古時琴。秋日齋居無聊，以意爲此。畏廬居士識。

數折回溪長怒芹，酒船歸處正斜曛。未知拂水垂垂柳，一過秋來瘦幾分。將入花塢，時溪光奇絶，雖以吴道子之長，不能畫也。夢寐懷想，思續此遊近二十年矣。略憶其大勢寫之，莫肖萬一。林紓并識。

百尺松槐晝結陰〔一〕

百尺松槐晝結陰，溪堂長日碧沉沉。當時也有南陽思，拊案曾爲《梁甫吟》。己未秋，用文衡山舊本變法臨之，亦頗自成風格。紓記。

群鶴憩松際

群鶴憩松際，雲間出微徑。四望青濛濛，長日作沉暝。雖無烟裏寺，不僧亦禪定。我欲

〔一〕另有兩幅畫作題此詩，款曰：「壬戌仲冬，孝文仁世兄大人雅屬。世弟林紓寫，時年七十有一。」「昨有族子自田間來，云載之弟久思余畫，適成此幀，自題以贈之。癸亥三月，畏廬老人林紓并識。」

入圖中，危欄同一憑。己未十二月，畏廬居士寫。

我本山中人

我本山中人，築室依澗岡。老故驅我來，緇塵滿衣裳。己未十二月，畏廬紓。

烟篠參差水上樓

烟篠參差水上樓，曉來新着二分秋。江南河朔腥羶滿，洗眼憑闌看水鷗。己未嘉平，畏廬林紓。

題《蜀客省親圖》〔一〕

蜀客歸，母心喜，蹇驢停處苔花紫。松下叩關秋氣深，庭際時時落松子。十年別母母心殫，十年見母母心安。白鹽赤甲路漫漫，拊心忍泪攀驢鞍，追懷往事猶心寒。今日見兒兒峥嶸，蜀人争許高才生。再飭嚴裝向京邑，依階求仕剛三十。老父開藩名湘中，兒今

〔一〕 録自《公言報》1920年1月12日，亦見於《大公報》1920年1月14日。

踵武名關中。西南宦迹震父老，富貴原宜置身早。母自聰强老福高，兒長幹濟人中豪。壽筵開處揚雲璈，琉璃酒盞斟葡萄。道旁見者休嘆息，求學當年一蜀客。

題王琳畫像

堂堂殉節壽陽城，特進尚書王子珩。至死不忘梁社稷，千秋擴廓或齊名。庚申正月，讀王琳傳，并寫其人，寬孫世兄大人屬。畏廬林紓識。

晨光乍動夜涼收

晨光乍動夜涼收，澗底輕雲帶水流。詩夢醒時侵曉起，柳陰來上看山樓。庚申正月，代及門劉生肖穎寄贈紹賢二兄大人，即希正謬。林紓并識。

書　感 讀黄仲則詩作[一]

不得貴人憐，始有牢騷語。有命弗自信，鎮日苦寒窶。勢要方崩騰，那復惜酸腐。草亭富花柳，未必降嚴武。窮約爲豪吟，枉自學杜甫。居詩匪奇貨，安能鬻傖父。爾語益昂

[一] 録自《大公報》1920年3月28日。

藏，彼曹愈笑侮。詩人恒怨貧，故與俗齟齬。到頭終何得，當知所失巨。貧富僅一扃，拔即破空去。

庚申清明寓書鍾侄代余掃墓，愴然有作，寄示鍾侄[一]

二月桑溪欲禁烟，廿年未拜荔支阡。風前聊藉澆杯酒，歲後須謀置墓田。地僻或逃兵燹劫，金多寧敵子孫賢。阿鍾自是吾家秀，遠道殷勤寓此箋。

溪上山容變早秋

溪上山容變早秋，溪西水色碧於油。曉來水榭披襟坐，流過沙鷗三兩頭。庚申三月，齋居不出，寫此遣興。補柳翁并識。

岩壑錯落丹碧鮮

岩壑錯落丹碧鮮，結爲雲氣融爲泉。平生遊跡遍吴楚，好山過眼心懸懸。偶然筆寫氣象

[一] 録自李家驥抄件，《林紓詩文選》注「由林紓侄孫林聖明先生提供」。鍾侄即林紓族侄林鍾貴。

千，萬木魚貫林蟬聯。何人結屋蝸角大，看山終日如坐禪。當門老松却俗轍，壓屋白石淩飛仙。敝廬遠在黄山邊，林谷如海皆雲煙。庚申春月，畏廬林紓。

題《香山九老圖》[二]

唐會昌五年乙丑，白文公與前懷州司馬胡杲、衛尉卿吉旼、前觀武軍長史鄭據、慈州刺史劉真、御史盧貞、永州刺史張渾，凡七人，三月二十一日會於履道宅，共五百七十歲。祕書監狄兼謩、河南尹盧貞以年未七十，雖與會而不及列，故又稱九老會。是會蓋有兩盧貞也。附題一詩如左。

九老香山共詠詩，恰當牛李黨争時。會昌尚算承平日，那似今朝亂事奇。庚申四月十五日，畏廬林紓并識。

疏樹罩烟薄

疏樹罩烟薄，霜溪拂境寒。木落秋容淡，江空水氣清。庚申清和月，畏廬林紓。

[二] 録自《近代中國水墨畫精選》（臺灣文物藝術品收藏家協會 1993 年，第 57 頁）。

瞥眼氤氳起亂雲[一]

瞥眼氤氳起亂雲，幾曾仿佛見茅君。白衣蒼狗長如此，人事何須較十分。庚申四月，畏廬寫。

題《花影吹笙室填詞圖》二首[二]

花影都疑作夢痕，因君往往吊零鴛。墻蕉縱是秋來路，何事詞人即斷魂。詞中警句「颯颯墻蕉，正是秋來路」，讀之，疑其不祥。已而稚清果短折以死。

才調高寒本宿因，多愁竟損苦吟身。於今滿地淡黃月，不見高樓選韻人。庚申四月，畏廬老人寫并題。

[一] 另有題畫詩同，款曰：「國變以後，人心之壞、世局之變，亂局爲六朝五代所無。雨後看雲，不期有感。畫成，遂□此詩。畏廬。」

[二] 又見於《東方雜志》1920年第十七卷第二十四號，題爲《爲拔可令妹李稚清補畫〈花影吹笙室填詞圖〉并題》。

題《積翠圖》〔一〕

長日鶴聲隱緑楊，小軒如斗蕩溪光。可憐蕭瑟靈和殿，那復依依似水鄉。庚申四月，畏廬林紓。

一對雛娃垂釣來

一對雛娃垂釣來，野花方趁曉風開。柳陰深處聞人語，低着娥眉首不回。庚申春日，作於春覺齋，畏廬老人戲墨。

横江載鶴過南徐〔二〕

横江載鶴過南徐，去訪幽人水竹居。我笑庾冰真俗物，當年何事伏蘧篨。

〔一〕録自《林紓書畫集》。又見於林紓多幅畫中，「鶴」或作「鶯」。

〔二〕録自《大公報》1920年5月8日《續題畫二十首》，其餘十九首已收入《畏廬詩存》；又見於《大公報》1921年4月22日《題畫》。

雪山我仿郭河陽

雪山我仿郭河陽，何必太倉踵二王。但向高寒煉風節，那知人世有炎涼。庚申端陽節，林紓并識。

蹊光如展碧玻璃

蹊光如展碧玻璃，溪上闌干傍水低。大似南漳樊榭宅，擬從空壁一留題。此幀爲吳墨井得意之筆，以焦墨渴筆行之。記石谷論畫專患一「光」字，余幸不坐此病。冬日照窗，以乾隆御墨寫之，自謂不落凡近也。庚申長至節後，林紓記。

庚申五月題畫二首

吳山盡處越山涯，水木清華處處佳。山鳥忽來啼不歇，聲聲似勸我移家。

木葉蕭疏烟靄濃，層層青嶂入芙蓉。詩人好句從何得，只在波光樹影中。筱庭仁兄大人雅屬。庚申五月，林紓記。

臨墨井舊本

漁山皴法近山樵，竹石窗前仔細描。松籟泉聲仙境□，道人竟有福能消。墨井爲山樵，半筆不涉一峰老人，石谷則無所不統，時以十洲樓閣之筆，以簡率納入畫中。文節晚年亦右吴而左王。余謂亦意氣之言，究之石谷不能爲墨井，墨井不能爲石谷也。此幅爲墨井舊本，得諸内府照片，一臨之，微有虎賁之似。庚申六月，作於宣南春覺齋中。畏廬老人林紓并識，時年七十有一。

掩天石壁似川西

掩天石壁似川西，四合空青萬木齊。屏盡哀絲與豪竹，晚來但有鷓鴣啼。庚申六月，借清暉老人意，君特先生雅屬。畏廬林紓寫於宣南春覺齋。

題《梅福得道圖》〔一〕

不識栖生地，惟聞蠟屐間。松風生半嶺，溪月冷前灣。丹竈字猶古，青苔點冰斑。超然塵外意，暫掩白雲關。泰寧長興，上清溪口，拾磴里許，有栖香岩者，高二丈許，廣五尺餘，風景絶佳，漢梅福得

〔一〕録自李家驥抄件。

道處也。福字子真，爲南昌尉，上書傅陳時政，屢不報。旋王莽篡位，遂弃妻子，學道於此。今丹爐尚存，所云朝斗石、采藥澗，亦可按址而尋。每值隆冬之候，梅花盛吐，幽鬱一丘，騷人墨客，多携酒載雪往遊，故遺題咏頗弗鮮。庚申秋日寫《梅福得道圖》，畏廬老人林紓。

隱君飼鶴

隱君飼鶴，鶴壽無紀。樂山樂水，吉祥止止。庚申十月，紓識。

閩海遺民王仲初

閩海遺民王仲初，一時墨戲有誰如。萬重積翠中飛瀑，玉女峰頭暴雨餘。庚申仲冬仿研田筆意，遜卿仁兄大人大雅之屬。畏廬林紓識。

筍將安穩趣山家

筍將安穩趣山家，澗碧山青樹怒拏。轉過林巒剛半里，粉香照眼見梅華。高鐵嶺寫《探梅圖》，作絳袍紗帽官人，以肩輿入梅花中。余轉以爲嫵媚，蓋有鐵嶺之風趣，即紗帽氣亦不見傖俗，然余不敢涉筆也。筱庭仁兄大人雅屬。庚申十一月，林紓記。

題澹堪五十八壽辰圖

澹堪曾領郡，翛然若寒儒。長松擬高風，瘦菊同清癯。詩筆追開元，直與韋孟俱。北來蕭寺居，宛宛將諸雛。移書高連楹，劈門柳數株。見我必展顔，談笑軒眉鬚。故宅瀕大江，萬頃田未蕪。坐對長白山，朝昏披畫圖。讀書聲琅琅，易傳非陰符。仕隱意兩忘，親闊同江湖。心服澹堪澹，夷曠真吾從。作圖寓澹堪，誠語吾非諛。庚申嘉平八日，爲澹堪老友五十晋八生辰，期頤君所日有，但攄吾懷，成此贈之。弟林紓寫并識。

題庚申《仿古寫生册》二首〔一〕

腰輿十里入桃華，一路紅雲雜絳霞。知否仙源在雲際，莫教錯認過龍華。庚申嘉平雪後，畏寒不出，寫此排悶。畏廬。

楓樹紅酣絶暮秋，舊遊我尚憶杭州。斜陽打槳西溪口，自覺閑身過野鷗。西庭老人以淺絳加入石緑，爲石谷諸人所不敢問津者，直超入神品。余妄意學之，自知不類，然乞兒入金谷園，亦必偷取其一二而出，即余是也。寫既，不期一笑。畏廬紓記。

〔一〕録自《林紓書畫集》。

題《萬壑松風圖》〔一〕

故山松桂未全荒，心戀蓮塘半畝莊。比似杜陵天寶日，瀼西抛下浣花堂。此幀余以五日之力成之，本欲成四幀，前二幀寫就，爲人移去，若在張船山必將曰遇賊不俗矣。書至此，擲筆一笑。庚申十二月東坡生日日。林紓畏廬識於宣南春覺齋。

汝南身世負移文〔二〕

汝南身世負移文，忍舍當時猿鶴群。累得道人長齒冷，臨池不寫出山雲。六朝五季之末，名士無免者，吾獨屬意陶淵明及司空表聖。之二子者，真不爲出山之雲，安足令猿鶴騰笑哉！庚申醉司命日，畏廬居士記。

題鐵路學校首君吟父《亞醒草廬圖》〔三〕

天下人人如吟父，即使孤豚亦齗虎。吟父築室名亞醒，喚起醉人勿酩酊。神州四萬里有

〔一〕録自《林紓書畫集》。
〔二〕壬戌、甲子畫中亦見此詩；甲子畫中「道人」作「山人」。
〔三〕録自《交通叢報》1920年第六十六期。

餘，島鄰視我如蠅蛆。孝侯不去斬蛟虎，庾冰乃願藏蘧篨。吟父出手撲壯士，盛氣豈爲他人狙。男子所事先活國，新學得用寧泥書。聲嘶泪竭告父老，朝鮮緬甸吾前車。壯哉吟父我同調，爲君友者唯林紓。

題《爲聽花寫菊》〔二〕

寶筏璇圖久罷休，太常譜付聽花修。秋芳一握無多艷，代贈風流菊部頭。聽花先生屬作此圖，即希正謬。弟林紓並識。

烟重雲屯一塔深

烟重雲屯一塔深，清漪映發水西亭。年來鄉思濃於酒，畫出溪山似故林。閩山之絶勝者，爲姬岩，爲方廣。遊者必經瀨下。畫中風物與瀨下近，然余離家已二十一年矣。紓記。

〔二〕録自《天津商報畫刊》1932 年第六卷第二十一期。據《南方周末》2022 年 5 月 26 日王蔚《林紓之子林琮的作文》，該詩原載於順天時報社 1920 年版辻聽花編《中國劇》。

奔泉墜澗喧[一]

奔泉墜澗喧，松籟鎮日閑。泉聲雜松聲，入聽那能分。辛酉正月，畏廬識。

小瀑響幽澗[二]

小瀑響幽澗，溪上正春霽。山風颯然過，魚浪吹瑣細。辛酉正月，畏廬寫於春覺齋。

高亭聳一笠[三]

高亭聳一笠，溪明見細沙。騎驢人未來，解道無梅華。辛酉正月，畏廬識。

[一] 録自《天津商報圖畫半周刊》1931年第二卷第七期所載畫中。

[二] 録自《天津商報圖畫半周刊》1931年第二卷第九期所載畫中。另，林紓癸亥冬日的畫中亦題此詩，其中「山風颯然過」作「群鴨聚樓陰」。

[三] 録自《天津商報圖畫半周刊》1931年第二卷第十二期所載畫中。

水風拂面來〔一〕

水風拂面來，群松已作籟。時時見吴榜，溪上自擊汰。辛酉正月，仿王石谷，畏廬老人，時年七十。

題《湖亭觀鷗圖》〔二〕

高寒未敢學倪迂，畫裏山容似西湖。一片湖光凈如拭，野鷗引過兩三雛。辛酉二月，畏廬林紓寫。

玄林陰氣翳山居

玄林陰氣翳山居，却稱山人老著書。煮石束薪長日慣，幾曾閉户食花猪。辛酉三月，用□文□本，行以己法，□□□□□。□盦先生雅屬。畏廬林紓識。

〔一〕録自《天津商報圖畫半周刊》1931 年第二卷第十六期所載畫中。
〔二〕録自《林紓書畫集》。

題辛酉三月山水册頁二首〔一〕

絶代風流鄭海藏，盟鷗水榭類濠堂。垂楊風際依然緑，今日應非舊武昌。辛酉三月，林紓識。

出山泉是尋常事，溷濁由他我不聞。但論山中都清净，道人聽水作消閑。吾聞桑溪山中細水分數道出，居人隔溪而居。倚杖柴門，淙淙入聽，此中不知得多少詩思，恨領解者少耳。畏廬并題。

野覓來時路

野覓來時路，仙源徑史賒。拾級姑一探，或有飯胡麻。辛酉春日，畏廬林紓寫。

澹泊由來出寡營

澹泊由來出寡營，長年一鶴伴紫荆。道人自具清閑福，看竹聽泉過此生。辛酉春日，齋居，用吴墨井法寫此。畏廬林紓并識。

〔一〕録自《林紓書畫集》。該書收録《山水册頁八開》畫八幅，此爲一、三幅題詩，第六幅題「乍看上界日曈曈」前已收。

西泠竹暗人家静

西泠竹暗人家静，白石詞心曠代無。我别杭州逾廿載，孤山還憶《補梅圖》。「行過西泠有一枝，竹暗人家静。」此白石詞也。余在杭州，每日必至孤山，時老友林迪臣方守杭州，觴咏無虚日，而故人陳吉士大令尤嗜山遊。迪臣逝後，余爲作《補梅圖》。今年將有杭州之行，而吉士亦物化，舊遊重莅，安能無情？不禁於詩中及之。孟定先生大雅教正。辛酉四月，畏廬倚裝識。

西湖雜詩五首〔一〕

秋風題額聳危亭，酒客停舟讀墓銘。蓋世詞華尊俠女，偏從蘇小乞西泠。

少年萬口説維新，往日彭庵迹已陳。獨有朗齊祠額在，吴儂真不薄鄉親。

錢塘門駐北防軍，一燼無餘但夕曛。樓櫓全非龍纛偃，湖波受月白沄沄。

緑圍華表柳千株，逐次名園入畫圖。似艷岳于兩少保，死生争欲傍西湖。

鄂王祠墓孰更新，琢石庀材湖水濱。脱手萬金無吝色，□郎終是有心人。

〔一〕録自《兵事雜志》1921年第八十六期，末句脱一字。當爲辛酉五月遊杭州時作。原有七首，其一、三即《畏廬詩存》之《三潭印月新先哲祠》與《竹素園》。

垂楊摇曳日西斜[一]

垂楊摇曳日西斜，一鏡溪光似若耶。可惜采蓮娃不見，風前閑殺萬荷花。辛酉長至節前四日。淦卿仁兄大人雅屬。畏廬林紓識。

溪上濛濛雨萬絲

溪上濛濛雨萬絲，晚烟濃處樹參差。行人買醉知何處，水榭前頭見酒旗。辛酉夏日大雨中，寫此排悶。□□□大兄大人雅屬。畏廬林紓并識。

岩際茅簷孰屏居

岩際茅簷孰屏居，閉門未必食花豬。那知雁宕看山客，夕饌登盤有鱖魚。古稱山人足魚，余不之信。屬游雁宕，居屏霞廬二日，乃匪日不得魚羹，以靈岩去海不三里也。果能移家就彼，勝居稔亂之長安多矣。畏廬並識。

[一] 此詩在癸亥年畫作中亦見，「垂楊摇曳」作「綠楊楚楚」，「采蓮娃」作「采蓮人」，落款：「癸亥嘉平，寫於宣南寓齋。玉齋仁兄大人雅屬。畏廬林紓識。」

題《匹馬出關圖》

迢迢匹馬出長安，從古争言出塞難。那解將軍生塞北，殊鄉却作故鄉看。銕梅老友屬寫《匹馬出關圖》。弟林紓敬贈，辛酉六月。

南望烽煙沸數州

有斜陽處怕登樓，南望烽煙沸數州。蕭瑟憑闌無可語，故人門外幸停舟。山人不與時局，然耳根不浄，時聞亂事。唐衢之哭，吾實無此急淚，今但於畫中洩吾悲憤耳。辛酉七月，湘鄂之戰正酣，寫此排悶。畏廬林紓並識。

題《匹馬從戎圖》

戎馬書生事，寧關讀六韜。銘從車騎勒，陣看單于逃。卷地胡笳沸，常聞漢月高。風前擬望處，霜滿赫連刀。辛酉七月，爲玉庵先生寫此并題詩，弟林紓□贈。

題辛酉七月山水四屏 四首

弱柳低垂一角樓，憑闌恨少釣魚鈎。山泉欲破詩人寂，鎮日山間聒耳流。辛酉七月望，畏廬老人識。

一程密竹似雲栖，竹轎中聞山鷓啼。追想蓮池禪座下，香光長卷讀宸題。雲栖寺有董文敏寫經長卷，上有高宗宸翰。寺僧索題，余不敢著筆。此事匆匆逾二十四年矣。畏廬記。

舊本閑臨龔半千，山容葱翠隱晴烟。金陵家法翻新樣，那復拘拘守米顛。龔賢爲金陵諸家之冠，潑墨之法變米家父子。余恒謂房山之變仍留迹象，若龔氏真飛行絶迹。夏日臨於宜南烟雲樓，畏廬識。

被雪危峰不見苔，小橋南畔酒人來。此間不是西泠路，黯黯人家亦見梅。白石詞「行過西泠有一枝，竹暗人家静」，咏梅花作也，余最喜咏其詞，故詩中及之。陶庵先生大雅之屬。林紓寫并識。

題辛酉八月山水畫四屏四首

詩人訪友冒春寒，一路垂楊畫裏看。記得龐公栖隱地，绿深深處見檐端。辛酉八月，畏廬寫。

湘水空明楚雨凉，秋來久不聽漁榔。可憐鄂岳鏖兵後，無數丁男殞戰場。辛酉八月，畏廬寫此并題。

數聲鶴唳碧天秋，一片仙雲松上流。想是玉京朝會散，翱翔來自紫虚樓。余作畫往往自我作古，不就前人繩尺，自覺其野。幸不墜入魔道，亦自可喜。畏廬記。

寂寞山家近歲除，雪光如玉閉門居。是間大是清凉境，可惜山人不著書。復初仁兄大人雅政。畏廬林紓識。

題辛酉秋山水册九首

淙淙流水小橋過，橋上何來五尺僮。清曉得詩邀友和，此來大半寓詩筒。辛酉八月丙午，寫此排悶。畏廬居士識。

山人未必即雲龍，招鶴歸來雲萬重。莫更樊籠放歸去，飛鳴留住碧芙蓉。紓。

絕頂高寒屋數間，眼中一白生螺鬟。十年熱惱難消釋，吹筆無聊寫雪山。辛酉秋日，伯群先生雅屬。林紓并識。

疏柳摇涼帶落暉，樓前恰恰酒船歸。江鄉風味秋來好，菊正黄時蟹正肥。秋日不出，思及溪居之勝，寫此遣興。畏廬識。

滿眼緋樹不算秋，山人畫不與詩侔。補詩我亦知粗觕，聊當尊前罰酒籌。畫竟惆悵，醒時不類，率題一首，及知其誤，同補題一首以識吾過。紓記。

鎮日都無俗客來，柴門兩扇傍山開。山趺土地多饒沃，商略春來好種梅。辛酉八月，畏廬寫此并識。

烟媚霜酣林葉紅，亂書占滿屋三弓。道人自有林泉福，買酒青山是剡中。辛酉三月，畏廬寫。

潮上新增水半篙，强魚幸未脱罾逃。得魚汰酒頹然睡，夢囈狂呼釣六鼇。辛酉秋日，畏廬寫。

秋娘庭院竹瀟瀟，獨對寒燈屢屢挑。門外玉驄遲未到，珍珠簾下罷吹簫。辛酉秋日，畏廬居士寫。

七十自壽詩 二十首〔二〕

畏廬身世出寒微，顛頓居然到古稀。多病似無生趣望，奇窮竟與餓夫幾。回頭未忍思家難，傲骨原宜老布衣。今日王城成小隱，修篁影裏掩柴扉。〔三〕

少年里社目狂生，被酒時時帶劍行。列傳常思追劇孟，天心强派作程嬰。四十年來，連爲親友鞠孤兒七八。其最廑余懷者，則王、林兩小生，事見下。忍寒何必因人熱，超義無妨冒死争。到此一齊都懺悔，道書坐對短燈檠。

柴門臨水白蘋開，月下聽書老母來。先母太宜人生時，喜紓所譯小説，夜中恒聽至三鼓始寢。當日團

〔二〕《畏廬詩存》卷下有詩題曰「余去年七十作自壽詩二十首」，與胡孟璽書云：「自壽詩本十八首，後增二首，失其稿，録寄一覽，幸勿示人爲盼。」朱羲胄《貞文先生年譜》卷二第46～48頁録十五首，并注：「先生書以示我者僅十五首耳，詩墨藏敝笥。」「柴門」「半世」「子衡」「邇日」四首録自胡孟璽抄件，「萬竹」「半生」二首録自謝海潮《從吴家瓊抄本窺林紓自壽詩「全豹」》（《福建日報》2022年7月26日）；吴抄本無「少年」一首，「不留」「總角」二首易位，末注云：「語多率易，不中詩律，謂爲紓之日記可也。」又朱、胡、吴所録自壽詩均收有《畏廬詩存》卷上之《追憶》。

〔三〕胡孟璽抄件此二句作「且述艱難語同志，須憐昏悖尚知非」。

圞無限好，至今懷想有餘哀。病猶作健衣親製，兒亦能厨笋自煨。太宜人喜笋葅，病中，紓自制以晉太宜人，恒稱可。他饌亦紓自治。一事直堪悲到骨，五更空禱越王臺。太宜人病瘻而脪，紓大震，五更犯雨，跪禱越王山。凡九夕，幸未見血，而卒不起，悲哉！

半世牛衣悼老妻，豈惟飯糗與羹藜。能賢始覺家庭樂，安分遑求福命齊。行孝經時忘寢食，先母太宜人病亟，内子劉孺人侍疾，積四十九日，睡不盡一刻，日則忘餐，卒以此殉。思姑臨卒尚悲啼。時時常與兒孫語，隨倡卅年未勃谿。

不留宿孽累兒孫，不向情田種愛根。綺語早除名士習，畫樓寧負美人恩。余悼亡後，有某校書者，艷名震一時，初不謀面，必欲從余，屢以書來，并饋食品。余方悲感，卒不之報，且不與相見。同輩恒以爲忍。世惟解事方循分，行果知難敢放心。心折竹谿名父子，從他閩洛溯淵源。

萬竹環棲宅水隈，有人之命向余來。某生，余舊世交也，負人債千金，債家將得而甘心，某挈其妻子四人于余，余報之二年。書軒忽展流民卷，子舍將成避債臺。老母尚在養，亦善待之。推食二年共藜糗，解圍四出貸錢財。余終爲摒擋四百金了其事。一毛不拔當時事，恩怨渾忘笑口開。余七歲時，先大父挈余買履，向某貸百錢足之，某峻拒且出醜語，余歷歷心頭，然萬萬不修怨也。

半生知己老和軒，丁姓名鳳翔，余曾爲作傳。臨命從余托幼孫。歷歲輸金爲買醉，余歲以百金爲和軒杖頭之費，前後凡十二年。遺書索畫代酬恩。和軒負張姓義債五十金，遺書囑余作畫抵其債，余如言且媵之以詩。名山隨地同游屐，奇語翻空燭覆盆。和軒論李文貞、陳夢雷事絶精確。生慕汨羅今已遂，空令剪帋與招魂。

總角知交兩托孤，王薇庵、林述庵兩先生。凄涼身正在窮途。當時一諾憑吾膽，今日雙雛竟有須。一爲雨樓孝廉，薇庵子；一爲復生少將，述庵長子。教養兼資天所命，一在余家十一年，一九年。解推不吝我非愚。人生交友緣何事？忍作炎涼小丈夫。

金臺講席就神京，金臺書院主講者，多退老之六卿，次亦詞臣，余獨以布衣受聘。老友承恩晋六卿。索庵尚書。我不彈冠爲貢禹，公先具疏薦禰衡。傖荒那辨官中事，蕭瑟將爲海上行。尚書以壬寅十二月二十七日具草，將以癸卯元旦上之，專摺保余引見。余報書以晦日南下。多謝尚書爲毁草，公即焚草，馳而留余勿行。食貧轉得遂餘生。

憐才誰似郭公賢，春榆侍郎薦余經濟特科，名在張堅伯諸人之先。余以書陳謝不赴，書見《初集》。薦我名居諸老先。充隱本非真處士，辭徵曾賦《反游仙》。余作《反游仙詩》五首上侍郎。頭皮未送寧奇節，肝膽相親似宿緣。此事不惟知己感，承平憶到德宗年。

卅載傾心滄趣樓，滄趣樓，在螺江，爲陳太保别業。太保善余，至爲契重。風流宏奬世無儔。自經導誘詩源得，盡覽收藏畫筆遒。公藏畫極夥，悉出示余，時或假諸内府。其契重至矣。藝苑共尊今六一，經筵代進我《春秋》。余著《左傳擷華》，公爲進呈御覽。八年前附香山社，京師有晋安耆年會，公首席，余末座。末座匆匆亦白頭。

文章寧復見爲人，我服遺山論世真。尚氣立生無爲謗，恃名易墜不訾身。投書狎至勞郵傳，每歲必得海内名流投書，均不相識。年必數十函，盈篋笥矣。拙集頻翻愧手民。畏廬前後集，翻數十次，售至二萬部。兩事看來均分外，日防遺行玷吾閭。

子衡營葬鄭先生，我葬如皋亦踵行。周如皋以廉吏稱於江南，既没，不能歸葬。余以五百五十金歸其喪，且經營其葬事。蕭寺豈堪淹旅櫬，江鄉略爲卜佳城。家如有積安須我，義果難逃願近名。且喜遺孤能宦立，此身幸免作程嬰。

崇陵九度哭先皇，雪虐風饕梁格莊。百口人争譏越分，一心我止解尊王。世無信史誰公論，老作孤臣亦國殤。留得光宣真士氣，任他地老與天荒。

烟雲供養御書鮮，少帝御書春條賜臣紓，凡三次，「烟雲供養」爲前年十二月所頒。一道綸音落九天。槁項幸從遺老後，剜心欲獻聖人前。惜逢頹運如今日，恨不沙場死壯年。得傍皇居臣願遂，移家争忍出幽燕。

宦情早淡豈無因，亂世誠難貢此身。迻譯泰西過百種，余同通西文者譯泰西小説近一百五十種。今合百種爲余叢書。傳經門左已千人。婁東授經，門左千人，門右千人，余已過之。自堅道力冥機久，不飲狂泉逐世新。坐對黄花微一笑，原來有味是能貧。

誰擁皋比扇醜圖，磨牙澤吻齕先儒。近人痛詆孔子，不惟程朱。江河已分隨流下，名教何曾待我扶。强起捋須撩虎豹，余曾以書詆某公。明知襲狗類齙齣。一篇道命程朱録，面目寧甘失故吾。

作客長安二十年，時聞乞米到門前。食貧與子曾同病，博施如堯豈有權。未敢自儕游俠傳，不妨略剖賣文錢。肯從杜白矜裘厦，陽羨曾無半畝田。十年以來，屢得乞米之帖，余皆應，以四十年計，余所縻者已萬金矣。

能排元美惟熙甫，稍近昌黎只穆修。二子苦甘微有會，一時毀譽竟何憂。終身恨未幾神味，入手深知避鏤鎪。四十年來爐火候，不偏剛處豈偏柔。

邇日曾爲雁宕行，却驚名勝聚杭京。石奇大類燕文貴，皴細居然王叔明。天爲山人增畫境，時由清夢發吟聲。明年鄧尉探梅去，老健隨身一杖輕。

時時自寫雪山寒〔一〕

時時自寫雪山寒，萬事都從冷處看。留此幾分清白相，勝他人海黑漫漫。辛酉十月，新寒不

〔一〕另一幅畫中也題此詩，「清白相」作「清白狀」，款曰：「王維《雪圖》真本已消歸無有，近來人有雪山仿本，鄙懷殊不謂然。大抵以郭河陽爲第一，子久次之。子久用亂柴皴，頗不易學。余特以意爲此，應雅初仁兄大人大雅之屬。畏廬林紓寫於春覺齋。」

出，寫此遣興。野侯仁兄大人大雅之屬。畏廬林紓識於宣南烟雲樓。

霡霂初乾綉好春

霡霂初乾綉好春，垂楊斜日畫樓人。溪山清福長年享，香火前生有夙因。辛酉十月，寫於宣南烟雲樓，畏廬識。

瓊河小住對清漪

瓊河小住對清漪，三見梧桐落葉時。一股清涼秋意味，當年倉卒不留詩。余久居瓊河，買得梧桐，種三年矣，乃三見落葉。此後，移居蒼霞洲上，不復移根。近人自閩來，云已亭亭如蓋矣。畏廬林紓并識，辛酉十一月。

題辛酉嘉平山水四屏四首

老桂飄香入畫軒，叢蘆結緑封柴門。老夫飯罷常無事，拄杖看山挈稚孫。作畫時乳媪抱雛孫臨案翻弄丹鉛，笑而止之，不可。適作此畫，因添一童子於乃翁之側，見田家之樂，去廣厦雕甍中遠矣。畏廬老人并識，辛酉嘉平。

濃緑竟敷三里外，曉行乍度一程餘。人生作客原無樂，隨地看山當讀書。北地荒寒，行客無歡。若在浙西，則行客隨觸皆成詩境。今年歸自雁宕，心念樂清不已。辛酉嘉平，畏廬并識。

閩中不雪山常碧，山下寒梅無數花。漫説孤山千百樹，那知花亦屬林家。北地無梅，而南中無處非香雪海。余曾約李拔可以正月探梅於鄧尉，當便道一至孤山，夜巢居閣下，茶僧□□闌干待我也。畏廬老人寫於宣南寓樓。

當年石鼓雲鋪海，雲外驚濤沸萬松。白髮瞿曇方晚課，微微辨得數聲鐘。辛酉嘉平，敬恒先生大雅屬政。林紓并識。

蒼蒼絶壁一危樓

蒼蒼絶壁一危樓，眼底乾坤日夜浮。知道太平無可望，却含泪眼望神州。辛酉十二月，畏廬林紓識。

題《美洲瀑布圖》[一]

美洲瀑布天下無，畏廬寫此軒眉鬚。歐西流血成海水，想亦澎湃如吾圖。自海上來者爲余談

[一] 録自臺灣《藝術家》1989年第二期石允文《畫家·文學家·翻譯家——林紓》，手稿中亦存。整理者所見圖片不同，落款爲「癸亥嘉平用西法寫此，不能似也，姑存大意」。

美洲瀑布之勝，以意爲之，不知似否，見者當能一指吾短。辛酉十二月雪中寫，畏廬老人。

武將文臣盡愛錢〔一〕

武將文臣盡愛錢，九州蒼赤聽顛連。道人只當看雲幻，雲外原來尚有天。余入世七十年，幼閱洪楊之亂，老逢革命之軍，較諸杜陵身世爲尤蹇。乃今日目中所見，竟爲正續《通鑒》中所無。雖田承嗣、李懷仙，其貪黷尚不如此。嗚呼！白衣蒼狗，留者幾時？吾亦僅視爲浮雲之變態耳。春圃先生雅屬。畏廬林紓并識，辛酉十二月。

三月楊花塘水明

三月楊花塘水明，叢魚逐隊趁潮生。烏衣子弟多高雅，解把絲綸去釣名。「釣亦不得，得亦不賣。」用王弘之語寫，應清茗先生大雅之屬，并媵以詩。辛酉冬月，林紓識。

〔一〕 壬戌年四月畫中亦題此詩，并曰：「嗟夫！魏博、盧龍、淄青、滄景，均河朔權藩，使晚唐一無寧日。匆匆五十年，若浮雲之過太虛，不留片影，果使建節擁麾者知吞并可危，眼前富貴似幻了了，亂不足平矣。壬戌四月，京師粗定，寫此并識數言。畏廬林紓。」

百丈危峰聳雪中

百丈危峰聳雪中，白鹽赤甲蜀山崇。於今割據無全局，孰是知祥孰李雄。辛酉冬，川鄂戰事未已，而都下復奇窮。來客多愴喟聲。送客後，寫此，不期情見乎詞。畏廬林紓識。

題《拈花圖》

塵數迴環解脱難，都從龍溪劫中看。世尊縱使拈花示，迦葉何曾一笑姗。余壬午同年以升吉甫爲第一，恨不相見，積思將成痗矣。辛酉冬，孟蘋先生竟得吉甫《拈花》一詩，讀之泫然。按《五燈會元》，世尊在靈山會上拈花示衆，是時衆皆寂然，唯有迦葉破顔微笑。嗚呼！今日塵沙之劫將成，因夢生夢，將永昏長夜之中，問之迦葉，其能微笑耶？雖然，赤明□至天地將開此，則迦葉笑時矣。俟之俟之，請還質之吉甫，以爲如何？林紓并識。

題辛酉冬山水册五首〔一〕

道人耐得一秋閑，鎮日無人款竹關。漉起半缸新熟酒，登樓來看雨餘山。余在雨中有此狀况。比來長安，寧復得此？然鄉夢無時不在蒼霞洲上也。林紓記。

〔一〕原爲十二幅畫中各有詩，六首已入《畏廬詩存》，「細泉幽咽雜輕冰」前已收。

龍山祠圮斷碑荒，今日誰談武肅王。藩鎮收場類如此，空留江水咽錢塘。畏廬并識。

飛閣凌虚絶點埃，清溪如拭放舟來。是間仿佛桐江水，我欲吹簫過釣臺。辛酉冬，畏廬老人林紓寫。

暮雨南陵水寺鐘，鄉心入夜起重重。怪他酒味年來薄，大半鄉心較酒濃。辛酉冬，林紓識。

小溪流水漾輕沙，烟際山居三兩家。認得蘭亭舊遊地，冬青不見見梅花。辛酉冬，林紓識。

敬恒仁兄大人雅屬。林紓補題。

題《武昌烟柳圖》

烟樹參差認武昌，當時坐鎮有文襄。一經川鄂鏖兵後，今日將成古戰場。辛酉，余曾作《武昌烟柳圖》，遂題是詩。壬戌仲冬，聞川鄂戰事尚未已，複製是圖并録舊作。林紓識。

半空傑閣聚凉秋

半空傑閣聚凉秋，夜午憑闌看斗牛。自覺年來心緒劣，更無餘暇念神州。自辛亥至辛酉，海内無寧日，長安亦十年數驚。七十之年瀕此喪亂，安有好懷？冬日閑居寫此排悶，并題一詩。觀者當知余之非無病而呻也。道生三兄大人雅屬。畏廬林紓識。

車中見月同疚齋〔一〕

龍湫累日雨冥冥，歸路山如潑墨屏。淮上正開雲際月，故人恰聚水中萍。深談不覺交三故，妙筆真能匹四靈。似有梅村身世感，杜鵑拜罷哭冬青。

曉起臨池注道經

曉起臨池注道經，蕭蕭紅葉落空庭。卅年洗浄箏琶耳，即是秋聲也耐聽。世亂如麻，川鄂黔滇，南及桂粤，匪不鏖兵。此前人所謂版磯之快馬輕刀，總屬自屠自戮。道人目觸世局，萬種傷心，乃自注《南華》以自娱暮齒。夏日無聊，寫此，不期情見乎辭。仲申仁兄大人雅屬。畏廬林紓，時年七十。

題《壬戌元旦圖》〔二〕

名山景物屬通明，風際松篁一鶴鳴。岩半高樓闌百轉，茶餘無事定吹笙。壬戌元旦，畏廬老

〔一〕録自《冒鶴亭先生年譜》。林紓於 1921 年往游雁蕩山途中晤冒廣生，冒作《臨懷車中喜晤林琴南是夕見月各出視近作》。《冒鶴亭先生年譜》謂「林以文名，而詩作不多」，「此詩亦罕見者」。

〔二〕録自《畏廬遺迹》。

人林紓寫并題。

水上微風泛小楂

水上微風泛小楂，江樓逐日撲楊花。江南風物都堪畫，可惜干戈似亂麻。壬戌正月，寫於宣南寓齋。鍾泉先生大雅之屬。弟林紓寫。

題畫扇孟浩然騎驢看梅花〔一〕

曉行露脚濕驢鞍，作客焉辭行路難。近日朝廷無好語，莫教輕易上長安。壬戌二月，衡峰大兄大人雅政。弟林紓寫并識，時年七十有一。

林巒一一作銀裝

林巒一一作銀裝，幾案虚明蕩雪光。熱惱十年消不得，今朝服散得清涼。閩中不可得雪，有輒墜地而消。此宋人詞所謂「疏疏雪片，散入溪南苑」者。光緒庚辰，余遊石鼓，宿馬江水寺中。夜半奇寒中人，披裘起坐，窓紙通明如月，庭中雪積徑寸。此余有生以來所未見者。若在都下，寧復有異？壬戌二月微雪，憶及昔遊，爲題

〔一〕録自李家驥抄件，原注：「此幅贈吉林大成處。」

數語。畏廬林紓識。時年七十有一。

思翁瓣香，乃爲虎兒

思翁瓣香，乃爲虎兒。濃墨淋漓，自詡離奇。一語房山，軒眉揚鬚。獨冠九友，爲世導師。婢學夫人，吾亦自知。壬戌二月，畏廬紓寫。

北來無此好溪山

北來無此好溪山，歲歲金風鐵雨間。不解群雄果何爲，兵争到死未曾閑。嗟夫！余處京師，自辛亥至今凡五經亂離矣。財窮國殆，而群雄尚爲私而争，令人莫解。雖余心無日不在山水之中，意死耳頑，雖戎在郊，不復恤矣。繹求先生以爲如何。林紓并識，壬戌三月。

林葉凋稀入暮秋

林葉凋稀入暮秋，宿居誰似聽泉幽。出山千萬須珍重，莫使輕投入濁流。壬戌三月下浣，用石谷法寫於宣南烟雲樓。伯弢仁兄大人大雅之屬。畏廬林紓并識。

題《秋山遊寺圖》〔一〕

昔時蠟屐過僧寺，開士琅琅誦《法華》。記得主持乞廨額，醉中爲署妙蓮花。余於甲申後，凡二十七遊石鼓。主僧視余之來，熟如賣薪之樵客。丁亥暮春，至廨院，老僧不知名，方誦《法華》，觀其脣吻翕闢，似胸中大有領悟者。已以長箋乞作廨額，余被酒爲署「妙蓮花室」四字。僧頗珍重，然則余書之劣，乃亦有貴之者。可笑也。壬戌三月寫此并識，畏廬老人。

題《秋山翠靄圖》〔二〕

萬重翠靄入危樓，消納山中一種秋。山月半鈎逢七夕，雨簾高卷看牽牛。壬戌三月用石谷法寫此，畏廬林紓識。

〔一〕 録自《林紓書畫集》。
〔二〕 録自臺灣《藝術家》1989年第二期石允文《畫家・文學家・翻譯家——林紓》。

日落空山看撈魚〔二〕

日落空山看撈魚，釣龍臺下廿年居。柳州作賦名歸夢，念念仍思舊草廬。壬戌春日，畏廬林紓寫於宣外寓廬。

題《秋山圖》〔三〕

可憐城外血朱殷，我得南樓半日閑。細揣天心無可語，山人含泪寫秋山。壬戌四月五日曉起，城外炮聲如沸，九門盡閉。余避無可避，仍啜茗研墨寫此，康衢之泪與墨汁同濡矣。畏廬林紓并識。

寫愷亭峰

中原誰抵猘兒鋒，河洛烽烟莽萬重。心上桃源何處覓，畫中染出愷亭峰。壬戌四月八日，畏廬識。

〔二〕《畏廬遺迹》畫作中亦見此詩，「空山」作「藤山」，「廿年」作「卌年」，「仍思」作「仍憶」，款曰：「余家居時，每於斜陽垂落，沿江岸觀舟人打魚爲樂。比來長安，塵土溷人，不復有江村之樂矣。甲子四月，畏廬林紓識。」

〔三〕録自臺灣《藝術家》1989年第二期石允文《畫家・文學家・翻譯家——林紓》。

題贈辻聽花《夏木小鳥圖》[一]

午睡初醒夏日長，緑蔭如幕護東厢。蕭齋鎮日無人到，小鳥飛來噪夕陽。

題《西亭納凉圖》[二]

闌外輕漪蕩緑萍，乘凉偶上水西亭。何須青到時人眼，自有名山向我青。壬戌四月，畏盧老人寫此排悶。

寺古雲深山路歧

寺古雲深山路歧，匆匆攬勝趁朝曦。山中何物堪撲目，止有河東和尚碑。壬戌四月，畏盧并題。

[一] 載於《順天時報》1922 年 5 月 16 日；録自王蔚《林紓之子林琮的作文》，《南方周末》2022 年 5 月 26 日。
[二] 録自《林紓書畫集》。

時事渾如障不開

時事渾如障不開，一班將相盡庸才。道人雙耳常清淨，曾自靈岩聽水來。數年中累易宰相，而疆埸師武又多奴才。壬戌四月，京畿大亂，累七日而勝負決，胡騎出關矣。枯坐無聊，用以石谷法寫之，自云是鰲山悟道時也。畏廬林紓記，時年七十有一。

垂楊低裊萬條絲

記向西泠覓句時，垂楊低裊萬條絲。去年再過行宫路，未忍抬頭讀御碑。壬戌四月亂後，累日不出，寫此排悶。畏廬老人林紓并記。

東來戎馬正蒼黄

東來戎馬正蒼黄，密寓中原沸虎狼。打叠避兵已無地，畫中寫出贊公房。杜少陵於天寶之亂，幸不爲王摩詰者，以避贊公土室。壬戌四月三日，直奉二藩鏖兵於蘆溝，巨炮之聲直達余之春覺齋，顧余家人未之避也，因成天寶安史之變，成此一詩，題之畫上。時百凡俱輟，余尚往事丹青，此時幾毫無心肝，諍者當知余數經亂，故閑略至此，則時事亦可知矣。畏廬老人并跋。

古堠臨江曉日開

古堠臨江曉日開，長年烟波語喧豗。石頭城下長流水，首見完顏飲馬來。壬戌四月亂後寫此，林紓并題。

入秋山減一分青

入秋山減一分青，溪上時浮水鳥翎。迎得城中詩客至，冷吟同坐綠莎廳。南中山水有在萬寂之中令人留戀不盡者，則庭館位置得宜，使溪色山光與詩人迸合，且於是中得無數静理。此不足與軟紅塵中人道也。鞠甫先生雅政。畏廬林紓并識，壬戌四月。

壬戌五月山水四屏四首

翠擘青分駛急湍，道人長日倚闌干。寄聲富貴場中客，萬事宜從冷處看。壬戌五月，畏廬居士寫於烟雲樓。

危峰落翠壓鐘樓，蒼鼠時來古瓦遊。天與山僧清浄福，固知人世是悖遊。夏日不出，然竹陰之下猶含毒熱，飲茗後解衣寫此，頗有殊致。林紓識。

數幅蒲帆向武昌，眼中不復見垂楊。曾胡當日收功地，今日重開舊戰場。壬戌五月下浣，林紓寫并題。

清涼詩境碧修修，紈絝休延王子猷。自有先生高節在，咏懷詩向竹竿鏤。余在龍潭，讀書鐵笛亭之下，四圍皆修竹，余鐫詩滿之。紓跋。

納納乾坤一草亭[一]

納納乾坤一草亭，長年消受好山青。登臨我亦無他意，半夜天河看客星。壬戌五月，景甫先生屬。畏廬林紓并識。

板橋流水合垂楊

板橋流水合垂楊，葉葉風帆過武昌。聞道寧南驕恣甚，終教相遇虎山黄。壬戌五月，寫於宣南春覺齋。鐵隍先生。畏廬林紓識。

人間日夕變風雲

人間日夕變風雲，羨煞山居盡不聞。但話羲皇當日事，更無人説大將軍。霍氏未敗，以大將

[一] 録自李家驥抄件，并有注云：「此幅畫扇頗精彩，余携贈嬸母長女穎芬妹，永藏留念。」

軍之名號召天下，然山中之人不知有大司馬、博陰侯也。人生富貴，直如夢幻，作爾許威福，又奚爲耶？壬戌五月，左良仁兄大人屬。畏廬林紓識。

夜泊曾聽水寺鐘

夜泊曾聽水寺鐘，廿年歸思起重重。不知烽火鄉關路，思到旗山第幾峰。憶己亥余挈家客杭州，夜泊中岐水寺外待潮，今廿餘年矣。今歲閩中逐帥，遂大亂，思歸未得。壬戌長至後一日，寫此排悶。畏廬林紓并識。

題《谷暝幽居圖》〔一〕

谷暝林幽斂夕曛，神靈仿佛見茅君。年來世局重重幻，輸與山人當看雲。壬戌長至後十五日，寫於宣南春覺齋，林紓識。

題《靈岩小龍湫圖》

靈岩寺外小龍湫，萬竹摇凉夏亦秋。今日猶懷三鶴戀，屏霞蔣氏最高樓。此爲《靈岩小龍湫

〔一〕録自《林紓書畫集》。又有同日畫作題詩爲：「隱居林幽過夕曛，溪水東頭見茅君。年來世俗多輪幻，漠待閑悠卧看雲。」

圖》，雖不盡肖，然亦仿佛矣。蔣氏季哲兄弟營樓奉母其間，可謂能養。遊歸，經年至今，不能無戀。壬戌閏五月。林紓識。

題《晚秋聽泉圖》〔二〕

閑中嚼墨寫廉州，黄葉青山入晚秋。澗水潺潺時聒耳，在山終算是清流。壬戌閏五月，揮汗寫此。畏廬林紓識，時年七十有一。

青山隱隱對茅亭〔三〕

青山隱隱對茅亭，山向亭前分外青。無盡前朝興廢感，斜陽杜宇不堪聽。前此二十年，余無日不在西泠，去年再過，則景物全非矣。《桃花扇傳奇》中所謂「鶯顛燕狂，關甚興亡」，余亦不能無孔雲亭之感也。壬戌閏五月，紓記。

〔二〕 録自《林紓書畫集》。

〔三〕 録自《鼎臠》1925年第八期所載畫中。另有題畫詩略同，唯首句作「四山環拱一茅亭」。

笏翁宿疾都愈，日以醋芹下粥，戲贈〔一〕

薑附方中策藥勳，文園病起愈文君。油油麥秀挑油菜，醋醋花開啜醋芹。肺葉舒來減珠唾，腦華清極對壚薰。如車如馬雲何限，除却韓雲不算雲。《史記》「韓雲如布，宋雲如車，魯雲如馬」。

飛泉何事日潺潺〔二〕

飛泉何事日潺潺，不似吾生長日閑。溪澗豈無渟蓄地，奔流胡必到人間。山人年逾七十，人間萬事都不問，心能似止水之不波，豈及蠅營狗苟者？不特無敢嗤鄙其人知往事，曰山人未嘗不加以惋惜也。子林先生雅屬。壬戌六月，畏廬林紓并識。

〔一〕録自《益世報》1922年7月24日。
〔二〕此詩題在扇面。另有題畫詩略異，「飛泉」作「細泉」，「長日」作「盡日」，「胡必」作「奚必」，款曰：「杭州之祖塔院，路多細泉，淙淙可聽。山木四合，人家隱隱在蘢緑中。遊人至此，幾忘其爲人境。畫中萬物似之。林紓識。」

題壬戌六月山水四屏三首〔一〕

一片晴雲雨未成，垂楊無處不鶯聲。桃花原是無情物，一傍仙源便有情。桃源特陶潛之寓言，然虚構之武陵更幾爲避亂者心頭之仙境。余則謂虚構之武陵不如今日之析津及江南之滬上。積十萬健兒之力，吮天下之膏脂，重樓邃閣，屹然津滬之間，爲兵鋒之所不及，桃源有此福耶？嗚呼！今日桃源，適爲自趣自翦之兔裘與敲骨吸髓之小民無與也，寧不悲哉！壬戌六月，畏廬并識。

寂寞山居老漸便，林光悸動雨餘天。芳亭長日無人到，我欲登臨一醉眠。畏廬并識。

被雪山容不見苔，划艭無復酒人來。此間不是西泠路，竟有人家數本梅。畏廬林紓并題。

道路紅塵一丈深

道路紅塵一丈深，晚明畫裏見雲林。虚光滿貯山澤氣，經險前臨岩石從。武夷溪水八九曲，少室微風千萬尋。憑誰寫出考翁操，我書太古瑶華琴。壬戌秋七月既望，畏廬林紓寫。

〔一〕另一首「人間日夕變風雲」前已收。

題《溪山歸隱圖》〔二〕

雨霽高岩碧有餘，人生最樂是山居。澄潭受日光清徹，流過闌前千條魚。雨香大兄大人雅屬。弟林紓寫，壬戌八月。

一舸飄然聽所之

一舸飄然聽所之，斜陽多處柳如絲。數程歷盡鴛鴦浦，剩得溪行幾許詩。壬戌八月，余大病新痊，幾四十日不出矣。寫此排悶。瓜廬先生屬。畏廬林紓并識。

秋　蟲〔三〕

秋蟲飽鳴肥而擬，翅不能飛雷不響。猥同僵蠅幔角釘，卒以軀肌膏人掌。豈徒失候天亡汝，亦是貪饕無永享。嘬人膏血□自糜，幺魔悉殄金飆爽。

〔二〕録自《林紓書畫集》。
〔三〕録自《益世報》1922年10月5日。

地迴何人挖茯苓

地迴何人挖茯苓，老松結隊萬年青。此中曆日誰能記，采藥山翁殆百齡。壬戌重陽節，寫於宣南烟雲樓。子英觀察大人雅鑒。弟林紓識，時年七十有一。

水榭涼陰解午酲

水榭涼陰解午酲，無窮詩思向人生。溪居歲月誰能記，雛鶴年來已長成。壬戌九月，畏廬老人林紓並題，時年七十有一。

題《仿龔半千畫》〔二〕

一代高人龔半千，墨筆一噴即雲烟。金陵家法無多在，終算當時水墨仙。壬戌九月，用龔高士法。畏廬林紓寫於春覺齋，時年七十有一。

〔二〕録自《林紓書畫集》。

題《松龕尋樂圖》〔二〕

何人於此位詩龕，修竹便娟印碧潭。卯酒一杯山枕穩，泉聲微覺午前酣。壬戌九月晦日，畏廬林紓并識。

眼前無數碧琅玕

眼前無數碧琅玕，瑟瑟猶能作夏寒。世士果知清净好，枕頭寧去夢邯鄲。壬戌秋日，畏廬老人林紓寫并識。

長嘯舒高懷

長嘯舒高懷，放浪長松下。明月獨知心，流光遍平野。壬戌秋日，畏廬林紓寫於春覺齋。

西泠群鷗伴寂寥

西泠群鷗伴寂寥，銅官嵐翠望昏朝。先生却愛湖山好，自向圖中辨六朝。壬戌十月，林紓寫

〔二〕録自《畏廬遺迹》。亦題於《論道圖》，「何人」作「故人」。

於京師。

題《狂泉奔瀉圖》〔二〕

狂泉奔瀉不歸槽，晝赴前溪作怒濤。縱有估船經此險，山人隱笑出山勞。壬戌十月雪中寫此排悶，林紓識。

題《樹秋飛泉》〔三〕

四合濃陰如樹秋，飛泉一道破空流。此時正覓談詩侶，溪上摇來訪戴舟。壬戌十月醉後作。林紓并識。

〔二〕録自《畏廬遺迹》。癸亥年的畫中亦有題此詩者，并曰：「是幀爲吴漁山真本，藏諸内府，自螺江太傅處假得觀之。用筆徑入山樵堂奥，深可寶貴。余以竟日之力，取巨紙臨之，自謂不弱也。癸亥三月，畏廬林紓識於烟雲樓。」

〔三〕録自《林紓的繪畫》。

題《雷峰斜照》〔一〕

峰迴路轉見浮圖，隱隱林端開士廬。追想雷峰斜照裏，無窮詩畫在西湖。壬戌十月，新寒不出，寫此排悶。畏廬林紓識於烟雲樓。

艷絶當時石帚詞

西泠竹暗人家静，艷絶當時石帚詞。我别杭州逾廿載，夢中猶作憶梅詩。壬戌十一月，良士仁兄大人屬。畏廬林紓識。

錢塘三度看秋濤

錢塘三度看秋濤，漢月墳頭古柏高。顧戀杭州身不到，蕭蕭短髮首重搔。壬戌十二月，畏廬林紓識。

〔一〕録自《畏廬遺迹》。《新命》1939年第一期所載的《青山緑水》畫中亦題此詩。

烟柳隨波裊萬絲

烟柳隨波裊萬絲，竿横影動鱖魚知。西泠盡有垂綸地，只恐杭州異昔時。壬戌嘉平，震生仁兄大人雅屬。畏廬林紓并識。

題《蘆花蕩舟》

十頃蘆花墜雁聲，挪舟竹外淺灘明。蕭寥一幅桑溪景，可奈閩江正苦兵。壬戌嘉平，林紓并識。

靈境天開足養慵

靈境天開足養慵，山中何有只雲松。年來縱慣烟霞癖，不必南陽學卧龍。壬戌嘉平寫於宣南烟雲樓。作民先生大雅之屬。畏廬林紓識，時年七十有一。

題《鹿門山圖》〔二〕

畫中終是鹿門山，惟有幽人日往還。自得山中清净福，肯將姓氏厠朝班。壬戌嘉平，齋居寫此遺興。林紓識。

緑陰濃處隱山家

緑陰濃處隱山家，隱隱輕烟午焙茶。若得此中長避亂，不妨澹泊度年華。壬戌嘉平，畏廬林紓寫於宣南寓樓。

霜後空江見釣楂

霜後空江見釣楂，村遥莫覓酒人家。水鷗散盡斜陽净，仰見欹松落碎華。壬戌嘉平，寒甚不出，寫此遺興，即請子珍先生政之。林紓并題。

〔二〕録自《畏廬遺迹》。

寒溪忽似剡中過

寒溪忽似剡中過，冒石縈蒲素色多。欲問拏舟相訪者，姓田人比戴如何。擬檀園老人本。壬戌嘉平月雪窗寫於宣南春覺齋，畏廬老人林紓。

題《故山風物圖》[一]

瓊河三月柳花飛，新苗過雨青四圍。牧童臨水看山色，斜陽垂落仍忘歸。壬戌冬日寫此，憶故山風物，率題二十八字。林紓識。

年少於今厭盛顏

年少於今厭盛顏，匆匆那待百花間。人生一爲飢寒累，多少名流盡出山。余絶意仕進，以筆墨側身於都中，卅年矣。雖有招者，此心不爲動，蓋窮錯大無此命運也。壬戌冬日，作於宣南春覺齋中。畏廬老人林

[一] 録自李家驥抄件，原注：「絹本，珍藏至今，仍勿損壞。在『文革』高潮，此幅早作移往三明市舍妹處保管，現已收回。未裱褙，擬購鏡框懸之。」《林紓詩文選》題作《老人在京冬日憶故鄉蓮塘故居》。《林紓書畫集》所收《避兵絹本册頁（三）》上題詩同，款曰：「冬日寫此懷故山風物，率題二十八字，林紓識。」

紓并記。

囊琴久倦作新聲

囊琴久倦作新聲，來聽清泉石上鳴。幾處白雲歸岫晚，可曾霖雨爲蒼生。久雨不霽，悶坐齋中，寫此自遣。壬戌冬日，畏廬老人林紓寫并識。

功名富貴猶雲水

功名富貴猶雲水，一逝洵無片晌停。可惜晚唐藩鎮局，醉生夢死不曾醒。看雲聽水，於此中悟出無窮世態，乃坐擁高牙大纛，竟蠢蠢無覺。壬戌四月之後，瀋陽之甲來如拐子馬，不五日而覆。若果知炙手可熱者，易如雲之散、水之流，寧至此邪？慨然不期見之詩中。晉侯先生以爲何如？畏廬林紓并題，時年七十有一。

題《頌硯圖》〔一〕

老泉天硯賜東坡，類月涵星鎮日磨。那及君家具雙璧，禎祥文字得來多。蚍蜉國主夜行漁，硯水波紋獲小魚。此硯居然魚影在，元之説夢不欺余。余友吴君星夫語余，硯裔次長家有鰈

〔一〕録自《林紓書畫集》。

硯，中具魚形，昆季各得其一。此研瑞也。今夏適爲次長五十初度，屬余寫此爲贈。林紓識，時年七十有一。

樓外山光映碧波

樓外山光映碧波，絲絲楊柳帶愁拖。畫中縱使傷懷落，終不淒凉似御河。余居長安二十一年，凡二十一度見柳黄矣。秋來每有江潭之感。辛亥以後，風物尤極淒黯，想漁洋《秋柳》詩中，其悲凉尚不如今日也。畏廬居士記。

閑中聊貌董思翁

閑中聊貌董思翁，滿紙烟痕墨氣烘。自是房山家法在，不曾妄意學南宫。癸亥元夕，畏廬居士寫，時年七十有二。

議郎叱元首

議郎叱元首，大聲如叱狗。議郎踣宰輔，出以巨靈手。百獸率舞中，登發獅子吼。言龐而事雜，欲辯已無口。不圖共和朝，乃復叢百醜。何如山中客，窮年閉户牖。日長聞林風，地偏遠澗藪。日日耳皆聾，那復階舜紂。孰與爲此詩，七十畏廬叟。癸亥正月，林紓并題。

題《雪山圖》〔一〕

蟄伏長安孰往還，山人亦復不曾閑。時時自下清涼散，粉墨淋漓寫雪山。見余此詩，當知余非侘傺之人作不平語也。生性嚴冷，不喜交遊。長安人海中，落落有同孤客，只能以畫自怡耳。詩蓋紀實也。癸亥正月，畏廬居士記。

竹光如沐草如茵

竹光如沐草如茵，春水經風作細鱗。曳杖閑行誰是伴，橋頭一鶴待詩人。余題此詩，竟有人微哂，以爲近石田也。余曰：「然。石田之畫不敢學，而詩則與姜白石同供一龕也。」癸亥正月，畏廬林紓識於烟雲樓。

宿粱格莊題壁〔二〕

傍陵數里入粱莊，風慘村楊類餓鄉。到耳惟聞鬻兒女，當官何術止流亡。誰能逆料如今

〔一〕龔任界《林紓的繪畫藝術》（見《林紓書畫集》）一文中「題條幅扇面《雪景圖》」録此詩，并有：「時至今日，中熱者爲勢力奔走，竟不審廉耻爲何物。雖以孟軻韓愈懷救世之心，亦不能醒其萬一，山人又何力耶？然獨善其身，亦無不可，只好時作雪山以冷涼散自醫耳。」

〔二〕録自《大公報》1923 年 4 月 14 日。

日，我但無言對緑楊。不見文忠情亦慰，省公相嚮助悲凉。

過梁文忠墓下〔二〕

宰樹門生三萬栽，公門生李姓所樹。二分緑意聚愁臺。千秋忠讜如君已，今歲清明剩我來。斗酒豈邀泉下醉，余以斗酒隻鷄祭公。杏花猶靳墓門開。高寒百尺葵霜閣，轉眼蓬蒿至可哀。閣爲公之種樹庭，今爲軍人狼藉殆盡。

癸亥清明十一謁崇陵作〔三〕

清明禮祭臣何與，匍匐頻來爲戀恩。蝌蚪國書陞祝版，衣冠輦道遇王孫。省牲未落明樓月，敷土先開饗履門。主祭添土寶頂之上曰敷土。十二年中心不死，玉尚酸泪古留痕。

掃天篁竹緑交加

掃天篁竹緑交加，竹下欹斜三兩家。似有吟聲出天半，畫樓人隱萬桃花。癸亥二月，寫於宣

〔二〕録自《大公報》1923年4月14日。
〔三〕録自《婦女旬刊彙編》1925年第一期。

南烟雲樓，畏廬老人并識。

題癸亥二月山水四屏三首

何須送酒白衣來，一着微霜便盛開。寂寞能經秋士眼，可知汝亦不凡才。癸亥二月寫於宣南烟雲樓。畏廬。

迎面青葱聚萬竿，俗流仗汝報平安。老夫熱惱無時解，却愛風來作夏寒。憶讀書龍潭時，蒔竹萬竿。夏日吟嘯其中，幾不審人間之有盛暑。都下栽竹十餘竿，過雪輒枯，雖風俗不同，究竟舊日山居尚可戀也。林紓識。

三月江頭見柳花，樓前春水漾輕沙。好山迎面如新沐，合煮松風一餅茶。此景南中有之，河朔風沙中安能得此？今年頗思南遊，始到石頭城下時，柳花已仙仙而舞矣。紓識。

理亂山人久不聞〔一〕

理亂山人久不聞，不爲杜牧不劉蕡。栖身但向寒岩下，暮暮朝朝只看雲。荀子曰：「國危則無樂，君國安則無憂民。」今日之局危邪？安邪？然民方流離失所，而元首方徵歌而選勝，可謂樂矣，而吾民如何？韓

〔一〕 手稿中亦存此詩，題爲《爲王芸蓀畫》。

非子曰：「事在四方，要在中央。」然今日之中央，幾不成其爲中央，即有杜牧、劉蕡，能與藩鎮競力邪？余曰：深參變滅，真須更事，吾輩局外人亦朝夕看雲可也。癸亥二月，惡耗日至，心緒如麻，寫此排悶，并識數言。一峰先生大雅政之。畏廬林紓記。

高岸數株柳

高岸數株柳，鵝黄乍染成。東風才得力，春水不曾生。大有可憐意，能增離别情。未健休打鼓，留與遠人行。癸亥二月，林紓識。

題《種蘭圖》〔一〕

高絶三間屈大夫，紉蘭爲佩比珊瑚。鮑魚肆已人間滿，似此幽香世所無。舅氏仰山先生種蘭百餘盆，躬自蒴灌。每至齋居，幽香沁腦。青山在門，一灣流水，自疑是仙人高遯之所。回首前塵，不勝馬策撾門之痛。癸亥二月，林紓并識。

〔一〕録自《林紓書畫集》。

包天笑入都訪余於春覺齋，留飲，即席賦呈〔一〕

盛名夙自十年聞，孝肅門才果不群。直北風沙來訊我，江南人物最憐君。著書難得逢同調，叛道方言廢古文。一任蠅蛆喧鬧去，停杯彼此看浮雲。

送瓚女之江南〔二〕

聰明大率屬前因，孝友心情分外真。直掬肺肝匡愛弟，幾曾夢寐忘衰親。會長未覺人千里，天在何憂我一身。沿路平安隨婿去，江南氣候正中春。

釣亦不得，得亦不賣

達官往往説歸田，稍稍蹉跎即暮年。我一布衣何所戀，留京却爲賣文錢。昨有族子自田間來，言今年收穫稻豐，余勃然有淵明栗里之思，顧南歸賣文及畫，恐亦不得錢。適成此幀，故并述己意。癸亥三月望後於宣南寓齋，畏廬老人寫并識。

〔一〕録自《大公報》1923年4月30日。
〔二〕録自《大公報》1923年4月30日。

潑墨淋漓學九龍

潑墨淋漓學九龍，眼中失却碧芙蓉。是間畢竟無樵斧，留此荒村數粒松。癸亥三月望後，畏廬老人寫於宣南寓樓。

盆山無日但蒼蒼[一]

盆山無日但蒼蒼，小閣長年受水光。喧寂兩忘禪味足，不妨挨過一秋凉。癸亥三月，敬宜老友屬余寫此。弟林紓并識。

洞中世界遠氛埃

洞中世界遠氛埃，洞外桃花已盛開。天與仙人無量壽，不關當日避秦來。此本藏諸大内，余入府三次，每見徘徊不去。癸亥三月，螺江太傅招宴釣魚臺，假來此本，以三日之工臨之，自謂有會心處，不知識者以爲然否？畏廬老人林紓并記。

[一] 亦題於癸亥四月畫中，「禪味足」作「蛙兩部」，款曰：「癸亥四月寫於宣南寓樓，林紓。甲子二月爲業勤先生補題，畏廬林紓又識。」

模糊山色擬誰同

模糊山色擬誰同，不似高公與米公。數十里間數間屋，荒凉一半雨烟中。癸亥春日，畏廬林紓寫并識。

題《西廬晴嵐軟翠長卷》

一卷晴嵐烟客翁，螺江賜壽出宫中。玉谿固惜藍衫碎，我亦添些補綴功。圖爲《西廬晴嵐軟翠長卷》，爲螺江太傅七十賜壽珍品。螺江珍秘，不肯假人，然已有印本行世。余往往割其一角，以意補綴，成爲立軸，戲用玉谿生事，用爲解嘲。癸亥四月三日，寫於宣南寓樓。畏廬林紓識。

年來熒惑入南斗

年來熒惑入南斗，下殿苻堅出走難。寄語畫中人仔細，莫兜馬首向長安。癸亥四月，蜀中亂事如沸，日前復演爲禍，未嘗已也。既成以畫，憮然係之以詩。康伯仁兄大人屬。畏廬林紓并識。

題癸亥四月山水四屏三首

策杖楓林下，寒山叠翠淞。白雲深處裏，修竹掩柴扉。畏廬老人林紓。

平亭小築古松中，上有濤聲吼碧空。久望高原立無事，抛書聽打夕陽鐘。畏廬老人林紓。

松老宛虬龍，萬緑曲徑通。清幽閑策杖，名利有無中。癸亥夏四月廿又五日於宣南烟雲樓，畏廬老人林紓并識。

題《夜紡授經圖》

四围皆緑陰，摇摇燭影蘆簾深。紡車軋軋夜將午，何人解得母心苦。賢母生此忠孝兒，偏值皇塗荐沮時。遺經獨抱教兒讀，豈真覓取黄金屋。拔心不死如卷葹，自然奇節傳佳兒。佳兒本不事權貴，當時人正阿崔巍。天荒地老歸安丘，終身高隱爲黎明。積書十万高于屋，佳居奉母看松竹。万事終歸灔灔杯，千秋恃此便便腹。一心趣我爲補圖，圖中賢母將遺孤。古稀已屆猶健步，明湖画舫馴鷗鷺。嶽嶽直追從北江，蕭蕭何取餞香樹。

癸亥五月爲孝陸郎中寫，畏廬弟林紓並識，時年七十有二。

秋中楓竹正蕭疏

人間白晝鬧鼪鼯，避地何從得隩區。只有此間堪小隱，秋中楓竹正蕭疏。癸亥端節後寫於宣南寓樓，亮忱先生屬。畏廬林紓。

苦竹摇凉映淺漪

苦竹摇凉映淺漪，隔溪不見酒家旗。一林烏桕紅如酒，風過時時聞畫眉。癸亥長至前六日，小病新痊，寫此排悶。畏廬林紓識。

重城秋信早

重城秋信早，山雨晚來收。殘暑隨雲散，新凉入户流。蟬吟臨岸樹，葉下夕陽樓。我亦多佳興，清溪欲泛舟。癸亥夏至，子惠仁兄雅屬。畏廬并寫。

谷暝松昏嘯亂猿〔一〕

谷暝松昏嘯亂猿，落泉勢欲挾山奔。空中宛宛羊腸道，此景依稀似劍門。余恒於每月下澣後必作畫數幀藏之。此幅經二日有半成之，氣勢頗雄厚可取。宗法石谷，參及墨井，識者當能辨焉。癸亥六月既望，寫於宣南春覺齋中，畏廬老人林紓并識。

〔一〕亦題於癸亥七月《劍門圖》，「松昏」作「林昏」，「落泉」作「白雲」。

題《雲山幽居》三首〔一〕

兩三草舍不成村，柳下微微隱畫軒。載酒船來風正熟，一程溪漲近柴門。癸亥六月，一雨三日，扃户不出，寫此排悶。畏廬老人識於宣南烟雲樓。

老屋依山翠爽肌，薄寒尚是暮春時。私心欲向山人問，擁此白雲將贈誰？前此三十年，越月必至石鼓。石鼓有二樓，一曰東漈，一曰明月。余詩所謂「雲來失群松，雲散出朝旭」者，即指東漈所見而言。一日倚闌閑望，而雲陣忽來，穿窗而入。余飭侍（石）〔者〕出甕，裝雲滿之。燈上後，視此玻瓈之甕，潔白如絮。友人丁和軒問裝此何爲，余笑曰將以贈人。嗚呼！山中白雲無日無之，而山人特擁此自豪，當日爲余所有者万分之一耳。既歸贈王薇庵，啓甕而雲絲散，則相與大笑不止。林紓識。

風景依稀似渭南，高松陰裏見茅庵。何年净盡萑苻孽，我便騎驢往一探。金風銕雨中，天下無一寧日，亦無一净土。看山哦松韻事，亦只合索之畫中耳。畏廬老人林紓並識。

一望空青絶點埃

一望空青絶點埃，溪光净似鏡奩開。眼中竹暗人家静，可惜餘春不見梅。癸亥六月，寫於煙

〔一〕原爲四幅畫中各一首，其中「眼中景似釣龍臺」前已收。

雲樓。畏廬林紓寫。

一天霜氣滿秋林

一天霜氣滿秋林，茅舍如聞《梁甫吟》。雲與道人雖迹合，長年未有出山心。癸亥六月，林紓寫并題。

三十年前隱釣臺

三十年前隱釣臺，萬竿緑玉一庭苔。山人不出恒經歲，亦少餘人款竹來。余於四十以後始來京師，前此築鳳篁館於釣龍臺下，蒔竹萬竿，鍵户不出。偶爾逢人，恒以余爲遠客新歸。然今七十有二年，乃真羈旅矣。故國南望，群盜如毛。盜而有道，尚可言也，乃建牙擁纛者明目張膽爲盜，余蒓鱸之思故起故滅者久，所戀戀者舊時讀書之處，今日亦染□□，爲可悲也。癸亥六月。畏廬林紓識。

漁村一帶柳毵毵[一]

漁村一帶柳毵毵，是處人家緑正酣。廿一年中羈旅客，時時飛夢到江南。汪鈍翁贈漁洋詩：

[一] 録自《林紓的繪畫》，手稿中亦存。《林紓書畫集》所收《瓜廬先生正句》中亦録此詩，「廿一」作「二十」。

「江南與爾幹何事，賦得愁心爾許深。」余讀之大笑。余，海南人，與江南相距雖遠，在古福建屬仍揚州域也，故亦時時念及江南。天下奇山水，漸漸東西，撫有其半。余三載杭州，每寫魂夢猷含湖緑，而使鈍翁識我法，與江南系屬同親切於漁洋也。癸亥六月，畏廬林紓并識。

題背臨龔半千圖

迥絶清涼掃葉樓，半千墨戲古無儔。瓣香只下梅花拜，實過衡山與沈周。龔半千營掃葉樓於清涼山下，長日作畫，一變梅花道人法，爲水墨家别開生面。癸亥六月，背臨於烟雲樓，林紓。

回溪一曲水淙淙

回溪一曲水淙淙，乳鴨銜波趁柳風。萬静中間划小艇，斯人恐是陸龜蒙。癸亥七月，子振先生雅屬。畏廬林紓識。

西風吹折荻花枝〔一〕

西風吹折荻花枝，好鳥飛來羽翮垂。沙闊水寒魚不見，滿身風露立多時。癸亥七月，閩江林

〔一〕此畫本題二首，第二首「十頃蘆花墜雁聲」前已收。

紓題於宣南烟雲樓。

七月黄泥板下舟

七月黄泥板下舟，一時勝事説黄州。鄂西近在兵塵裏，夜半何人續雅遊。癸亥七月，畏廬林紓并識。

斜陽多處見楓林

斜陽多處見楓林，三兩人家避世深。雲裏山樵家法在，那得粉本出蓬心。癸亥七月雨中，用王蓬心本寫。應朗庵仁兄大人屬。弟林紓識，時年七十有二。

柴扉兩兩背山開

柴扉兩兩背山開，不食花猪食芋魁。理亂豈關吾輩事，那知川粤苦兵災。天下之亂極矣，頗羨畫中人之樂。所云「吾輩」，代畫中人設言也。若云不苦兵災，則余爲無心肝人矣。癸亥七月，畏廬林紓。

掃天萬竹似雲栖[一]

掃天萬竹似雲栖，水色空明雨道谿。飯後山人無個事，停舟來聽鷓鴣啼。癸亥八月二日寫於宣南寓齋。林紓并識，時年七十二。

數本梧桐傍小軒

數本梧桐傍小軒，分明景物似鄉園。可憐漳厦鏖兵後，多恐烹桑亦禍黿。故鄉信來，金厦清漳方苦兵，鄉愁客思一時并集，因成此詩。癸亥八月，林紓識於宣南寓齋。

蜀江分派浪沄沄

蜀江分派浪沄沄，遠盡塵囂戢世氛。我欲抱琴亭上坐，舉頭仰看半岩雲。癸亥八月，寫於春覺齋，畏廬林紓。

[一] 録自《畏廬遺迹》。

萬簇檀欒作夏寒

萬簇檀欒作夏寒，一溪晴色上漁竿。曝腮吞餌知多少，都付山人冷眼看。嗚呼！世變至於今日，直《漢書·薛宣傳》所謂人道不通則陰陽否鬲，是也。古惟人定勝天，今則不畏天，亦不畏人，上至執政，外至連帥，冒利弗顧，猶魚之吞餌，不知鉤中其咽，曝腮之時不遠矣。因詩見意，不覺其言之悲也。癸亥八月，畏廬林紓識。

汩汩靈湫沸小龍〔二〕

汩汩靈湫沸小龍，昂頭天柱見奇峰。竹深不見前朝寺，却訝風來何處鐘。圖中爲天柱峰，在靈岩寺右臂，與屏霞峰不相隔，高三百餘丈。小龍湫繞其前而出。王元美記此峰爲靈岩諸勝第一。余穿篁竹中里許，姑至靈岩寺，望天柱之峰矗立空中如笏也。癸亥八月，畏廬老人林紓并識。

林花瑣細作奇香〔三〕

林花瑣細作奇香，秘洞來探古石梁。等是懸空橫絶態，天臺刻露此深藏。雁山石梁洞在老僧

〔二〕録自《畏廬遺迹》。
〔三〕録自《畏廬遺迹》。

崖西二里，畫中見洞口石梁，梁飛跨洞中，高廣十餘丈，深倍之。余車至天台，其石梁如何，則不之知。若所見之石梁，蓋奇幻極矣。癸亥八月，畏廬老人林紓并識。

莽莽頑雲撥不開

莽莽頑雲撥不開，背公死黨日爲灾。道人洗净烟塵眼，一路松風聽水來。亂至今日，朝野上下如飛塵障天，故園又爲賊窟，欲歸不得。聽水聽風之樂，特於畫中求之耳。癸亥八月，畏廬林紓識。

細瀑淙淙墜澗鳴

細瀑淙淙墜澗鳴，山花沿路不知名。自從抛下桑溪去，二十年來無此聲。閩之桑溪，道咸間名流恒禊飲於此。余祖塋在桑溪之口，掃墓輒經其地。溪山之勝，爲會城冠。比至長安二十一年，松楸之感，無日不當吾心，夢魂間似閱桑溪流水也。癸亥八月，章甫仁兄大人雅居。畏廬林紓識，時年七十有二。

題羅真如畫[一]

鷺白鸝黄寫水村，風光大似謝公墩。羡他竹密槐深處，我欲從之避世喧。右爲女弟子羅真如

[一] 原畫題曰：「癸亥秋八月，羅真如寫于都門。」

作，畫筆謹嚴，有明人風調。題一絶於其上。七十二叟林紓識。

題《百千庵圖》

萬簇千攢不可方，神仙散聖此中藏。山中人習聞天樂，石上松曾見古皇。淺瀑挂空增宿雨，微鐘出澗挾新霜。圖經細述諸靈異，第一閻浮大道場。《百千庵圖》。癸亥重陽後三日，畏廬老人林紓并識。

題癸亥九月山水四屏 三首〔一〕

霜葉經秋已漸紅，溪山如在畫圖中。蘭臺走馬原無分，何事隨人作轉蓬。癸亥九月，畏廬老人寫。

萬壑千岩斂夕曛，沉沉下界欲生雲。細泉流出前山去，清濁從今定不分。癸亥九月，寫於長安寓次。畏廬老人。

檐前碎玉雪交加，籬畔虬枝梅怒拏。一陣風來落書幌，不知是雪是梅花。癸亥九月，畏廬林紓并識。

〔一〕原四屏中各有一詩，其中「一代高人龔半千」前已收。

何人雄起挽時艱

何人雄起挽時艱，世局盡無一日閑。偷與老夫墮冷眼，病餘吮筆寫青山。癸亥九月後病，幸不五日而愈，寫此排悶。玉香先生雅屬。畏廬林紓識。

飛泉迎面對松龕

飛泉迎面對松龕，傲世寧云七不堪。且向此中尋樂趣，不將冷眼望江南。癸亥九月，舊疾復發，不十日遄愈。取趙集賢本臨之，頗有森動之氣，不類病夫所作也。畏廬老人紓識。

溪上安居本養慵〔一〕

溪上安居本養慵，王侯不事轉從容。如何蠻處窮軍鬥，聞道榆關又舉烽。癸亥十月中澣，畏廬林紓。

〔一〕録自《造形藝術》1924年第一期所載畫中。

題《清心看雲圖》〔二〕

山翠知爲春後重，泉聲宜在静中聞。建牙握節知多少，未必回頭解看雲。癸亥十月，七十二叟林紓寫并題。

百尺寒威撲面凉

雪山我仿郭河陽，百尺寒威撲面凉。想象峨眉行不到，蜀中戎馬正蒼黄。趙堯生太史爲余述峨眉看雪之勝，幾欲渡峽往一觀之。然辛亥至此，蜀中無寧日，使果爲李雄、孟知祥也，尚有英雄攄略，不至犯民行旅。今則吴曦、劉黑闥一流人耳，如何可行？西望川中，思太史不已。癸亥十月，寫此并識數言。畏廬林紓。

樊榭祠南萬頃荷〔三〕

樊榭祠南萬頃荷，廿年前此數經過。而今經亂應零落，愁比靈波殿外多。庚子間，余居杭州，以西溪爲冠。亂後十九年，余不到西溪矣。秋日寫此，心爲悵然。畏廬識。

〔二〕録自《林紓書畫集》。

〔三〕另有畫亦題此詩，「應零落」作「都狼藉」，款曰：「太鴻祠在西溪水榭中，檻外荷花彌望，雜以菱芡。浙西風物，當以西溪爲冠。亂後十九年，余不到西溪矣。秋日寫此，心爲悵然。畏廬識。」手稿中亦存此詩。

春秋佳日必至西溪，至則聚飲樊榭之祠。辛亥以後，浙西頗無寧日。暑中躍躍欲試，脱不幸而西湖勝概將若建炎，欲如紹興歌舞之時，寧可得邪？書至此，慨然太息不已。癸亥十一月，畏廬林紓識。

題《蘆荻松笛》[一]

澄澄明漪，瀟瀟蘆荻。四無人聲，萬松一笛。京師議員終日訟鬩，至無人理，物論稱之曰豬。余思《漢書》中王氏之豬突豨勇，是否如是？然新莽尚有刑律，其下尚無囂競之事，令全國盡溷入豕圈。余不能耐也，因思及長松流水、蘆荻滿洲、一笛自横，萬緣皆泯，或足爲此溷濁之地解穢乎？癸亥十一月，林紓識。

粉本閑臨趙集賢

粉本閑臨趙集賢，蒼松青峰蔚藍天。千秋争説鷗波體，未抵名兄擅水仙。癸亥嘉平，寫於宣南寓廬。畏廬林紓并識。

金風鐵雨隔幽栖

金風鐵雨隔幽栖，門對東來一道溪。長日人居空翠裏，此堂曾否是瀼西。癸亥嘉平，寫於宣

[一] 録自《林紓書畫集》。

南寓齋。畏廬。

萬重古翠隱高亭

萬重古翠隱高亭，亭後山容過雨青。自是閩南風景别，不曾粉本搨西泠。癸亥嘉平，畏廬林紓并識。

癸亥嘉平送翥鴻老侄歸蓮塘〔二〕

齊年七十未龍鍾，此去鄉山老養慵。有子當知思祖德，達觀何必感離悰。饑軀幸免胡言隱，徵召頻繁不易農。到底壯懷何健在，瀕行索我畫髯松。

題《鼓山觀松圖》〔三〕

蒲褐當年叩竹房，蒼虬作勢出僧墻。十圍鱗甲苔都滿，惜未匆匆解帶量。癸亥醉司命日寫此，憶及三十年前，正於此日往遊石鼓，見餐堂古松盤鬱，蓋數百年留也。多時不見，想鱗甲彌復齒齒矣。因作《石鼓

〔二〕録自李家驥抄件。
〔三〕録自《林紓書畫集》。

觀松圖》，請□新仁兄大人政之。畏廬弟林紓并識，時年七十有二。

題《水邊覓句圖》〔二〕

衰柳斜陽水上頭，詩人覓句水邊樓。年來涉筆皆鄉思，寫出桑溪一半秋。癸亥小除夕，畏廬林紓并識。

癸亥除夕述懷示同舍諸生〔三〕

看看明日是新年，檢點生平一莞然。欲避腥膻寧有地，得完廉耻亦關天。老來愈悟讀書樂，身外還餘賣畫錢。逐歲交春腰脚健，不知雙鬢已華顛。

一股寒香玉雪肌

一股寒香玉雪肌，畫中寫出放翁詩。行年九十貧如昨，坐對梅花未苦飢。甲子正月，寫於宣南烟雲樓。林紓。

〔二〕 録自《林紓書畫集》。
〔三〕 録自《林紓書畫集》。

題《湖濱補讀圖》

庚子居杭州，京華忽逢亂。消憂托山水，逐日西湖畔。萬緑柳界堤，一白水平岸。獨坐錦帶橋，故山面樓觀。滄桑一轉眼，海宇已糜爛。重來交庚申，觸目風光换。鍾氏湖邊宅，穠花尚璀璨。主人出從軍，寶馬黄金彈。陰風動黑山，黄沙蔽星漢。萬帳照漢月，歸思望張翰。積書高於屋，楊柳青絲幔。樂年苦鞍馬，臨水且蕭散。理我竹間棋，遠彼方頭爨。試蹋靈運屐，亦效嵇康鍛。繞湖半樓臺，遊涉孰羈絆。畫外無他課，且遊即伏案。玄默悟静理，聰明生獨斷。等身有著作，敢作游夏贊。甲子正月，林紓并題。時年七十有三。

人生知足真難艱

人生知足真難艱，賣國曾餘幾許錢。何似垂綸楊柳岸，蘆花無際水無邊。甲子二月擬戴文節公法，畏廬老人林紓識。

題《山市晴嵐》[一]

落落成村岩頂寬，山家挑出酒旗竿。是間似有桃源趣，莫當登州漁市看。甲子二月寫《山市晴嵐》。畏廬。

峰巒突怒似褒斜

峰巒突怒似褒斜，此是山中處士家。萬緑環扉深不見，略昂頭處見梅花。甲子二月，畏廬老人戲筆。

林葉緋從昨夜霜

林葉緋從昨夜霜，千尋巨嶂點秋光。漁山以後新花樣，獨數杭州戴鹿床。甲子三月一日，寫於宣南寓齋。一蟹仁兄大人大雅之屬。畏廬林紓。

[一] 録自《鼎臠》1926年第十二期（正月二十四）之《畏廬老人山水》。

記在龍潭小隱時

記在龍潭小隱時，四圍緑意日遲遲。閑來拾取梧桐片，細字蠅頭録小詩。甲子清明後一日。

希百仁兄大人雅屬。畏廬林紓識。

石鼓岩隈聽水齋

石鼓岩隈聽水齋，萬竿修竹與雲齊。主人久出高樓閉，山鷓無情早晚啼。聽水齋在石鼓國師岩之下，萬竹掃天，竹徑一綫繞於樓下。石壁上有陳太傅與其弟叔毅聯句，鐫之壁間。太傅自讓政後，仍朝夕宫中，今日至于皇室苦貧，太傅亦無歸山之日。山人寫此，對竹或有黍離之悲也。甲子三月，林紓識。

柳花如雪舞新晴

寒食東風過冶城，柳花如雪舞新晴。隔江遥望吴娘閣，長日湘簾下水晶。甲子三月，寫於宣南春覺齋，畏廬林紓并題。

題甲子三月山水四屏四首

憶在南中看竹時，溪流一道閃清漪。自知只合山林老，此外逢人百不宜。甲子三月，林紓寫於春覺齋。

藩鎮兵威比雪寒，年年川粤正流丹。騎行坐有話梅事，權作匆匆避難看。甲子三月，香泉三兄大人大雅之屬。弟林紓并識，時年七十有三。

岩下盤拏數粒松，頭銜當不屬秦封。人家長白山光裏，偶一開門翠萬重。畏廬。

巢湖乞得一帆風，韻事還傳白石翁。今日神位仙姥廟，人人解唱滿江紅。用白石老仙過巢湖事寫此。畏廬。

溪流一道長茂芽

溪流一道長茂芽，三月清明見柳花。雲松歸舟詩境好，余將二語刻琵琶。甲子四月，寫於宰平寓齋。畏廬林紓識。

心香一瓣禮婁東

心香一瓣禮婁東，畫出名山似剡中。仍是山樵家法在，筆墨誤認作思翁。思翁純以水墨勝，西廬則否。余恒謂西廬合山樵、子久爲一治。思翁則專學房山，追溯虎兒，固是正宗，然與余懷弗近也。偶發狂言，幸爲我諒。甲子四月望後，畏廬林紓并識。

寂寞空山古館秋

寂寞空山古館秋，何人策杖是閑遊。年來無限傷時泪，畫裏飛泉與并流。杜老傷時，唐室垂亡而未亡，尚有肅宗靈武之望。余之傷時，直司空圖、韓偓之身世耳。藩鎮縱横，黄巢之禍近在眉睫，而歌舞漏舟者尚醉生而夢死。不惟可悲，而亦可笑。甲子四月，林紓識。

望瀛樓曠未歸閩

望瀛樓曠未歸閩，竟作長安羈旅身。却幸崇禎壬午榜，同年攀得冒巢民。景皇被錮瀛台，紓在南中名所居樓「望瀛」。比來京師，樓歸他氏，匾亦隨廢，因念甲申變後江南遺老獨巢民先生爲壬午副車，與紓相慰。三百餘載，竟作先後同年，紓時時頗以巢民自待也。甲子四月，少石仁兄大人政之。畏廬林紓敬識。

梁髯行館住金焦

梁髯行館住金焦，酒後閑聽估客簫。畫裏故人吟賞地，墨痕和泪寫松寥。甲子四月，七十三叟畏廬寫意。

江南欲賞治城秋

江南欲賞治城秋，雨點金焦踞上流。試向妙高臺上望，好山何處是揚州。甲子四月，寫於宣南寓廬，畏廬林紓識。

春山楚楚學娥粧

春山楚楚學娥粧，五尺輕艭蕩水光。不見桃花唯見柳，仙源何處問漁郎。甲子四月微暄，小病不出，寫此排悶。畏廬老人林紓識。　此爲余家藏之本，雲亭都統必欲得之，敬以奉承。弟林紓附識。

聽花老人即席賦詩奉和二首〔一〕

蕉户鶯簾見麗人，却疑南岳降真真。廿年不作紅裙醉，今夜都疑有夙因。

香温茶熟聚詩家，興致無如老聽花。七寶車裝韉影去，九華燈下演琵琶。

〔一〕載於《順天時報》1924年5月29日；録自王蔚《林紓之子林琮的作文》，《南方周末》2022年5月26日。

七月黄州通夜潮

七月黄州通夜潮，山高月小水迢迢。年來鄂岳多兵事，謹復來吹赤壁簫。甲子端節，畏廬林紓寫於宣南烟雲樓。

十里雲栖首梵村

十里雲栖首梵村，瀟瀟密竹散緑痕。杭州去後梧州逝，舊事凄涼那忍論。甲子五月，林紓識。

留别聽講諸子〔二〕

任他語體訟紛紜，我意何曾泥典墳？駑朽固難肩此席，殷勤陰愧負諸君。學非孔孟均邪説，話近韓歐始國文。蕩子人含禽獸性，吾曹豈可與同群？

〔二〕録自《貞文先生年譜》卷二。朱羲胄置於 1924 年五月，且曰：「越日，力疾往孔教大學，授諸生以《史記·魏其武安列傳》。隨辭講席，有留别聽講諸子詩曰……原稿藏敝笥中。」

一徑松風報晚秋

一徑松風報晚秋，商聲吹上最高樓。道人讀得《南華》熟，那解人間爾許愁。甲子六月寫，請幼三仁兄大人大雅政之。畏廬林紓識。

四合山光聳翠岑

四合山光聳翠岑，草堂長日碧陰陰。此中似有隱君子，不去人間作傅霖。古之隱居，真隱也。今之隱居，與匪爲鄰也。吾鄉古靈爲四君高隱之鄉，今爲盜窟矣。世亂至於今日，直禽獸世界，非人境也。甲子六月，畏廬林紓識。

不管人間尔許愁

不管人間尔許愁，閑來絶壁結茅樓。山中未有黄初曆，紅葉酣時便是秋。甲子六月臥病涉旬，新愈，益天氣陰晴無定，不能出遊，寫此排悶。筱波仁兄大人雅屬，畏廬林紓並識。

卷二　詩

到海川流不更西

到海川流不更西，空留燕子啄香泥。茫茫塵影東風倦，翳翳芳心落日低。薄幸青樓原是夢，後庭玉樹怕重提。霎時輕晴長千里，遣嫁年華正及笄。梅花未合閩江城，强記當時玉簫聲。好夢易隨顔色改，行塵難得去來明。障泥積雨留香屑，綉户斜陽暗曲瓊。剥是閑然難撤處，一聲聲唤賣新鐲。雖是萬枝笑獨眠，霎時處處付哀弦。不妨舊意歌長恨，漫觸離情損少年。佛座散香懲結習，漢家視子薄留儔。眼前何處求空相，多是媧室石補天。子祥仁兄大人屬。林紓。

擬大痴道人筆法

山行將薄暮，林靄正蒼蒼。明月峰懸白，殘陽樹帶黄。鐘聲響遠寺，雁影落寒塘。快此清幽地，應無人事忙。擬大痴道人筆法，畏廬林紓。

畫筆難到避秦處

畫筆難到避秦處，故少鷄犬與兒童。不然人間豈得此，化手作意摹玲瓏。又或尋溪到劉阮，片片引入仙源中。瓊漿玉液出丹室，雲鬟霧髻臨青銅。不知此外已幾世，有似弩箭初辭弓。畏廬。

鐘阜苕蕘蟠古根

鐘阜苕蕘蟠古根，豪華往迹嘆朱門。乾坤不老臺城路，歲月常留謝傅墩。滄海桑田朝暮易，園陵檜柏古今存。英雄事業嗟何在，惟剩鴉啼夕照昏。畏廬林紓。

過那桐故宅[一]

亂前經此見園林，道路爭知相國心。名位出人先媚外，蒼黃定計首埋金。壓班冠履容何肅，責效身家口已喑。縱入新朝寧俊物，況無學問作華歆。

[一] 録自吴家瓊《林琴南生平及其思想》（《福建文史資料》第五輯第100頁），原注：「那桐係清户部侍郎。」

與磵秋夜話至四更，別後奉寄〔一〕

小軒如斗聚燈光，風定微聞瀹茗香。歷數酸鹹覓滋味，有時檢格到文章。務名那有長閑地，習静真成却老方。得與素心同假息，焉知世局正倉皇。

雜　題〔二〕

蘆蕩不可見，竹鷄亦好聽。絶憐歸路迴，溪暗一林星。

寫望耕亭〔三〕

晚葉蓄秋絳，曉峰蘇夜青。二年京洛客，夢到望耕亭。

〔一〕録自艾俊川先生所贈抄稿。
〔二〕録自《石遺室詩話》卷三(《陳衍詩論合集》第 47 頁)。陳衍謂「末五字真工」。
〔三〕録自《石遺室詩話》卷三(《陳衍詩論合集》第 48 頁)，題依手稿。

群峰矗天際〔一〕

群峰矗天際，都在莽莽中。景物入畫工，能者唯惠崇。畏廬老人識。

山石既犖确〔二〕

山石既犖确，輕冰不易踐。雪琢多岩風，寧説春寒淺。畏廬寫。

是中有洞天〔三〕

是中有洞天，似不置棋局。到門不得入，照眼□苔緑。畏廬老人臨石谷。

〔一〕録自《天津商報圖畫半周刊》1931 年第二卷第二期所載畫中。
〔二〕録自《天津商報圖畫半周刊》1931 年第二卷第三期所載畫中。
〔三〕録自《天津商報圖畫半周刊》1931 年第二卷第四期所載畫中。

鶴聲動九皋〔一〕

鶴聲動九皋，其下聞松濤。我欲凌風翔，騎鶴□□敖。紓。

我聞蓮華頂〔二〕

我聞蓮華頂，有路曰龍脊。下盼青茫茫，上見浮雲白。畏廬。

萬室枕山股〔三〕

萬室枕山股，反裘□尺魯。我愛夕陽時，炊烟□儔儔。紓。

〔一〕録自《天津商報圖畫半周刊》1931年第二卷第七期所載畫中。
〔二〕録自《天津商報圖畫半周刊》1931年第二卷第十期所載畫中。
〔三〕録自《天津商報圖畫半周刊》1931年第二卷第十一期所載畫中。

聞磬知藏寺[一]

聞磬知藏寺，僧寮不見門。此中堪避世，較勝隱桃源。畏廬老人寫。

高頂團焦穩

高頂團焦穩，山人盡日眠。劈空見樵往，數里入蒼烟。畏廬林紓寫。

萬壑沸秋聲

萬壑沸秋聲，直撲庭前樹。飛泉隔浦聞，聲聲若急雨。畏廬林紓識。

春山新雨沐

春山新雨沐，掩靄結濃緑。一葉金芙蓉，粲粲迎朝旭。仿子久筆法，畏廬畫。

[一] 録自《天津商報畫刊》1933年第七卷第二十一期所載畫中，該畫又見於《天津商報每日畫刊》1936年第二十一卷第十三期。

聞説嘉陵道

聞説嘉陵道，烽烟接數州。韋皋不可作，阻絶上潮舟。敬民仁兄大人雅屬。畏廬林紓并題。

秋樹何蕭疏

秋樹何蕭疏，隱隱知山村。山風颯然過，敗葉封柴門。畏廬老人寫於宣南春覺齋。

臨宋徽宗畫

行人長日忙，道人長日閑。萬竹閟深緑，蕭然閉紫關。此幀爲宣和殿御筆，螺江太保請自景陽宫示余者。中有道君自跋，云荆浩峰巒維意所如，筆尖寒瘦，澹烟輕靄，最爲高致。其徒關仝亦刻意力學，杳漠皆備。吾遂得二人疏擢之趣。嗚呼！以道君之詣力，固可得趣，若余者，筆力脆薄，趣又何從得邪？姑臨之，以候培芝將軍大雅鑒定。林紓謹識，七月二日。

寶劍酬知耳

寶劍酬知耳，功名寧足誇。吾生無所慕，但喜寫朱家。畏廬林紓。

自題《涵元殿圖》〔一〕

涵元苑柳帶愁拖，四月昆明水不波。無限光宣臣子泪，風前閑煞采菱歌。

傳聞使者出皇畿〔二〕

傳聞使者出皇畿，百度維新果見之。有爲士林存國故，稍更官制復明時。爲長沙尚書作山水小幅，文碩世講政之。畏廬林紓。

一路松光岸幅巾〔三〕

一路松光岸幅巾，獨來獨往稱吟身。肯將老子婆娑意，説與狂攘年少人。余在南中時，或長日入山，以糗自隨，凝坐松下，經時不去，樵者引以爲怪，五十以後尚爾。自客宣南，翠微無復佳處，遂閉户不出，然夢

〔一〕録自李家驥抄件，原注：「此畫絹本，長一丈餘，孟璽見過。曾在上海時展覽過，由外人叠價購去。」題依手稿。

〔二〕録自李家驥抄件，原注：「1984年在福州文管會，已捐獻。」

〔三〕手稿無題，録自李家驥抄件。《林紓書畫集》之《行吟圖》題詩同。《林紓的繪畫》中有題畫詩亦同，款曰：「八月觀潮，恒集於三郎廟。余轉至龍山正面，西興潮來，恒作鐘鼓之聲。竊服仲則之詩，宜簡齋之心拜也。畏廬林紓并識。」并説「該幅由大泉獻給福州存省博物館」。按上述題款又見於下文《江上潮來天地昏》，大文先生或誤抄。

中時時來往於秦亭皋亭間也。

柳絲濃處見桃花

柳絲濃處見桃花，迎面山堂處士家。自有清貧滋味在，豈營鐘鼎潤烟霞。此幀用石谷法，參以己意，頗穠麗有春意，不類七十老人筆也。

題《春水圖》二首〔一〕

三月微陰放暘天，一溪春水柳如烟。漫將鶺情論知覺，顧憐西河見鮮俗。

清曉波心望月絲，眼中風物似橫塘。六朝金粉無多在，留點仇恨飛緑楊。久不到江南，時時思及水鄉風景，於詩中及之。畏廬老人識於宣南春覺齋。

鬻畫潤例〔二〕

親舊孤孀待哺多，山人無計奈他何。不增畫潤分何潤，坐聽飢寒做什麽。

〔一〕録自《林紓的繪畫》。

〔二〕録自胡孟璽《林琴南軼事》（《福建文史資料》第五輯第105頁），題爲整理者所擬。林祥彩《近代翻譯家、文學家、畫家——林紓》（《臺江文史資料》第五輯第60頁）亦録，第三句作「不增畫潤謀分潤」。

雜　題（二）〔一〕

時時昭慶寺前過，三兩梧桐蔭酒廬。我自關心南宋局，旁人只説重西湖。〔二〕

題《滿林秋色》〔三〕

岩際雲容一塔深，無窮秋色滿山林。梵王宫殿空青裹，讀畫應生出世心。

縱筆未描畫裏詩〔四〕

縱筆未描畫裏詩，誰知粉本出南皮。釣臺構此三間屋，時鴨哦松定有時。林紓撫張子青相國本并識。

〔一〕録自《石遺室詩話》卷三（《陳衍詩論合集》第47頁），凡三首，其二即卷一《題畫雜詩四首》之「水榭蕭蕭弄薄寒」，其三即卷三《寫柳垞》。此首亦見於手稿，題爲《爲李拔可作》。

〔二〕陳衍謂：「末二句太直，鄙見欲易作『只道關心南宋局，我來原自愛西湖』。用太白句『自愛名山入剡中』意，較含蓄些。」

〔三〕録自良友圖書印刷公司民國十六年（1927年）版《藝術三家言》之《林琴南遺畫展覽會參觀記》。

〔四〕録自《畏廬遺迹》。

題扇面山水《南中看荷圖》〔一〕

記向南中看藕花，空明世界蕩輕槎。故人水榭垂楊裏，款我松風一餅茶。

爲蓮士明府題扇〔二〕

不將駿骨付輿臺，十里秋原逐秣來。今日闢門非漢月，健兒枉自説龍堆。爲蓮士明府畫馬，慨然有感，即書其上，録奉幼卓詩家斧政。弟紓。

題《清溪讀書圖》〔三〕

門前一道繞清溪，卓午風微山鷓啼。飽飯讀書無個事，不謀福命與人齊。林紓并題。

〔一〕録自龔任界《林紓的繪畫藝術》，見《林紓書畫集》。
〔二〕録自《林紓書畫集》。
〔三〕録自《林紓書畫集》。

題《春日泛舟圖》〔一〕

薺麥青青桑葉齊，回舟已過段橋西。水華香細闌干短，又趁簫聲向白堤。幼藕仁兄世大人屬。林紓寫。

題《松溪晴嵐圖》〔二〕

山如潑黛草如茵，一片晴嵐欲向晨。上界清都寧過此，恨無拄杖聽松人。年來寢饋墨井道人，如饑思啖，顧極力追摹，甫能貌似耳。能得山樵真本，臨之經年，則漁山或可至也。紓記。

題臨董北苑真本〔三〕

二十年前住釣臺，靈泉早晚看雲開。那知聽水哦松趣，此事仍關福命來。石鼓爲吾鄉勝概，余隔月必至。松聲水聲入耳，不能辨也。回笑方正學作《叔度香岩溪亭記》，爲爾許張皇，實則但叙溪壑之美，未言松

〔一〕録自《林紓書畫集》。
〔二〕録自《林紓書畫集》。
〔三〕録自《林紓書畫集》。

也。以餓驅故，既至長安，所見所聞乃與松水之聲背馳至數千萬里，於是深匿不出，伏如蟄蟲。所謂松水之聲，但於吾畫中求之。此幀本臨董北苑真本，蓋螺江陳太保假自景陽宫示余者。上有王孟津一跋。余展玩竟日，不能捨去。此幅當是年雙峰籍没時入内府，故樂善堂未加以御跋也。礬博先生大雅之政。畏廬林紓并記。

世變年來日愈亟〔二〕

世變年來日愈亟，杜陵雖作亦無詩。老夫長日攤書坐，聊當寒江獨釣時。

題《虎口餘生圖》〔三〕

緑林豪客如獰鬼，紳糧取得雙擺尾賊呼林姓以此。彎環危徑犯林箐，出入叢薄踐蛇虺。微雲掠月月兒高，夜烏拍拍角鴟號。十生九死得茅屋，濺泥罣棘無完袍。嘍囉曉唱抄粉子飯也，囚頭喪面蠕蠕起。寄身白刃命如鷄，前行寧復知臧否。雄渠脱口三萬金，一聲賊吻懸生死。京兆未逢趙廣漢，雙鄉傲蕩仍弧矢。飛書乞援神蒼黄，一紙書來贖命湯。匆匆

〔二〕録自繆子《畏廬師近事》（《禮拜六》1922年第一百五十三期）。文中言：「新年中，玻璃廠各南紙店，皆以名人書畫張於窗櫺。清秘閣所張者，皆師所作山水。余偶過之，見有雪景一幅，題詩一首，曰……孤懷亮節，洵有非世俗所能見者矣。」手稿中亦存此詩，「攤書坐」作「看天坐」。

〔三〕録自《藝林叢刊》1925年第二十八期。

華杅輿也出林樾，蜀山青似雲屏張。吁嗟乎，虎口餘生天所宥，前賢僅有邊大綬。

畏廬遺墨五首〔二〕

平生亦愛文徵仲，此幅忽如王孟端。雨氣一樓風四面，蕭疏真欲入初元。

避世何須定野遺，何人胸次包虛奇。鹿柴一卧千秋事，却笑婁東太入時。

孤臣揩泪畫殘山，灑向西風竹有斑。聞道于湖蕭尺木，當年亦自住江灣。

叔明神品久模糊，卜地還須宅舍租。末世更無山可置，借來青卞隱居圖。

皋羽西山有釣臺，登臨亦自動餘哀。豈知易代非南宋，更有旁人指點來。

蘆花深處一茅亭〔三〕

蘆花深處一茅亭，雨後山光分外青。游遍燕南無此景，能毋回首向西泠。

〔二〕録自《聯益之友》1926年第三十三期，原有署名「陳小蝶」，或爲陳小蝶提供的題畫詩，暫收録於此。

〔三〕録自《學衡》1928年第六十二期姚華《太常引》詞序所引。

行人晚起酒旗風[一]

行人晚起酒旗風，小樓銀燈未□紅。往日題詩村店壁，有無加上碧紗籠。林紓戲題。

十載成都盡苦兵[二]

十載成都盡苦兵，燕驚雀駭草堂傾。當年小隊元戎過，水檻斜陽依舊明。

風際疏林蕩晚烟

風際疏林蕩晚烟，畫中景物雪餘天。山家閉户圍爐火，準備春來理芋田。補柳翁寫此幀後，頗有吟思，補之以詩。戴文節學石谷即肖石谷，學思翁即肖思翁。然思翁遺墨多贋本，果曾見思翁真迹者，方知文節模撫之似也。己酉新秋，補柳翁林紓識。

〔一〕録自《中華畫報》1931年第一卷第八期所載畫中。

〔二〕録自迺千《讀林琴南詩》（《新都周刊》1943年第六期），文中言：「余藏有老人山水立軸一幅，題詩云……遍覓集中不可得。」手稿亦載此詩，其中「十載」作「聞道」。

野橋林下水如烟

野橋林下水如烟，霽色四圍柳欲眠。閑把釣竿挑起處，無魚累我釿空懸。寫於拜月小樓，琴南林紓戲作。

莫向江干問草亭

莫向江干問草亭，蜀山不是舊時青。公孫黑闥真兒戲，凄絶嘉陵戰血腥。山水中寫一茅亭，何關於蜀事？然海上傳來消息，全川之戰事猶殷。嗚呼，蜀民苦矣。余非杜老，頗有天寶亂離之悲。雖家居作畫，不期情見乎詞。畏廬。

有斜陽處怕登樓

有斜陽處怕登樓，詞客深懷六代愁。我亦傷心如但月，無窮思在柳梢頭。用張玉田《八聲甘州》詞中語，足成此詩。畏廬識。

避難荒村類謫居

避難荒村類謫居，偷將樣本學西廬。愁中日月匆匆甚，再涉旬餘是歲除。畏廬老人林紓識。

題團扇《山居圖》

禁烟時候易黄昏，不見桃花繞水村。縱掩一庭修竹在，却無人打老僧門。寫奉曼峰仁兄大人雅政。畏廬林紓。

春盡江南緑萬絲

春盡江南緑萬絲，聲聲啼鴂不勝悲。北來莫問靈和殿，那復輕盈似舊時。畏廬老人仿吴墨井法。

十里平蕪隔岸齊

十里平蕪隔岸齊，家家漁火照雲底。江湖莫問春消息，春在枝頭任鳥栖。畏廬林紓仿石谷畫意。

碧栖才調近微之

紅樹船停幾許詩，碧栖才調近微之。畫中似是江南景，只恨江南異昔時。碧栖爲余老友，善填詞，首句即其舊作。余愛其頑艷，爲補是圖。紓識。

迴路噴沫作雷鳴〔一〕

迴路噴沫作雷鳴，流過前溪數里程。净洗衣香長不了，何如還作在山清。畏廬林紓并識。

瀑流千尺自天垂

瀑流千尺自天垂，風激銀沙作雪飛。吟到謫仙廬岳句，不知空翠濕人衣。畏廬。

題《但月樓圖》

此豈寒叟但月樓，無窮悲梗聚樓頭。江山無恙朝廷改，一説崇陵即泪流。吾於鄉先進，則心拜李元仲先生。其但月樓本在寧化，二百餘年來，當無餘迹。作圖補之。紓識。

滿耳秋聲空外聞

滿耳秋聲空外聞，林皋落葉已紛紛，垂楊正倚蒼茫裏，一片風聲寄此林。擬黄鶴山樵筆法。畏廬林紓畫。

〔一〕手稿中亦存此詩，題爲《萬壑争流》，「前溪」作「溪橋」。

萬竹蕭蕭作夏凉

萬竹蕭蕭作夏凉，廿年抛下浩然堂。於今庭館無人住，風筱多應緑過墻。余手築浩然堂於釣龍臺下，祠孟子，離家廿三年，不知萬竿之竹曾爲薪否？果有存者，當過墻盈丈矣。夏日寫竹，因憶及之，并題一詩。畏廬林紓識。

長安十月仍無雪

長安十月仍無雪，比似江南暖較多。稍壓冬温聊得健，令人憶教老東坡。今年都下之暖，又逾平時，望雪之心至也，因寫此圖。畏廬老識。

竹柏交陰隱水亭

竹柏交陰隱水亭，開軒收納曉山青。道人案上攤緗帙，是否楞嚴一卷經。作畫須循古人軌範，不當落古人窠臼。此幅臨摹石谷，一變其面目，猶之歐公學韓，有韓氣味，無韓間架，方爲得之。然酒後狂言，幸識者諒我。畏廬林紓并識。

粉本臨摹羅兩峰

粉本臨摹羅兩峰，出山雲陣白重重。廿年不到雲林寺，還夢禪堂破曉鐘。雲林寺即靈隱寺，余所常至也。北遊二十年，不見南中山水之勝，時時夢想及之。秋日用羅兩峰舊本寫此，不能無眷眷於西泠也。紓識。

雨過亭亭出數峰

雨過亭亭出數峰，林光岩净暮雲鬆。山人一棹歸來晚，坐聽南陵水寺鐘。應栩人先生雅屬。畏廬林紓寫於宣南春覺齋。

船唇衝散野鴛鴦

船唇衝散野鴛鴦，酒榼詩囊被水光。趁此一團風絮路，不期摇過鰲魚鄉。人生溪行最樂。余在杭州，以舟過留下，向秦亭，道中所見，略與此同。年來恒憶及之，補寫是圖。林紓題於宣南烟雲樓中。

古堠無人集暮鴉

古堠無人集暮鴉，江頭流水送楊花。釣龍臺外山多少，二十年來苦憶家。余家釣臺，江上柳花飛時，春風送暖，以輕舟容與水上，日暮忘反。回念昔遊，醰醰尚有餘味。畏廬老人并識。

怪道青山佳處深

怪道青山佳處深，山圍水隔更重林。出來歸去非容易，少被雲迷便莫尋。畏廬老人林紓寫并識於烟雲樓。

題《閲江圖第一》

金陵建節舊登壇，龍虎江山一劍寒。吉甫再來天有眼，吴儂争看尹文端。紹軒將軍再督江南，如尹望山故事。吉甫再來，吴歈也。敬爲將軍録之，作《閲江圖第一》。林紓識。

明漪絶底照漁楂

明漪絶底照漁楂，三月江頭柳已芽。解道仙源原寓意，畫中不敢染桃華。每讀陶令《桃花源記》，深恨其欺人，有此仙源，胡不移家？姑爲興致之言，使後世逃亂之人徒縈夢想，得毋罪過？畏廬識於春覺齋。

竹暈松光照水隈

竹暈松光照水隈，是間仿佛伯牙臺。陽關三叠彈方罷，橋上銜寒一鶴來。余前四十年在余師石顛山人家，山人年七十餘，而水榭名姝咸寄名勝下。有校書暖玉者，國色也，嫁一女流，能鼓琴，嘗同余至松竹叢深之間，按琴而拊。余雖不知音，亦深審其工。秋日無事，寫此，不期思及其人，因係之以跋。畏廬。

從無俗客叩岩扃

從無俗客叩岩扃，積翠重重撲小廳。分付山靈休破睡，松濤留待五更聽。余宿石鼓時有此景狀，離鄉二十三年，山中猿鶴嘲我矣。林紓記。

静聽濤聲翠靄陰

静聽濤聲翠靄陰，松風一曲寄琴心。先生已得琴中趣，何事泠泠弦上音。擬董思翁筆法，畏廬林紓。

小瀑泡泡出雨餘

小瀑泡泡出雨餘，秋中無客過溪居。人生且博林泉樂，何用輕投宰相書。紓寫。

幾度逢秋必憶家

幾度逢秋必憶家，鄉園南望白雲遮。登臨却有哦詩料，霜葉紅於二月花。去年九月登翠微，紅葉經霜，赬紅照眼，流連四日始歸，亦客中排遣之一法也。畏廬并記。

嘉興城外遍垂楊

嘉興城外遍垂楊，烟雨樓頭夜舉觴。遊侶只餘韌叟在，勞玉初又字韌叟。鴛湖一别廿年强。

庚子之秋，與方秀水、高樫栩及勞玉初夜半由水閘蕩舟入東湖，曾有詩紀其事。今作是圖，應碉秋老兄大人屬。弟林紓識。

羅刹磯頭白浪跳〔二〕

羅刹磯頭白浪跳，千尋一落去迢迢。文禧曾有家王記，并未昌言説射潮。武肅射潮事，傳者千年，然錢文禧《家王記》初不列此奇事，達哉文禧也！錢之射潮、韓之祭鰐，皆令人欲笑，二公才分文武，行事童騃至此，真足令人捧腹。冬寒不出。寫此排悶，因戲識數言。林紓。

青葱認是六朝山〔三〕

青葱認是六朝山，畫槳匆匆柳暈間。結綺臨春果何處，鷓鴣聲裏夕陽殿。六朝陳迹都在江

〔二〕有兩幅圖皆題此詩，今録其詳者。

〔三〕手稿中亦存此詩，「畫槳匆匆」作「畫槳紅橋」。另有畫亦題此詩，「畫槳匆匆」作「一片孤帆」。

南，故漁洋詩每語江南風物，輒有無窮神韻。鈍翁云：「江南與爾干何事，賦得愁心爾許深。」其調漁洋，可謂切矣。可惜余畫不能稱也。笋若兄大雅政之。畏廬林紓識。

畫眉聲裏看紅葉

畫眉聲裏看紅葉，馬上行人動離愁。不是行人愁易動，吟懷預挾數分秋。庚辛〔一〕冬日寫於宣南春覺齋，林紓識。

脂酣粉膩説香臺〔二〕

脂酣粉膩説香臺，花雨臨觀正盛開。今日頤和花事好，春寥輦路幾人來。楚漁九弟屬。愚兄林紓寫。

高人歸來自遠戍

高人歸來自遠戍，樂土可樂矧故鄉。栖遲未穩徵書下，挽衣簪筆登玉堂。山水之熱中弗忘，

〔一〕「庚辛」應是筆誤。
〔二〕題扇面詩，扇的另一面爲「車窗曉望盡平疇……」，在《畏廬詩存》中。

却染吴綾近盈尺。畏廬林紓。

臨陸天游《丹臺春曉》舊本

丹臺春曉紫烟收，毛節朱幡石火留。搨出仙山真粉本，人間付與陸天游。此爲陸天游《丹臺春曉》舊本，臨爲贊堯將軍雅屬。弟林紓并識。

江上潮來天地昏

江上潮來天地昏，形容無過兩當軒。奇觀獨數龍山頂，一片銀濤白馬奔。八月觀潮，恒集於三郎廟。余特至龍山正面，西興潮來，恒作鐘鼓之聲。竊服仲則之詩，宜簡齋之心拜也。畏廬林紓并識。

山到江南緑萬重

山到江南緑萬重，不須仙客議乾封。何當夜鐘高峰頂，補種青青數粒松。北方多童山，即泰岱自柏洞以下亦皆累壤。雖對松山，微見葱翠，然多石而鮮土。一至江南，萬山純緑撲人矣，宜吾友林晚翠一望長江輒躍然有喜色也。畏廬識。

集蘇詩〔一〕

早晚青山映華髮，相見萬事一時休。平生弱羽寄衝風，此去歸飛識所徑。紫石仁兄別將十年，聞公政聲日起，隱然坐鎮江南，不勝欽佩之至。今作覆奉遲遲，恕宥，即請大雅之屬。弟林紓。

當年石帚過巢湖

當年石帚過巢湖，平調神弦付女巫。今日紅樓簾影裏，靈妃仍在是間無。余最喜誦堯章之《平調滿江紅》，時欲學填，恒憚其音調而止。《滿江紅》仄調，甫學倚聲，恒以洪壯之音爲之，諷咏轉無意味。自白石新聲出，學步者殊寥，雖以碧山之絶世聰明，亦無敢輕試，况鈍根邪？畏廬林紓并識。

霜毫落處開丹嶂

霜毫落處開丹嶂，瑶風墨雨呼靈匠。半壁長看五岳雲，何須九節盧敖杖。黄鶴山樵從趙松雪風韻得來，後來自立門庭。此圖略擬耕烟撫本。畏廬老人林紓并識。

〔一〕前兩句出自《今年正月十四日與子由别於陳州五月子由復至齊安未至以詩迎之》，後兩句出自《次韻答子由》。

雪霽千峰積暮寒

雪霽千峰積暮寒，蓬廬何處覓袁安。十年前上秦亭頂，當作清暉粉本看。畏廬補題。祐三仁兄大人雅屬。畏廬林紓寫意，時庚戌嘉平雪中。

細泉咽石碎瓊瑶

細泉咽石碎瓊瑶，日上溪亭水氣消。飽食山僮無個事，等閑吹出一枝簫。紓寫。

危峰劍立雪漫漫

危峰劍立雪漫漫，擁鼻酸吟行路難。那解宦途難更酷，莫兜馬首向長安。余居宣南十六年，眼閲滄桑，朝士之榮瘁一年數變，觀之歷歷，不能無感，因畫寄慨，亦紀實也。松濤五兄大人雅政。畏廬林紓識于都下春覺齋。

四山雨後蕩晴光

四山雨後蕩晴光，秋氣微微入草堂。身在天然圖畫裏，閑中風味静中嘗。高房山師米虎兒，蓋别饒風格，在元四大家中爲翹楚，學者多不能至。香光生平服膺者，獨此一人。春日臨於春覺齋中。畏廬居士識。

滿紙腥雲墨氣融

滿紙腥雲墨氣融，閑中私淑半千翁。笑他今日西南局，也在濛濛烟雨中。龔半千墨戲於梅花道人、高尚書外別饒一格，余屢學之，均不能似，鈍根之不可藥如此。畏廬戲題。

年來藩鎮類黃巾[一]

年來藩鎮類黃巾，河洛襄樊起戰塵。惟有隆中寧便隱，畫圖聊貌苦吟身。余居長安二十三年，自辛亥至今過大亂者五。昌黎所謂汴兵之㺃者，其類是乎？大地茫茫，歸隱無所，悉中所畫，情見乎詞。江荏仁兄大人雅屬，畏廬林紓識，時年七十有一。

閑將散筆寫倪迂

閑將散筆寫倪迂，樹色嵐光溪影蕪。心如孤蓬隨去便，一窗寒雨夢江湖。仿雲林道人筆意，林紓畫。

〔一〕 此畫題跋時間似有誤，暫置於此。

竹陰如織草平階

斂盡傷今吊古懷，竹陰如織草平階。人生解得山居樂，小忍饑寒亦自佳。余隱龍臺下時，蒔竹萬竿，自謂有終焉之志。乃饑來逼人，作客長安二十年，不知風篁館曾否斫而爲薪，悲哉！忍饑之難也。畏廬識。

政局紛紜似亂雲

政局紛紜似亂雲，黨人聚結永難分。先生冷眼看生滅，那辨南征北伐軍。畏廬戲題。

雄鎮當時説武昌

雄鎮當時説武昌，南中建節記文襄。而今官柳垂垂緑，恐有人來吊戰場。板磯之快馬輕刀，總屬自屠自戮。山人不與外事，然腸如湆湯，悲慨之情，不禁於畫中見之。紓。

時事凄凉那可聞

時事凄凉那可聞，西南無有不兵氛。山人咽盡傷時泪，衲手崖頂只看雲。畏廬林紓并識。

曾到超山飲雪光

曾到超山飲雪光，粉痕描出壽陽妝，欲歸還作經時忘，幾向山僧借竹房。紓。

昔年相見百花洲

昔年相見百花洲，前夢如塵感舊游。此是潯陽江上路，琵琶亭下夜停舟。方老友沈濤園撫贛時，余曾一至其官齋，特二三酒友。方入都，余送之浦亭，既而以歸，泊舟潯陽而琵琶亭又圮矣。嘉日寫此，□念舊游。哲宋仁兄大人雅屬。畏廬林紓識。

萬緑深沉隱一樓

萬緑深沉隱一樓，樓陰潭水碧如油。山居豈但饒清福，也有長年抱國憂。余嘗東漢之末，人才無免者，免者獨徐稚□□數人。今日之勢，較漢末□□□□，無地求一清净之土，或在畫中耳。建侯先生雅政，林紓識。

小品八幅三首

古亭無人聲流水，長夏幾人眠碧樓。人世幾番風接雨，偷閑只在筆墨中。琴南林紓。

野港孤客釣魚翁，長樹蔭日草閣新。夢得純陽封顯位，却得江湖幾日中。林紓。

野老歸莊騎野驢，風流瀟瀟也相宜。且欲杏花三五樹，忘却塵緣有長衷。了却公家非己事，人生能得幾日閑。琴南林紓。

茅庭四瑣萬琅玕

茅庭四瑣萬琅玕，潭水深清透膽寒。隨地不曾輕貶節，道人遭亂却平安。余生極慕司空表聖之爲人，心輕杜荀鶴不值一錢，然閉門長安，□不即於禍，此皆天也，故詩中及之。□□□□□。畏廬林紓，春覺齋。

短幅幾許容丘壑

短幅幾許容丘壑，郁郁高林更著山。應識王郎胸次闊，未教消得幾身閑。林紓并識。

松勢紛披山揭嶣

松勢紛披山揭嶣，雲間遺構九成宮。一時悵觸頤和苑，凄斷西湖補柳翁。仲懌中丞大人大雅教政。林紓繪呈。

何處安禪制毒龍

何處安禪制毒龍，烟雲飄渺認奇峰。在山泉水清如許，一出前溪便不同。畏廬老人林紓寫并識。

東坡山寺圖風筱

東坡山寺圖風筱，欲使佳人爲破顔。家法我仍參小米，墻頭添寫雨餘山。東坡喜作枯木竹石，余凡三見其真本，其藏諸内府者爲最勝，亦時時臨之。月亭先生屬余添寫雨山，此爲創格，因附以詩。畏廬林紓識。

只因裁吏不裁兵

只因裁吏不裁兵，魏博牙兵勢已成。無可思量無可説，老夫洗耳聽松聲。筱宸仁兄大雅屬政。弟林紓并識。

深深楊柳隱樓臺

深深楊柳隱樓臺，迎面青山送爽來。十面紅窗闢密密，艷雲逐一嗔人開。此余病中得之，似在半睡半醒中。醒時一字不訛，病起即題其上。履冰先生屬。畏廬林紓寫。

雲山已動二分秋

雲山已動二分秋，江水無波碧似油。一葉風帆向何許，飽裝客夢下揚州。前五年舟過長江道中所見者，其景物頗類此也。畏廬林紓識。

十載瓊河此舊居

十載瓊河此舊居，萬竿修竹一床書。李侯假我龍威笈，雨夜移燈恣獵漁。李畬曾觀察兄弟藏書極富，予盡假讀之。時在瓊河故居，别二十二年矣。因請季生仁兄大人雅政。林紓記。

山明水秀暮春光

山明水秀暮春光，苔壁雲生澗草香。想見楞伽禪室内，坐聆松籟咏斜陽。畏廬林紓。

題《風雨恩勤圖》

敬爲唐母謝太夫人作，恭綴一詩。

斷章取義變風詩，想見恩勤育子時。爲寫團圞慈孝意，四山風雨那曾知？·閩縣林紓敬繪。

軟紅塵裏想浮家

軟紅塵裏想浮家，逐歲烽烟送感華。羨殺天隨真有福，鱖魚釣罷夕陽斜。畏廬林紓識。

上巳今年到葦溝

上巳今年到葦溝，匆匆一角見西山。何如樊榭祠堂下，面對秦亭日往還。今年三月至南河泊，蘆芽未青，荷錢冒出，雖處春莫，竟興寒意。回念身在浙西南漳湖上，風物已如畫矣。面窗寫此，不能無感。畏廬林紓識於宣南春覺齋。

板橋流水漾春痕

板橋流水漾春痕，一抹清漪宿鷗鴛。任彼桃華自開落，人間那有武陵源。嗚呼！陶潛寓言，蓋爲劉宋而發。當日大謝正與彭澤齊名，乃屈節宋朝。及事發，乃以子房自處，何其謬邪？陶氏所謂秦氏亂天紀者，正指宋朝。武陵處有幾許桃花，然桃花亦開自陶潛之筆端耳。余之身世所遇，較淵明爲亂，因作是圖，不期情見乎詞。畏廬居士識。

山光分與兩三家

山光分與兩三家，烟際沉沉日欲斜。一陣風來秋葉灑，門前細細落松華。此幀撫烟客。烟客於淺絳中偶然施以青緑，眼目爲之一新。廉州亦偶爲之，然終不如水墨之多。綜言之，烟客近思翁，廉則合王、黄爲一手。烟客自命爲大痴，然其獨出心裁處，正不少也。林紓識。

都無人迹竹深深

都無人迹竹深深，洗却京塵一片心。三研六瓶隱君子，谿山别廢好光陰。九龍山人作長卷，罅處輒補以詩。自覺效顰，可笑也。畏廬識。

高梧落影蔭秋齋

高梧落影蔭秋齋，雨後平階草色齊。暫得避兵窮筆硯，此堂彷彿是瀼西。瀼西草堂爲少陵入蜀避兵之地。今蜀中之亂流正波□，縱有嚴武其人，吾其能挈其數孥入蜀耶？鶴齡仁兄大人雅屬。畏廬林紓并題。

題《明故宫圖》

莫向朱明問慶興，鴛鴦宫瓦委秋塍。紫金松柏青青在，懷古人來吊孝陵。建業西風万柳絲，大功坊下草離離。螭頭鴟尾無多在，剩得模糊血迹碑。夏日寫《明故宫圖》，莘耕仁兄大人政之，畏廬林紓。

石罅分苔出怒鞭

石罅分苔出怒鞭，緑雲四塞碧無天。浩然堂下三弓地，當日曾參玉版禪。畏廬老人題。

山色依稀似武昌

山色依稀似武昌，無窮感慨付斜陽。水軒是否盟鷗榭，擬將詩人鄭海藏。老友蘇戡詩名滿天下，有盟鷗榭在漢上。余未之過也。春日讀海藏樓詩，信筆成此一幀。畏廬林紓識。

北地無梅只有雪

北地無梅只有雪，江南雪是釀梅天。超山石畔微吟處，梅片無風落滿船。古軒仁兄大人雅屬。弟林紓塗。

風物似留下

風物似留下，高者秦亭山。月上聞吟聲，高人未閉關。佑岑先生雅屬。畏廬林紓并識。

題《拜鵑圖》

漁陽伐鼓唐室裂，杜老心肝堅如鐵。杜鵑再拜祝中興，果然恢復太宗業。吾清養賊三十載，直沽重鎮賊所穴。叛奴仇主苟知恩，跳梁乃過李希烈。漢上將兵敵猗猖，竟陵罷相親蕩絶。務國方能侯景猘，尊周自諱邦昌竊。十年□入禽獸窩，忠奸美醜誰分別。堂堂吾友殿中君，齋名無媿節庵節。陵下相逢囑此圖，滿腔欲噴杜鵑血。今年輦下再朝天，酸心爲話五年別。圖成我自等望帝，眼中豈屑鱉今疊。

題《侍櫛箴紉圖》

笠山堂後山如屏，笠山堂上灯如星。对灯紉綴鍼無停，江風吹月明莎廳。老姑睡未側耳聽，老姑睡穩我心寧。夫人之孝誰能名？竹光受日老人起，侍巾捧帨羅帷裏。短髮星星白上梳，往來蹀躞無停趾。老人得婦如佳兒，笑声微細語声卑。縫衣累汝指頭疲，衣成剛稱曉來披。冬製裘裳夏絡絺，料量冷暖維其時。何須偉彼針神奇，蛟川父老爭歎息，當世女宗應第一。那解夫人摯孝心，無恃人言作欣戚。李君囑作八徽圖，門前溪水如明湖，笠山竹徑千盤紆。画簾鉤動紅珊瑚，中寫夫人侍老姑。嗚呼！卓立千秋範與模，正在夫人侍老姑。

題袁珏生侍讀《南遊日記》四首〔二〕

同舟詩侶得沈庵，一路垂楊緑正酣。今日金陵寧堪比，遊人還許遇江南。

紫金山勢尚嵯峨，玄武湖平水不波。一代興亡藍本在，孝陵松柏山無多。

金山沈師好高台，都付詩人吊古來。幾度宸遊吟賞地，御碑□已上莓苔。

梁髯逐歲住松寥，江上詩魂不可招。爲想五更聞鼓角，樓頭曾否見揚州？先生題詠也，計自今年二月。

万松叠翠〔三〕

江净湖平寂不喧，鳳凰山下柳環村。紹興宫殿秋烟裹，誰辨晨題一字門。

〔二〕袁勵準（1875—1936），字珏生，順天宛平（今屬北京）人，光緒二十四年（1898年）進士，授編修，歷官京師大學堂提調、翰林院侍講等，民國時曾任清史館纂修、輔仁大學教授。

〔三〕録自艾俊川先生所贈抄稿。

春流抱甕

柴門臨水生春寒，諸雛早起思朝餐。床頭剩米僅作糜，哺兒不飽母心酸。轆轤無井不可汲，匆匆抱甕往奔湍。水來糜熟突煙散，竈中滅火藏餘炭。然薪留得即黄金，脱粟熟來逾白粲。嗟夫！春水何洋洋，當時母起剛初陽。誰兒念母吞聲泣，門前一一尋行迹。

夏畦鉏菜

三間茅屋臨菜畦，繅車聲罷斜陽西。寒厨三月不得肉，門前菜色迎人係。兒成自有肉食時，得菜已堪佐饘粥。兒來兒來接母鉏，吾家可食資園蔬。抱甕灌園資母力，願兒也學陶家甓。陶家之母如阿娘，哺兒辛苦兼悲涼。願兒解得菜根香，菜根之香滋味長。

乘月課兒

月光未上鄰家墻，無灯無燭交昏黄。街鼓鳴時月色白，天上銀蟾光在席。匆匆移繅平，急急披兒書。□竹交陰月如水，機聲軋軋書聲起。昂頭祝月匆沉西，兒書未熟雞休啼。月光頓斂茅簷際，收繅挾卷柴關閉。諸兒戀月向母語，明宵或不逢風雨。

苦寒負薪

母負薪，母苦辛，母心長盼兒成人。山頭霽雪白于玉，腰繩冒練□山谷。枯枝未斫指先僵，犯曉才成薪一束。餘雪紛紛仍滿衣，負薪邐迤行徑微。爇薪熟飯療兒饑，書前軋軋仍鳴機。君不見，子卿出塞持漢節，吞氈兼囓天山雪。若教比擬母節苦，女中亦自有蘇武。

卷三　詩

爲高穎生作

蘇白祠前草深蕪，魚羹比似去年無。紹興陳迹寧堪賞，只合傳眉過聖湖。

題《宣南雅集圖》上春榆侍郎并送海容分轉南歸

髯松哦風偃龍幹，觸凉未覺長安旱。吾仰健者十五子，會中凡十五人。曖曖據几作雄盼。富言湛麗紛開妍，詼啁倡辯各璀璨。侍郎風望独端雅，演演業爲衆所贊。竹中碧暈琉璃軒，矮箋四逐出傳喚。明日爲太先生壽辰。孤微開奬亦到我，罵座乃厠仲孺灌。明星燦燦耀南極，老人壽昌競贊嘆。去年我自杭京來，狂潮抗弩西興岸。鬚眉雪色观察公，侍郎尊甫穀齋先生。自云廿載秋濤看。武林行館織萬柳，平衢語我秉英斷。公观察三衢时西安方乱，公□平之。朅來燕北看秋色，耽詩坐聽年光换。朝聞迎節暮出祖，互囊名作趣公宴。灤城健出尤秀傑，謂海容分轉。摛詞辨潔謝點嵐。我寫東頭士衡屋，西頭文史高積案。幾□凌紙出詩聲，鏘然高逐枉聲散。須知良會亦□獲，高咏□敢侈清晏。補圖南容观察公，雲雕倘不嗤雛鷃。

爲潘安濤侍御寫山水二首

秋後烟蕪楓林飽，帶夕嵐孕一身丹。不解年來緣底事，含毫只愛畫江南。

飛泉松際若垂旒，歲歲都爲方廣遊。自憾老來遊興減，杖藜不向大龍湫。

爲陳松山侍御寫《菊園采詩圖》

道旁見秋花，衣上着松氣。金風動凄厲，摧腓及百卉。孤懷發抗賞，愛此摧霜致。疇云足風素，乃向酒人媚。晚秋多聯陰，勝賞何由恣。斂心入澹冶，往往得詩意。采詩類采鞠，遐尚在標置。倏然出埃壒，如抱西山翠。餉圖欲易詩，長日味冲粹。

爲高城南侍御寫《南樓秋望圖》

去年九月居聖湖，秋林檝檝孤山孤。黄英明艷若林檝，划艭直趣千蒲菰。因秋生感却復慰，爲愛山水如畫圖。揭來燕北畏寒沍，臨□先已思圍鑪。城南詩客本蜀秀，幽燕老骨成詩□。再經喪乱益静悍，修立寧復隨时趨。推誠見結作詩侶，重陽折柬相招呼。南禪作主最豪飲，雅説顧突崔司徒。左陳二老更抗爽，履忠衎衎軒眉鬚。小生脅息侍詩老，群索□句如追適。十年犬馬戀廷闕，折□再拜徒欷歔。詩成愴喟即復弃，寧作佞騎耽殘芻。□胡饞眼炫重宝，群公□淵釣珊瑚。南樓秋望况殊絶，万行衰柳披烟蕪。酒人愛山本也命，樓窗空对西山隅。明年五馬出京輦，壺觴登涉誰吾□。

臨石田

會公兄弟吾前事，今日居然效石田。疏樹芳亭秋半畝，老夫只欠買山錢。

寫梅花小幅

客窗風雪乱交加，自撥爐灰起煮茶。驀報故人傳柬至，矮箋一幅送梅花。

自題朱家象

迨老閱人熟，厭聞世士嘩。自披游俠傳，再笑弃朱家。

寫隱屏峰

年年夢上隱屏峰，笋將斜穿翠萬重。山外居人方熟睡，道人空打五更鐘。

寫溪山小景

水水濛濛曉已開，竹村剛轉午陰才。老夫飯飽無他事，划艇前溪放鴨來。

寫柳垞

百折扶闌搭柳絲，鶯啼草長禁烟时。房櫳容得春多少，長日朱簾蹺地垂。

題畫送林子忱

感激送公子，遄生篤舊思。聖湖歸掃墓，爲拜使君祠。

石遺南來，同居醫隱廬，卧病涉旬，病起將歸。余勸其留京，石遺不可

難得園居聚故人，乱餘相見愈情真。中年那復成衰病，萬事都將有宿因。稍得微閑還覓句，無多家累易抽身。甌閩已化萑苻窟，好挾琴裝再結鄰。

石遺和詩有不能首丘之意，余不謂然，復成此詩，以作其氣

小病何用計首丘，尚能安慰睡扶頭。滿拚宿昔逢秋瘦，但覺詩才逐日遒。諱死原非名士語，勒銘好爲故人留。石遺恒戲余及醫隱：「吾果先死者，誰爲二君作銘？」橘翁有約休相負，待看蓮花碧照樓。

石遺爲橘翁編校詩集即題其上

橘翁少作玉堂仙，老閱滄桑未改弦。感憤不名《晞髮集》，干支還署義熙年。故居春黯螺江竹，新句愁涵太液蓮。叠尽泪痕付編輯，廬陵本自識梅邊。

周松孫親家卧病蘆台久未愈，以詩代柬

累書慰問向寧河，孤憤难平奈若何。事去□將双泪□，时窮常覺一身多。也知存活医难恃，聞説臨觴酒不酡。竟累故人長悵望，更持何術起維摩。

叠韻酬橘翁見贈之作

何対秋瓜念故丘，累年無波醉江頭。風雲竟與心期左，林壑還餘歸力遒。久分濁醪千日醉，仍然華髮一簪留。疏簾清簟敦詩夜，如坐山中聽水樓。

三叠前韻答張君常

析津聞買小林丘，不把魚竿亦掉頭。思曠心非金紫綬，宣城詩校沉江遒。誰經乱後論身世，君見機先定去留。但負遼陽諸旧部，籌邊日落望高樓。

酬黄秋岳

一箋遠爲鯫生壽，避地匆匆未拜嘉。不意妙□詩至此，直推作手我非誇。伤时聊復持清議，解事真难得故家。同輩年來陳鄭老，晋安風雅又萌芽。

沈次常喪母悼子，又有季常之戚，屯躓極矣。一日遣左姬侍託其少子于曾雲沛南歸，同人餞之析津，即席奉贈

滄桑一變事離奇，家难如山更可悲。宛轉託人全少子，蒼凉開間散諸姬。陽欢尚引離筵酒，幸勝难期打劫□。此去鄉園秋尚熱，自家調護自扶持。

西湖春暮 補録

仍覓舊曆溯清明，萬緑都從雨後生。日見池平留葦末，偶經風過帶蒿声。餘春還足供詩料，影步全虧遇晚晴。醉後開窗臨水木，老夫对此豈無情。

爲覲瀛作小幅山水

老得鷯房半畝莊，閉門那復管滄桑。西山究少炎凉態，尚肯垂青向草堂。

《飲冰室圖》爲梁任公寫，圖成係之以詩

抱冰去後飲冰歸，往日樓台已夕暉。百死仍將新學倡，十年只覺舊遊稀。乱餘故國身如

葉，望禮昭陵泪滿衣。别有著書心緒在，万山飛雪一柴扉。

題《宣南雅集圖》并壽劉步溪

京塵再履廿年中，行館門開对故宫。莫向貞元問朝士，且隨白傅聽玲瓏。地非林壑人偏韵，詩閱滄桑語漸工。留與他时話勝集，劉郎生日近坡公。

挽陳叔毅

一往孤蹤不可當，梁鴻徐穉以上證行藏。文章早定千秋業，漁釣長終半畝莊。曾忝同門分考訂，與君同事謝吴航先生。那期閉户閱興亡。爲君擬纂遺民傳，□日蒼凉感鬢霜。

隆裕太后挽詞

明年還謂老身無，縞素零星見故都。哀册可能循馬鄧，禪文還記襲唐虞。試過陵巒仍春色，未許昆明代聖湖。哀悼礼成三殿閉，黄昏禁樹遍啼烏。

前允橘叟以詩鐘之約，兹復得柬見速，以詩道意，卒不敢赴[二]

折枝曰不能，南人以詩鐘爲折枝。我實絶長者。無如慮勝心，已中孟施舍。吾閩嵌字法，在昔著風雅。名輩一提倡，流轉入中夏。自省非我長，对字輒嘆詫。褫散使膠附，難乃過覆射。譬如僥僬女，忽偶巨無霸。又如鄭小細，脅鞭高骨馬。兩仇背面馳，牽引使同舍。燕吴語莫通，促膝强夜話。思之頭岑岑，望陣已先怕。縱使强徵集，終竟苦撏撦。橘叟具神力，主盟宣南社。名句挂萬口，孰者足方駕？趙括當白起，徒振邯鄲瓦。負慚對思憶，敢以詩陳謝。

哭朱芷青

老泪淒然洒繐帷，因君疑駭爲君悲。有才絶代偏非福，此病何名遽不医。尚想妙年參講席，忽驚殘篋得遺詩。酒仙祠下魂歸處，正是鴛湖花落时。

[二] 又見於《鐵笛亭瑣記》之《折枝詩》，文字略異。

讀秋岳《哭芷青》詩奉寄兼視梁衆異

石翁別後朱生殞，愁上斜陽被酒时。哀樂难支憐我老，纏綿無盡讀君詩。一沉顛倒誰争命，但付微茫却有思。晤否陸渾梁學士，鴻文端爲製哀辭。

婿家人來述雪女生前事，慘然却成此詩

宿痛重撩忽一驚，耳中如唤阿爺声。銘幽恍過無多日，觸緒旋牽不了情。竟偶痴郎原諉命，争知愚孝即□生。亡室病时，女竟劙臂和藥以進。夜更反覆悲而母，幾欲挑灯坐到明。

爲丹庭作

每從堤上看芙蕖，飽讀文瀾數帙書。自到長安發土窟，不知湖緑近何如。

爲高城南作

城南詩客剛相見，竟説人間有畏廬。世局蒼凉安足語，爲君揮汗畫西湖。

松菊圖

一笑歸來松菊存，恣人采擷不關門。先生學問□□物，隨邇看成水月痕。

爲陳毓庭畫

晴窗何仿郭綿亭，澗上春深草木馨。鄉思年來醲似酒，故山常向筆端青。

万頃滄波

空水微茫楚望迷，漁郎然竹裊烟絲。年來只覺南風競，頗訝瀟湘异昔时。

万竿烟雨

南去騎月入秋酣，竹屋偏宜作夜談。自到索筆詩興減，此身端合住江南。

万松叠翠（二）

此特难招帝子魂，鳳皇山上雨黄昏。万松長日秋風裏，誰辨晨題一字門。

万卷書樓

有福誰登最上頭，鶨碑雀籙恣披搜。不經劫火偏煨烬，忍問當年皕宋樓。

寫普度寺松

六代能逃劫火燔，託身初不向天門。高寒自具神仙骨，雨露何□□帝恩。

爲長民畫

秋滿秦亭氣鬱葱，松篁一一被雲光。秘書似有杭州思，爲□山人寫鹿床。

万樹秋聲

晚來天氣尚晴明，猝尓奔騰万竅鳴。我道自然天籟□，不該誤認作秋聲。

万□香雪

□□香海沸奇馨，処士祠前昔日經。一别塘西逾十載，夢□已自到皋亭。

竹松圖

十七年前我出都，孫郎尚未白髭鬚。買山知汝無餘□，爲寫哦松一幅圖。

雪

□天風雪敝裘單，百尺危峰聚曉寒。世乱难爲衣食計，山人容易作袁安。

春山烟靄

□巴雲容欲向晨，清溪一折碧鱗鱗。釣台想在山光外，□我迴頭憶富春。

瀟湘夜雨

□寒雨濕叫魚鷹，斑竹深深隱一灯。似聽瀟湘嗚咽水，聲聲□怨到茶陵。

平沙落雁

□自鮮明水自流，蘋花吹雪滿芳洲。瀟湘前路寧堪問，那□當年十二樓。

寒林暮鴉

□分斜日滿昭陽，逐隊高飛入苑墻。欲問廣陵興廢事，紫□宫殿但垂楊。

四溪松雪

□夜嚴風雪滿松，諸峰漸失碧芙蓉。絳袍青笠神仙侶，□昔瓊瑶支一笻。

秋山晚照

□鶴何曾散我間，斜暉淺絳映童顔。固知天與先生健，□有東南無尽山。

夏山烟曉

月落烟生漸向晨，竹光如沐草如茵。却看林際茅亭下，先我乘凉已有人。

湖莊看雨

浙東飛雨過江來，玉局山堂滯酒杯。千載替人李居士，畫軒特地爲君開。

林墓問梅

歲歲西湖入夢中，巢居閣下早梅紅。北來同調如君鮮，解□吾家處士公。

西泠打槳

雨暗西泠万柳低，孤山隱隱草萋萋。遺民低首行宫路，循過蘇堤又白堤。

韜光堂遠

望裏錢塘一統明，韜光仿覺尽杭京。當年累過雲林寺，見慣山僧罷送迎。

姚巨儂《書園讀碑圖》

□刻唐臨辨異同，書園長日竹陰中。姚宗世世耽風雅，爲有開山惜抱翁。

爲味雲画

□近清明仍不雨，宣南日日弄陰寒。商霖大沛知何日，□作南宫畫本看。

爲胡辟疆画

調鶴哦松事不难，时賢方自夢邯鄲。山人福命天然薄，説到公侯胆已寒。

臨衡山

槐松交陰，畫眉作語。水榭風來，渺不知處。茫茫人海，得此小住。即难看月，或可聽雨。果得借居，願移家去。

臨石田(二)

小橋流水，下多龜魚。波光一摇，空若涵虚。一杖鏘然，人來于于。雲半聞鐘，似見浮圖。酒濁思茶，往覓僧雛。

臨墨井

見日而起，忽聞鶴聲。梧竹合影，摶爲詩情。流水涓涓，一望鏡平。抱不東逝，如鳴佩瓊。吐納山緑，可以净名。

臨文節

皚皚白雪，下蔭山市。濃樹□陰，时見雛雉。入谷漸深，步亦邐迤。流泉墜澗，如奏宮徵。得山对日，正自尔尔。

臨西廬

崛崛怪石，蔓蔓危松。山翠欲滴，流泉琤琮。歷落山家，背負奇峰。山外有山，雨□重重。茅君欲求，陸□□龍。

臨石谷

危樓聳山，松氣健人。接目萬竹，不揚一塵。柴門臨水，滄波鱗鱗。道心欲冥，積倦爲伸。長此山居，是曰天民。

臨廉洲

無名利心，始許对雪。千峰林巒，不洗而潔。山風一卷，时落玉屑。長在冰壺，何從得熱？忍饑而卧，詎曰高節？

松凉夏健

荷塘迎夏，草碧如綉。五松垂髯，各抱奇壽。君子樂之，左宜右有。既耄既耋，稱曰黄耇。

桂樹冬榮

丹桂託根，实在月中。明月長圓，桂馥隨風。其实纍纍，氣與蘭通。爲世瑞祥，祥出化工。

漁家行樂

漁兄漁弟，漁媪漁翁。一家團圞，春柳掠風。聚飲江干，奚須碧筩。陶然共醉，慶此年豐。

田舍稱歡

既耕既穫，歲□□間。子孫環至，迎面青山。青山迎面，日作好顔。天下至乐，無出田間。

春

道人江上已無家，闊事紛紜似乱麻。不敢仙源作奇想，無心點染出桃花。

夏

小榭空明傍柳條，万荷花裏一枝簫。畫中清福□如此，不是神仙不易消。

秋

謖謖松聲雜水聲，曳笻如入玉山行。人間果有清涼境，我欲往之□避兵。

冬

□峰森□作銀堆，却恨溪西未見梅。客竟驢鞍詩自在，不關花事□須來。

松柏獨秀齋

獨秀齋頭松柏深，都無俗客晝愔愔。關心但有冬青引，那復追摹《梁甫吟》。

無　題 一百九十二首

牛背當年唱橘枝，金陵正在罷兵时。白頭更遇承平日，叱犢行田或有期。

萬个琅玕翠掃空，澄潭春後亦冲融。鴨雛不畏忘機客，知乏牙哨竹彈弓。

追憶西溪六月时，太鴻祠下裊菱絲。紹興亡國緣何事，説與菱娃恐未知。

譚玄坐瞑一潭烟，墜澗泉如撥小徑。閑寫國師巖□勝，不曾采本搨開先。

万縷烟絲帶水拖，昆明湖上夕陽多。游人不尽興亡感，那□摇鞭過御河。

眼中風物傷春園，竹隱樓窗柳隱門。鄉井人經兵燹後，□□景物那堪論。

巖石原宜并幼輿，萬山晴翠一床書。何須更問功名路，□□□編恣獵漁。

柳□鶯啼曉夢醒，門前一水是西泠。
蘇堤今日非晴□，蹴□□鞋去踏青。

老柏經霜發古馨，不教俗客叩巖扃。
山人陳設無他□，坐对秋山當畫屏。

万仞天門高入雲，洛南士女礼元君。
莫問白馬何曾見，汶水東□滿夕□。

老翠空青欲爽肌，經營略似苦瓜師。
吴船三兩長□□，憶到杭州聽雨时。

生平低首倪高士，無尽灯傳北苑來。
想到空靈□簡處，啓南到底是粗才。

片云溪上來，化作溪中雨。幽人丘酒醒，新茶如潑乳。

待遂窮居省往還，縱無塵慮鬢猶斑。
流水解得先生意，長日潺湲不出山。

禁烟时候易黄昏，燕子纔歸已掩門。
中有放翁詩意在，半天高柳隱張園。

輕風斜日小亭幽，趁此濃春結勝遊。
擬向海棠多處至，畫船恰泊柳東頭。

楓林新飽夜來霜，一簇漁家聚水鄉。
日落西興江色黯，結帆葉葉出錢塘。

正是輕陰薄冷时，山行沿路好尋詩。
雲過石磴微微滑，紅葉一林閩画眉。

昔在閩江看雨时，江洲數折樹參差。
卷簾人在空青裏，□若問成數首詩。

□寫横塘水蔚藍，秋來不見柳毵毵。
十年筆墨頽唐甚，□仿雪林壓啓南。

古松豈不屬秦封，天半風來挾墜鐘。
自有山人清福在，雲□霞外一枝笻。

一幅生綃贈磵秋，南游曾否到杭州。
畫中即是金沙港，十五年前犯月游。

□氣成雲雨欲來，山家門宇蔭榆槐。昨宵借得金剛杵，□曉臨窗仿麓台。

□鷗水鶴黯湖光，林葉疏疏上淺黃。咫尺開先日不到，雨中惆悵過南康。

□□垂楊尽日風，渚蓮褪尽幾分紅。閑中取得《楞嚴》讀，□□哦詩半月功。

昔时行牧向瓊河，疏葦□凉柳映波。□□無回歸未得，□□身世類東坡。

□□山下竹千頭，百折迴溪咽淺流。中有遺民風節在，一生滋□□宜秋。

□□吴江秋幾秋，有人長藉酒淘愁。滄桑一樣遺民感，□□樓同但月樓。

□□隨波水蔚藍，樓深月悄似茅庵。憑闌無限伤心局，欲泪□□望渭南。

□□裝題付渺茫，吉光片羽尚宜藏。千秋正氣《樓山集》，□配先生□纂堂。

昔年曾停瀨下舟，掃天萬竹□凉秋。人生栽得看山福，□□前身累世修。

□□回合不聞禽，萬緑沉沉松結陰。流水出山聲瀌瀌，□□撩動道人心。

烟際人聲動画橈，山樊似有酒旗招。江南桃柳無情物，□□匆匆過六朝。

巖壁千尋被雪光，山雲着眼白茫茫。十年熱惱銷無術，竟欲移家住此鄉。

文敏傾心米虎兒，染濡墨瀋務淋漓。陳陳贋本流人世，那解房山是導師。

巖頂高寒隱竹房，開軒一碧納松光。山人只寫鄉山景，那有成心學鹿床。

梵村西折竹亭幽，水迅魚稀不見鷗。三兩詞人坐覓句，水痕各染一分秋。

超山雪後看梅花，沿路輕冰結淺沙。試叩巖扉嚮僧舍，□寒乞得一杯茶。
□□紛呶紀擘箋，故人當日未華顛。釣台明月依然在，此景□□廿五年。
□□白□苦吟身，座上春風扇酒鱗。揮尽黄金因結□，信陵門下更何人。
苦瓜画筆弭傳燈，我妄來參最上乘。且幸頭□□□在，袈裟一着便成僧。
□王廢殿此巖阿，吊古人來涕泪多。古瓦但餘蒼嵐氣，建昌宮事又如何。
香海樓前訪宋梅，雪中竹轎過巖隗。當时舊侶無多在，獨把瑶琴弄一回。
不羡桐江數尺鱸，但求清泚照眉鬚。西台如意仍多事，争抵蘇門作餓夫。
聖林争説倪高士，家法仍從北苑來。流水一溪山一曲，是中何處着塵埃。
巖扉坐对碧流開，林木陰陰滿徑苔。人坐□□濃翠裏，詩緒潮涌上心來。
炊烟縷縷裊遥墟，潑黛山容總不如。一段空靈□格調，西亭不□似西廬。
亭亭小樹陂邙上，兩兩人家□水隗。帶得晚凉划小艇，一溪尽処一溪來。
□青老翠聚山家，空際悠悠見斷霞。驢背却含秋意味，此行却不爲梅花。
水閣垂橋帶露飄，秋容一□□柔條。凄凉寧似涵元殿，只有群鴉早晚朝。
世界無春只算秋，一年擔上一分愁。此間飽吸山光坐，可是寒叟但月樓。
石頭城外暮烟深，龍虎山形侈百尋。騎馬孝陵陵下過，白頭懷想顧亭林。

紅樹船停幾許詩，碧栖雅擅碧山詞。勝流多半凋支社，我亦蒼凉感鬢絲。

松籟溪光仿鹿床，遥遥衣鉢溯三王。鄭虔身世公何與，未愧先朝白髮郎。

□此娟娟雲月地，凭闌況有木樨香。人生何必懷中熱，試領秋來一味凉。

□靄模糊一塔欹，芳菲正是暮春时。人生信得林泉乐，却把□□説與誰。

傷春園裏万琅玕，雨後亭亭却耐看。聞道湘陰祠宇廢，卅年前事一汍瀾。

匡廬勝狀説開先，玉匣飛龍破曉烟。我過南康剛值雨，瀑声吹上鄱陽船。

□日挪舟過段橋，東風微度玉人簫。不惟想殺西湖酒，十六年來未看潮。

□□一角出巖阿，聞説其中有補陀。我豈毗闍延上客，但能□地作紅窩。

西湖烟雨恰春三，蘇白祠前水蔚藍。今日樓台烽火□，空將泪眼望江南。

□風堂上望台江，雲際玲瓏万眼窗。羨殺漁家無個事，半蓬□□棹輕艭。

一簇新篁蔭水亭，敗荷殘葉已零星。年來歷遍諸名勝，山色□輸故園青。

青松如沐草如茵，斷尽遊踪少俗塵。只恐山人心緒惡，羲皇不□□嬴秦。

名家未敢步樊籠，小様居然是惠崇。着墨無多濃翠重，亭亭雲半出奇峰。

新雨纔過柳色新，穠花如酒草敷茵。迴頭三月瀛台苑，不見涵元殿上人。

倪迂一去傳燈黯，終笑漸江是笨才。世少貞居居士在，雲林懷抱向誰開。

万點桃花万柳條，板橋吹徹玉人簫。可憐寂寞頤和苑，輦道無人御水流。

□往不解賦林檎，却寫藤花乳燕輕。□□能傳老夫筆，歲歲慰却望兒心。

飛瀑奇观説美洲，轟騰實過大龍湫。老夫欲□剛腸熱，七十年華擬往游。

道君御筆署宣和，得自探微粉本多。悽惻那堪讀艮岳，柳條仍自向人拖。

□儔當日憶同舟，二月昆明水似油。等是光宣臣子泪，不勝腸断独梧州。

□乱何從把釣絲，儘他猿雀笑歸遲。季鷹縱有江南思，只恐江南异昔时。

杜甫當年旧草堂，榛蕪薙後竹延涼。我今避乱將安適，江上曾無半畝莊。

眼中一片碧琅玕，清極偏能作夏寒。此是西台如意料，莫应輕易聽人看。

□□犯雪謁西陵，一白兼天百道冰。□□環樓山万叠，空含□恨望崚嶒。

孟郊別調《石淙吟》，秋石瓊瑶朔水深。那及江南風物秀，乱松細瀑畫愔愔。

霜落时聞燥葉聲，景寒独坐却凄清。更拚風雪迷□冷，萬緑春來詩長成。

苔鱗蘚甲恣雕鎪，萬碧摩天觸斗牛。雲陣忽來幻成海，詩人無事倚樓頭。

垂垂烟柳認杭州，今日烽烟滿眼愁。那復龍飛□鳳舞，分明盜賊託錢鏐。

奇峰突起白英英，衣物紛綸我不驚。枉向山中作雷電，何曾涓滴及蒼生。

官柳垂垂認武昌，辛壬旧事断人腸。興亡付眼誰憑吊，江上横琴過漢陽。

□堂東畔竹千頭，長日湘簾未下鈎。冷暖道人心不□，任他紅葉弄殘秋。

横雨初晴山翠重，□□溪午不聞鐘。吴船兩兩晨炊罷，彼此扶頭睡正醲。

□間偶學倪高士，老樹空寒尽日烟。須得幾分虛寂意，□中悟透小乘禪。

何必浮槎日月遊，一泓秋水静涵天。憑虛構出空明境，不是衡山不石田。

官柳垂垂認武昌，秣陵今欲變南唐。盟鷗榭圮濠堂閉，剩下傷心鄭海藏。同年鄭蘇堪築濠堂于青溪，又成盟鷗榭於武昌。國變後於滬上成海藏樓，高隱不出。嗚呼！今武昌被兵矣，而金陵黨人雲集，南唐之局已成。海藏聞之，能無恫耶？夫柳陰对月，是人生場事，若淪在兵間，其景象又當何若？

何必徐凝笑惡詩，青山得瀑自然奇。兩江今落宸濠手，那有開先看□□。

□□滿地尽豺狼，安得憑幽清草堂。緬想黄巾横暴日，不曾狙□到南陽。

莫要昂頭盼傅霖，恩音但向畫中尋。蒼生尽墜塵沙劫，辜負三春望雨心。

溪净風停夕照明，松陰低處酒船輕。眼中歷歷姬巖路，無奈鄉園正苦兵。

黑雲如墨畫沉沉，梵歇鐘喑水寺深。作尽山中雷雨勢，人間并未沐商霖。

觸目頑雲撥不開，人間何地不烟埃。長安卿相尤無味，莫轉鞭梢向北來。

百道霞光破曉侵，赬虬遺卵滿高林。山居原不須妝點，枉費天公爾許心。

芙蓉微斂入秋寒，桂樹楓林一色丹。世乱不堪傳著述，只宜穩睡學陳摶。

粉本間臨張子青，倏然霞外立亭亭。鹿床一脉恒山派，付與南皮作典型。

溪山如此宜高隱，群盜如毛豈易防。縱有草廬足高卧，能□劫質到南陽？

國家破碎孰能醫，無限悲凉只自知。曉起西窗風動竹，案頭細讀《北征》詩。

未知是瀑是松聲，但覺幽窗入耳清。百不思量千不管，《南華》一卷友莊生。

空林晚葉已全凋，蠟屐無人過小橋。自省山居清福在，夢魂依不及蟬貂。

泉水出澗即湯湯，一瀉□知向那方。到此已無清濁辨，道人袖手看他忙。

□□哀照入凉秋，竹裏曾停瀨下舟。不尽草窗身世感，恨無詞筆譜蘋洲。

雲裹山容翠欲消，柳陰之處一團焦。此中無尽興亡感，豈不伤心爲六朝。

竹瘦松寒不見梅，一房山色接人來。曙光乍動陳甌茗，泚筆幽巖仿麓台。

万重山色似□凉，雲錦屏風向晚張。更上一層登塔院，才知山外有江光。

万聲□峰欲轟天，一紙曾售價八千。累得道人長閉户，防他來借買山錢。

小品濡墨學會公，兩三喬木動秋風。人生解得林泉味，磨□無妨坐命宫。

近水營樓讀道經，捲簾山向隔江青。宦情既尽餘年健，乐得人間作客星。

五年六度謁西陵，風雪兼天馬踐冰。却有啼烏知戀主，環飛□頂最高層。

青笠紅衫犯曉寒，万重山翠濕驢鞍。先生歷慣人心隱，未覺崎嶇蜀道难。

王維舊事鬱輪袍，竹館彈琴晚節高。曾否心如明月净，第論文字是詩豪。

西陵日落雪光深，不尽孤臣犬馬心。六度致齋謂愛宝，豈關追步顧亭林。

征衫策策弄微寒，一路霜華落葉艶。不向奚囊投秀句，但裝秋色上長安。

葵霜閣对殿西偏，哭望崇陵近五年。一掬梁髯忠孝泪，但知人紀不知天。

吴髯有約至雲栖，羅刹磯頭万竹齊。我道蓮池終俗物，不如樊榭占西溪。

晚霽飛霙撲蹇驢，□絲悄影度三吴。瀟瀟楚竹沿江路，犯雪來看八陣圖。

万木蕭蕭不見天，小橋西折一筇便。黄昏山月隨人反，仿佛當年李謫仙。

問年思及漁家□，一醉陶然天不知。今日萑苻□海溢，恐難再見太平时。

玉匣□聽琢句奇，雷轟雪涌向江湄。東坡語已驚人□，偏代徐凝説惡詩。

縉紳□□説歸田，頂上烏紗却值錢。那及牧童無個事，青牛□鼻過青川。

塔隱隆寒雪未融，禪房窮閉万松中。我來不飲階前水，但聽沙弥説済公。祖塔院，即宋神僧済師瘞骨處也。余于庚子十二月犯雪而游。済師之塔已陷入地中。積雪尺許，寺僧不爲掃也，而小沙弥仍縷縷述済公靈迹不已。余幾爲發噱。夫塔且不問，何有于生前之神？可見祖父虚名留，其子孫所託以□□者，正此類耳。

山水真堪養鈍愚，儒林文苑不曾圖。草玄亭固多奇字，未敢傾心莽大夫。

不容人拉竹枝弓，放鴨蘆漪趁柳風。士到晚唐多齷齪，勝流独數陸龜蒙。

菱娃十二弄新聲，出破風前足解酲。偏作蕢洲漁笛譜，愁人好向月中聽。
辰陽枉渚目难窮，人在濃松積緑中。彌望烟痕皆楚竹，目前恨少打魚翁。
絶世詞心厲太鴻，鴨雛游泳葦根風。分明一片南漳景，想殺長安補柳翁。
雲雪模糊立万峰，沉沉下界不聞鐘。哀涼那有真風節，認取風前數粒松。
□□乾坤一草亭，極天山色壓亭青。人生难得逃名去，多事江天露客星。
漁步深深繫釣槎，空明莫指玉山瑕。清涼詩境何人到，辜負□梅兩樹花。
小橋斜趣釣魚磯，白雲山光静掩扉。待得楊花时節到，門前新水鮆魚肥。
老柳蕭疏識晚秋，含情尚裊楚江頭。題詞若屬漁洋老，□説烟含六代愁。
景物分明似建溪，故鄉南望鷓鴣啼。黨人真有收闌力，旦晚兵鋒近浙西。
□雷瀌雨失螺鬟，憂愁居然指顧間。解道故鄉無吉語，揮毫含泪寫家山。
空林無葉水東流，惘乱心情怕入秋。指向溪山開倦眼，却乘斜照独登樓。
灼灼桃花照水濱，柳條作浪草鋪茵。陶潜喜作欺人語，那有仙源足避秦。
景物分明似謝橋，楊花寄日嫩痕銷。泠泠一曲清溪水，魚浪吹香正上潮。
破空雁影度楹軒，梧竹敷陰滿蓽門。等是一輪秋月好，偏隨烽火照鄉園。
碧暈□痕聚小汀，夜來雨過耐人聽。而今似入南軍手，凄断龍台銕笛亭。

修竹佼娟柳勢偏，一塘新水正涵烟。太鴻祠下菱絲□，夢想杭州十九年。

一舸翩然泛小溪，蕭蕭蘆竹鷓鴣啼。人生解得山林趣，何□深木福命齊。

麓台老去寫溪山，一舸輕盈自往還。我爲飢驅京輦下，漁竿抛已廿年間。

巖半桃花下柳條，淙淙飲水早烟消。山中風物都渲染，只有高人不易描。

畫中九友首思翁，潑墨淋漓入化工。我搨蘭亭寧便似，房山不到説南宮。

青葱寫出隱屏峰，九曲溪涵老翠濃。往□去塵吟賞地，今日多半近兵烽。

梵村西折小茅亭，一路峰巒敞畫屏。看遍北來山幾許，萬难明秀似西泠。

白毫光裏生□鬢，屑玉抛珠指顧間。洗尽人寰諸溷濁，莫教誤認作冰山。

昆明湖與聖湖同，楊柳樓台尽日風。孝養不終緣底事，誤人家國上陽宮。

六度謁陵三遇雪，四山如着白衣冠。那知病興彤墀下，灰冷臣心比雪寒。

看雪以後更哦松，世網年來脱幾重。用尽機心果何事，山人于此却從容。

詩情長在水天間，任彼时流笑我頑。最是蕭閑無事處，雨餘一舸看吴山。

尋丈紅橋影水邊，清明寒食柳如烟。簫聲管甚興亡事，爲想南朝一惘然。

一幕輕烟散老松，晴光已上最高峰。此中似有禪房在，仿佛猶聞破曉鐘。

一本梧桐一草堂，潺潺細水送年光。碧痕似蘚無人到，放胆延□上小鄉。

□盼濃松老緑含，是中宜結小茅庵。古靈勝概多如此，却恨當年未一探。

□□溪堂肖澆花，恐非當日杜陵家。川中節度無嚴武，遍地干戈如□麻。

太姥奇峰□□高，罡風半嶺捲松濤。白藤山轎端端坐，轎底還能置□□。

蜿蜒危棧入空青，探隱深慚我未經。于此結廬置吟卷，想無俗客叩巖扃。

十五菱娃把棹枝，太鴻祠下裊菱絲。康乾全盛知难見，但自憑闌唱黍離。

□竹敷青暮雨昏，數家攢聚小成墩。繪春園畔三間屋，画裏分明是故園。

新蒲細柳曲江頭，南苑凄凉變□秋。比似頤和更惆悵，翠峰□□罷宸遊。

万仞飛流擬美洲，南人莫誤大龍湫。庐山咫尺还难到，七十寧能汗漫遊。

□窗策策戰嚴風，熾炭披裘隱雪中。寫出琉璃新世界，不成子久不□蒙。

西山得雪偏無瀑，詩境深知兩得難。画裏高人兩奇絶，但知勝概不知寒。

一曲桑溪瓊水東，万山合沓勢巃嵸。是中無數佳松竹，怨□年年作寓公。

過雨山溪滿緑苔，茅亭長日少人來。仙源去此知多遠，處處緋桃花乱開。

閑向西溪放艇行，高樹處處画眉聲。老夫酒足船唇坐，似有人家喚賣餳。

朝朝暮暮山出雲，神靈似見雲中君。携琴抱鶴此中去，泯憂滔天安得聞。

万叠緋紅繞舍開，春深無客過橋來。刘郎莫看桃花賤，不是仙源未許栽。

寂寞吴宫霸業休，斜陽還照采菱洲。菱娃那解興亡事，長日歌聲水上頭。

弥望江干尽緑蕪，林深有鳥唤提壺。未知天下平何日，即有陳摶不墜驢。

記向孤山處士家，春前隨處是梅花。鑄龍共我莓苔坐，太守杭州正放衙。

旧日松篁滿水濱，廿年作客未歸閩。風塵滿面圖館俗，枉署頭銜作散人。

夢踏楊花晏小山，詞心□□謝橋間。溪西□月聽流水，我亦當时日日閑。

詩人出釣鶴看家，竹暈模糊上碧紗。待到日斜人罷釣，山僮早備女兒茶。

□□緋紅二月时，桃花開處雨如絲。此間不是玄都觀，枉費劉郎一首詩。

雪後山光更可人，數家茶户自爲鄰。此心長在冰壺裏，那見長安十丈塵。

松篁以外即浮雲，泯憂滔天那得聞。有此一方乾净土，北軍不□説南軍。

□外松光間竹光，秋山釀出幾分凉。平生私淑婁東久，潑墨旁通戴鹿床。

秋後山容瘦二分，午餘不起半絲雲。雖然漸與黄昏近，隨地林巒偍可欣。

□□光影上緑莎，廳階时留水鳥翎。主人早出山僮睡，閑教言詞六幅屏。

南中無地就蒓鱸，但把鄉園入畫圖。□□丹心似紅樹，幾曾背道徇时趨。

修篁清泚畫瀟湘，打槳何人過水鄉。莫向長沙城外去，北來戎馬正蒼黄。

飽裝世界入琉璃，中有寒梅茁數枝。忍得奇寒齊索句，詩人到底骨頭奇。

初日芦漪薄霧開，故故恰恰酒船來。江南風物真無價，何事飢驅尚未回。

官柳垂垂認武昌，九年前事最悲涼。遊人日暮停舟處，還爲先朝吊戰場。

家鄉無地避兇鋒，閑教樓前數粒松。萬種傷时懷舊意，年來漸漸覺龍鍾。

兩三小屋辨漁家，迎面溪光似若耶。今日知無容足地，官軍直似浪淘沙。

極天無際白英英，磴古冰凝更不平。衆濁独清須仔細，玉山頂上本难行。

年年作客負韶華，斜日迴頭豈憶家。尚有餘閑能索句，不妨縱轡趁楊花。

桐棉飛處小徘徊，微月初弦尚未胎。雲態向人無限幻，不期时事上心來。

災異飛來一愴然，但歸定數不尤天。連村已果魚龍腹，殘礎還黏骼胔羶。忼慨敢求燕市賑，奔洪直過道光年。故鄉南望空凄咽，拚却山人賣畫錢。

吾師留帶金山寺，千載坡仙有替人。三十年中風雅尽，不堪滄海更揚塵。〔二〕

明思宗撤洪經略祠祀觀音大士〔三〕

靈祠忽化招提境，變幻無常地一弓。千載忠端漳浦廟，阡碑不改墓田豐。

〔二〕 後有「梁髯逐歲赴金焦」一首，已見於《畏廬詩存》之《續題畫二十首》。

〔三〕 録自郭則澐輯《蟄園擊鉢吟》卷上，民國二十二年（1933年）鉛印本。

胡婦别蘇子卿三首〔一〕

輪臺凝望馬蹄驕，大雪漫天接薊遼。賸得將雛雙眼泪，氈廬夜夜夢南朝。

琵琶泪咽雪花飄，泪眼看郎向薊遼。肯化望夫山上石，但從青冢伴王昭。

翻旗風雪上盤雕，百轉離腸泪怎消。留下黎渦真樣本，澹庵垂老亦歸朝。

〔一〕録自郭則澐輯《蟄園擊鉢吟》卷下，民國二十二年（1933年）鉛印本。

卷四　詞

摸魚兒〔一〕

西湖歸後，積思不復解置。乙未三月，夢至明漪絶底亭，坐月四更許。迷離之間，如有所賦。醒後都忘，乃補填一解。

畫堤陰、倦紅還舞，流鶯相對愁語。來時只覺春衫緊，濕了湖邊飛絮。魂甚處？向怨粉啼香，一綫梨花路。湖雲半雨。看野艇偎蘆，雕欄抱竹，畫出感吾句。　春還住，半在遠山眉嫵。空青低合平楚。過橋人影垂楊暝，堤上鞋痕誰數。游倦否？還望見、珠簾玉腕調鸚鵡。西窗半曙。怕枕上山光，懷中湖翠，先被漆園妒。

一萼紅〔二〕

乙未四月，從蒼霞洲放艇，向望北臺。山容過雨如沐，壓篷皆作青緑之色。小住江南橋下，岸上

〔一〕《林紓詩文選》輯自《冷紅齋詞賸》，注「抄自坊間遺畫」。

〔二〕《林紓詩文選》輯自《冷紅齋詞賸》，注「抄自遺畫」。遺畫後題「時在龍潭冷紅齋」，當爲早期詞作。個别字依遺畫校改。

一片荒青，撲人眉宇。因憶打槳白堤、孤山晚眺時，却少垂楊萬縷耳。

駕輕船，趁低低翠羽，摇向第三橋。新荇撩風，濃松做暝，江鄉多半春消。戀篷背、輕陰片晌。乍覺冷、添上二分潮。綫緑漁墩，疏紅蠶户，何處吹簫。追憶聖湖前迹，正蒓流餘滑，柳换枯條。界水分菱，循碕渡葦，邀我詩夢迢迢。謾重記，巢居閣上，雨絲外、簾影帶烟挑。印證家江風物，轉益無聊。

齊天樂〔一〕

光緒中，杭州駐防女子惠興以死殉學，聞者悲之。田伶際云摭其事演爲樂府，座客有欷歔泣下者，爲填此解。

一襟天寶年間恨，凄凄寄懷箏柱。小部花辰，離宫雁候，挑起深愁無數。湖光正曙。看供奉宸班，按歌金縷。水碧山明，四弦能作海青語。歌喉初轉變徵，替貞娥訴怨，何限凄楚。地上冤忠，人間酸泪，黯到無情飛絮。收場更苦。演獨楫西泠，翠陰庭户。數遍梨園，吉光留片羽。

〔一〕《林紓詩文選》輯自《冷紅齋詞賸》，注「抄自《清詞玉屑》」。并載『翊日，田伶見此，設筵以謝。其見重如此』云」。

八　歸〔二〕

丙午清明，過觀音院視鄭宬丹先生停靈處，荒池喬木，蕭瑟不類深春。臨奠愴然，歸成此解。

池光漾碧，桐綿吹素，春色黯上林屋。清明節候無多雨，人立斷腸庭院，砌草才緑。慘淡繐帷披瘦影，料永夜、詩魂愁獨。幸尚有、歷落殘僧，爇火替燃燭。　原道詞臣未老，通明箋奏，付與人人鈔讀。半墻斜照，一絲香篆，剩此凄涼心目。看殘詩半舊，但覺情波結愁緑。應解道、故人悲奠，未待秋來，寒泉先薦菊。

一剪梅　題《柳窗修譜圖》贈畹華〔三〕

孝欽訓政時，德和園徵歌無虛日，即所謂湖班也。供奉王瑶卿進御最久，聞其追述先朝，尚泣下沾襟，想畹華當日必有奏技於是間者。嗚乎！水雲老矣，滿目蒼涼，棖觸故時情事，往往無因而悲。今年兩見梅郎於酒座，徵余畫甚力，爲製是圖，并填小詞贈之。丁巳六月。

〔二〕《林紓詩文選》輯自《冷紅齋詞賸》。《詞學季刊》1936 年第三卷第一號刊冒鶴亭藏《林畏廬先生手書詞扇》亦載。

〔三〕《林紓詩文選》輯自《公言報》1917 年 8 月 11 日，又見於《大公報》1917 年 8 月 17 日。

斜日憑窗舊譜修。香篆風柔，竹暈凉收。緑楊綰住笛家樓。到一分秋，添一分愁。
朵殿當年憶舊游。曲按梁州，人似房州。許多前事聚心頭。擎上輕甌，放下簾鈎。

八聲甘州 雪中寄又錚〔二〕

正紛紛暮雪化春泥，院深一簾幽。盡餘香消篆，餘寒消酒，總不銷愁。是處胎紅釀緑，華髮已盈頭。帶得江天眼，還自登樓。　總有心中人在，味夢窗詞况，烟水悠悠。嘆年來踪迹，只算逐沙鷗。讀當日、孔融薦表，頗教人、鸚鵡吊芳洲。争知我、舍山林外，未計千秋。

梅子黄時雨〔三〕

春日野行，寄又錚、碉秋。

薄藹孤村，正垂柳向人，將换新翠。怎雁渚垂空，燕來猶未。此際江南應細雨，杏花逗客

〔二〕《林紓詩文選》輯自《公言報》1918年3月24日，又見於《大公報》1918年5月4日。
〔三〕《林紓詩文選》輯自《公言報》1918年3月31日，又見於《大公報》1918年5月4日。

紅橋醉。商歸計，欲暮海天，深愁誰寄。　回憶，庚辛舊事，已鵑啼夢裏，花萎烟外。待再到郊坰，兩番塵世。偏是愁人心緒別，抱愁恒與黄昏避。聞流吹，半程又添微喟。

燭影摇紅[二]

又錚以事至信陽，道中得詞二解，凄絶皆近夢窗，即題其後。

沿路春痕，醉魂醒處河聲曉。琵琶瑣細酒帘低，認是梁州調。往日情懷頓渺。盡心頭、紅牽翠攬。鏡塵消影，粉盝縅愁，水仙香悄。　詞筆輕盈，御河應有楊花肖。雲檐烟堞信陽城，瘦影停斜照。風緊林鴉漸少，一絲絲、詞心入妙。竹壚初爇，樺燭才分，引杯微笑。

醉蓬萊[三]

壬子四月，橘叟邀同石遺、嘿園遊西苑，老柳合抱，微徑出深碧外。邐迤至瀛臺，長橋卧波，橋板中斷，南北岸皆衛士直廬，意監之耳。涵元殿虚寂塵封，凄凉滿目。余即廡下朝拜而出，繞殿

[二]《林紓詩文選》輯自《公言報》1918年4月8日，又見於《大公報》1918年5月4日。
[三]《林紓詩文選》輯自《公言報》1918年4月12日，又見於《大公報》1918年5月4—6日。

廡，過石洞，臨太液池，池荷彌望矣。求布席禮佛處，不可得。追尋前迹，不能無悲，遂成此解。

殉蘭亭何處，花竹全非，歲年都換。秘殿深深，過夜來春雁。不是房州〔二〕，斷橋流水，去房州還遠。舊事潮來，舊人仙去，争挨春晚。　　數本梧桐，似曾相伴，水榭温愁，夜窗題怨。落日昭陽，問歸鴉何懶？半桁簾紋，半絲香篆，稱愁人心眼。仔細追尋，不知留下，幾多凄黯。

揚州慢　感事〔三〕

槐暗銅街，柳欹沙炮，晚烟凝住鷄坊。數巾車過處，正門巷斜陽。甚吴鄂、兵雲散後，粉圍香陣，争鬥新妝。悵今年，巢燕歸來，都换雕梁。　　碧山伴侣，縱留春、空惜餘芳。盡木葉山高，榆林塞遠，誰管興亡。街鼓轉時人醉，樊樓下、轉入柔鄉。恣凉蜂凄蝶，花間長日顛狂。

〔二〕《公言報》「房州」後原缺「斷橋流水，去房州」，據《大公報》《林紓詩文選》補。

〔三〕《林紓詩文選》輯自《公言報》1918年4月17日，又見於《大公報》1918年5月4日。

露　華〔一〕

一厂以石芝《偕老圖》示余，則芝娘手筆也。石奇芝茁，絳緑輝映，秀挺可愛。題曰「偕老」，老可偕耶？亦偕之以心耳！一厂之顛倒至矣。爲填此解，既感芝娘之痴情，亦以啓一厂之悟境。

凉苔翠簇，襯半面嬌紅，冷露新沃。墨瀋泪痕，融出秋窗横幅。玉人總隔闌干，夜寒耐他琴筑。歸來晚，吟魂半銷，觀又棖觸。　凄清那説釀福。縱石潤芝肥，芳意誰屬？尚想翠螺渲處，粉香還宿。等閑跨過來生，倘引乳仙雲轂。安心待，玉田甫添嫩緑。

采桑子〔二〕

余既題石芝〔三〕圖，一厂又徵余畫，因作《燈窗泚筆圖》贈之。

闌干約住愁多處，晚雨廉纖。花片風黏，飛絮團團傍畫簾。　懨懨那作新排遣，咬住葱尖。采筆新拈，只覺相思畫裏甜。

〔一〕《林紓詩文選》輯自《公言報》1919年1月19日。

〔二〕《林紓詩文選》輯自《公言報》1919年1月19日。此據《林紓書畫集》所收手稿校改。

〔三〕石芝，《公言報》原作「芝石」。

南浦〔一〕

己未三月，畹華將東行，羅癭公、李石龕集同人觴於馮又微寓齋，石龕屬作《綴玉軒話別圖》，用作畹華壓裝，余不能却也。石龕復堅囑填詞其上。綴玉，畹華軒名也。余未之莅，今姑作垂楊桃杏之屬，度畹華軒中所有耳，并填《南浦》一解，請樊山老人、實甫、碧栖正之。

閑疊鏤金箱，檢舞衫、零脂宿粉猶膩。輕夢逐櫻花，東風外，人與亂紅同醉。春寒細緊，背人加上嫣香帔。别情欲訴，偏脉脉無言，更增流媚。追憶昨夜歌喉，似風際靈簫，花邊流吹。酒半數歸期，些時别、仍復丁寧三四。瑶軒綴玉，畫闌問煞愔愔地。萬重别意，争半晌流連，舟行還未？

夢横塘〔二〕

秋岳遊浙西理安寺詩，醲鬱有貞曜石淙之風調，且抽换穿插處，則杜軌也，非宋以下所有。讀而壯之。蓋余别西泠廿年矣，時動山遊之思，因填此解，寄示秋岳。

〔一〕《林紓詩文選》輯自《公言報》1919年4月19日，《春柳》1919年第五期亦載。亦見於題畫。

〔二〕《林紓詩文選》輯自《公言報》1919年5月9日，又見於《大公報》1919年5月11日。黄濬，字秋岳，福建侯官人。

稚篁消雨，倦水停漪，曉寒搏住雲屋。竹轎人來，踐不碎、沿溪新緑。烟重花輕，酒微風峭，遠山如沐。試抬得望眼，淺翠山門，毗闍界，分金粟。　西泠不見詞仙，拚湖山在眼，語妙誰續？猝得新詩，争讓彼、梅花幽獨。却挑我、吟懷老暮，囈竹哦松弄秋燠。仿佛迷離，九溪深處，作些時棖觸。

琵琶仙[一]

讀吷庵《卜算子》詞，幽渺沉綿，南宋之遺音也。時余方爲友人作《鄧尉探梅圖》，遂輟筆立成此解。

剛聽梅開，此時好，問訊靈岩山月。篷底疑有飛英，紛紛小魚唼。緣底事、吟懷重鬱，似無際、望人天末。眼裏名山，心頭宿草，愁緒誰説？　又過了、三里烟痕，漸湖翠、隨人作空闊。兜住幾分詞况，伫漫空香雪。看岸上、疏疏弄影，是羽仙、意態寒絶。爲數花外深杯，幾多蕉葉。

[一]《林紓詩文選》輯自《公言報》1919年5月26日，又見於《大公報》1919年6月3日。

八聲甘州[一]

江君天鐸，南海高弟也。以南海戊戌逃難時，寓家書見示。嗚呼，清室亡矣，而南海忠慨凛然，仍留片楮傳播藝林，令予不勝黍離之感也。爲成此解，寄南海於滬上。

記躍臺、夜半御燈紅，華殿月當霄。仗英雄好手，披陳利病，豈爲蟬貂。六十衣冠東市，□□[二]忍痛招。今日江南客，短鬢蕭蕭。　淚眼却看西掖，盡秋風苑樹，御水河橋。只鉏奸計左，影和沸螗蜩。再京華、夕陽秋望，冷宫墻、不是紫宸朝。披蠶紙、此終天恨，若個能消。

平調滿江紅[三]

畹華以《天女散花》一闋，蜚聲域外。仙乎！仙乎！吾其敢以紫稼諸郎待之耶！却成此解，用旌其能。

[一]《林紓詩文選》輯自《公言報》1919 年 6 月 1 日。
[二]《林紓詩文選》原注：「按詞譜，此處疑漏二字。」
[三]《林紓詩文選》輯自《公言報》1919 年 6 月 7 日，又見於《大公報》1919 年 6 月 9 日。

風幔才披，陡然[二]現、烟裹翠鬟。衫痕與、月痕共倩，飄忽仙壇。門巧腰圍新樣錦，銷魂高髻半釵鸞。恰粉圍、香陣展眉剛，偏夜闌。　花奴舞，鏘珮環。萬花片，撲闌干。仗瑣紅零紫，點染秋龕。可奈維摩甘忍俊，一窩冰雪透心寒。問怎生、描上玉屏風，留影看。

金縷曲[三]

余友張遠伯誠篤不欺人也，一日忽語余，有窺臣者，竟以潘醴陵見待。及見余於公園中，則老醜一羅江東耳，廢然而返。余聞之捧腹，戲成此解，用以自懺，亦以自嘲。

竟有窺臣語。數今年、鬢絲憔悴，又斑何許。盡使墻東恩眷重，總隔垂楊萬縷。僅添上、凄凉無數。耿耿星河風力横，看游絲、細逐楊花舞。人只在，斷腸處。　東風玉茗開時雨。漸黄昏、臨川酒醒，杜鵑聲苦。打叠牡丹亭院本，還是紅停翠伫。奈老去、春光無主。金粉零星心緒懶，任烟痕、瑣定閑庭户。將甚計，挽春住。

[二]「然」字《大公報》不清晰，《公言報》無，李家驥認爲「不通也不合譜。現根據詞譜，添進此字」。
[三]《林紓詩文選》輯自《公言報》1919年6月20日，又見於《大公報》1919年6月22日。

子夜歌〔一〕

己未六月，高子益招飲西站小園樹陰中，見某校書，即庚子亂中爲某大酋載入西苑者也。泰娘老矣，愁容病態，蕭索可憐，未知於晚明卞賽賽如何？而余懷不能無愴，歸時信筆成此一解。

悄花陰、玉人半面，抑抑似聞微嘆。溯前事、儀鸞春困，夢裏柳風吹散。仙樣黛蛾，畫中釵客，〔二〕那〔三〕解年光換。甚天家、金甌全缺，〔四〕拋下趯臺，黯碧燕疏〔五〕鶯懶。舊遊處、豐樓累榭，望裏已堪淒惋。倦枕追歡、芳園罷酒，尤〔六〕覺傷心慣。盡移紅〔七〕換紫，春痕銷

〔一〕《林紓詩文選》輯自《公言報》1919年7月9日。葉恭綽編《全清詞鈔》（中華書局1982年版）第三十五卷亦收，小序無「泰娘」以下，詞中文字略異。

〔二〕「仙樣黛蛾，畫中釵客」，《全清詞鈔》作「臨鏡黛娥，勝衣釵客」。

〔三〕「那」，《全清詞鈔》作「木」。

〔四〕「金甌全缺」，《全清詞鈔》作「全缺金甌」。

〔五〕「疏」，《全清詞鈔》作「慵」。

〔六〕「尤」，《全清詞鈔》作「都」。

〔七〕《公言報》原無「紅」字，李家驥認爲「不通也不合譜。現根據詞譜，添進此字」。《全清詞鈔》亦有「紅」字。

盡啼眼。年少風流，擔愁禁恨，安抵〔一〕楊花健。想歸休、人靜燈昏，怎生排遣。

齊天樂〔二〕

蘇戡南樓新成，寄此落之。

藥闌紅漏垂楊外，朝朝嫩陰微雨。浦上潮來，詩邊人老，疑與斯樓終古。頹風倦羽。對南雁蘆漪，頓成愁侣。曉月檐端，掩屏枯坐向誰語。　江南風味淡冶，只酸心舊事，彌望禾黍。漢水辭鷗，濠堂委雪，抛却吟懷幾許。金鐃畫鼓。更罷戍龍州，乞身槐府。老但傭書，案頭摹定武。

山亭宴〔三〕

王碧栖姬人亞禪，偕二三女伴同游聖湖，碧栖以事未從也，塊然寡歡。然六橋三竺間，已一一爲美人游歷矣。作此寄碧栖，且以慰其岑寂。

〔一〕「安抵」，《全清詞鈔》作「争比」。
〔二〕《林紓詩文選》輯自《公言報》1919年7月15日。
〔三〕《林紓詩文選》輯自《公言報》1919年7月19日。

美人往就蓮花語。棹輕漪、聖湖深處。風揚六銖衣，畫橋外、花晴日午。樓臺隨處認前朝，襯俏影、緑楊千縷。遥想謝橋人，定入夢、湖邊路。曲瓊寂静簾紋暮。甚多時、未成秀句。碧栖久不填詞。珊枕髻香醲，盡午夜、仍留蜜炬。錦屏風上畫杭州，怎不向、畫中同住。屈指會雙星，越月即七夕。倘未歸、佳〔一〕期誤。

秋霽〔二〕

高子益、李拔可去秋買舟入瀨。然余居杭三年，欲上嚴灘者再，均遇瘧不果行。聞之奇妒，作此自解。

微雨新過，蕩畫舸空泠，萬頃秋色。翠偃魚標，錦分鴛陣，〔三〕釣臺去江千尺。女兒泛宅。渡瀧藉點西風力。挂片席。裝穩、醉吟風露看山客。　偏未做美，病卧錢塘，夢縈蒼烟，行阻凉汐。客星高、灘聲沸石，沄沄愁浪帳痕濕。雙鬢漸皤懷去日。尚有情處，定再鼓勇南來，笋將高據，古祠題壁。

〔一〕「期」字前，李家驤補「住」。
〔二〕《林紓詩文選》輯自《公言報》1919 年 7 月 21 日，又見於《大公報》1919 年 7 月 23 日。
〔三〕《大公報》作「翠偃魚錦，標分鴛陣」。

眉峰碧〔一〕

葉譽虎以悼其姬人詩卷屬題，余爲製圖，并填兩小詞其上。

似見眉峰碧，還似雲屏隔。蘭氣依然往日香，忍不住，衫痕濕。　燈際盈盈立，凉月穿窗入。蕉竹聲酣引夢迴，迴來仍向心頭覓。

相思兒令〔二〕

迎旭亭西春晚，漸漸緑陰成。行過碧紗窗下，還憶唾絨聲。　泪痕染遍秦箏。最難禁、微醒初醒。五更殘漏依稀，枕函如聽丁寧。

清波引〔三〕

劉農伯來言東湖烟雨樓重修矣。感念舊游，作寄朝叟。

〔一〕《林紓詩文選》輯自《公言報》1919年7月22日。「兩小詞」指本闋及後《相思兒令》。
〔二〕《林紓詩文選》輯自《公言報》1919年7月22日。
〔三〕《林紓詩文選》輯自《公言報》1919年7月26日。

火雲銷暑，記曾卷、古簾茗聚。水鷗多處，柳陰被廊廡。小舸載明月，戲傍蘆花來去。自從京華爲家，鎮南顧、甚情緒。　湖濱院宇，多時別、長念舊雨。畫梁新礎，想蒼碧庭户，何當倩詩夢，再向樓頭凝佇。憶否前度歌聲，數峰清苦。「數峰清苦」爲白石《點絳唇》詞中語，余并玉田之《甘州》，在樓上歌之，操閩音，而叟皆一一領解，故云。

采桑子 戲題程郎報劉書後〔一〕

怎生抛得青春去，錦字屏邊。卍字闌前，忍咬葱尖對老蟾。　寄聲姊姊宜將息，如此纖纖。莫太懨懨，逐步梨花近畫簾。

一萼紅〔二〕

庚申正月廿四夜，觀梅郎演上元夫人，峨髻金翹，曳雲拖玉，蓋宋玉所謂姱容修態，有令人不能狀者。羅癭公、李釋戡囑余填詞。余詞安足以盡其美，姑成一解，質之二君。

奏鸞笙，雜粉香花氣，搏出步虛聲。閃閃青霓，飄飄紅綬，倩影天半盈盈。正華殿、宮雲

〔一〕《林紓詩文選》輯自《公言報》1919 年 7 月 26 日。
〔二〕《林紓詩文選》輯自《公言報》1920 年 3 月 19 日，又見於《大公報》1920 年 3 月 22 日。

低處。一轉眼、仙滿紫虛城。龍背收鞭，鶴吭授籙，月午西清。　瞥睹靈姬起舞，漸飛鬌影動，廣袖風生。燕體齊傾，鳳釵欲顫，可兒還數飛瓊。扮飛瓊者爲程郎艷秋。漫重憶，維摩病榻，散花處、餘艷尚英英。那似梅郎風調，獨步神京。

石湖仙[一]

亡友李佛客，有《雙辛夷樓詞》，又名《零鴛詞》，多悼亡之作。余舊爲作序，近補爲圖，并成一解。

高樓烟翠，似供奉詞仙，經月春霽。花外畫簾低，悄無人、裁量茗味。羅屏鬟帳，仗醉夢、往來三四，還未。忍鏡奩、粉泪題字。　淒凉舊時鳳紙，尚依稀、吟聲細碎。噴水梅心，底事宵來無寐。霧唾如新，箏痕還膩，怎禁蕉悴。商畫意，教人往事重記。

[一]《林紓詩文選》輯自《公言報》1920 年 4 月 27 日，又見於《大公報》1920 年 4 月 29 日。《東方雜志》1920 年第十七卷第十四號亦載，題爲《題〈雙辛夷樓填詞圖〉》，款曰：「亡友佛客員外殁二十餘年矣，昨檢得其《零鴛詞》讀之，多半爲悼亡而作。余舊爲之序，今補是圖，傷逝懷人，不能無慨，因用石帚自度腔爲成此解，惜不能起佛客於九京，爲余正拍也。庚申花朝記。」《鐵路協會會報》1922 年第一百一十八期亦載，款曰：「右詞爲石帚自度腔，去上一字本可移易，王碧栖爲余審定無誤，因留之不删。畏廬自識。」《詞學季刊》1936 年第三卷第三號發表了李拔可先生藏《林畏廬先生畫〈雙辛夷樓填詞圖〉》，個別字依之校改。

買陂塘《迦茵小傳》題詞〔二〕

秋氣既肅，林居寡歡。仁和魏生時時挾書就余談譯。齋舍臨小橋，槐榆蒼黄，夾以殘柳；池草向瘁，鳴蛩四徹；寥然不覺其詞之悲也。迴念身客馬江，與王子仁譯《茶花女遺事》，時則蓮葉被水，畫艇接窗，臨楮嘆喟，猶且弗懌。矧長安逢秋，百狀蕭瑟，而迦茵一傳，尤以美人碧血，沁爲詞華。余雖二十年庵主，幾被婆子燒却，而亦不能無感矣。爲書既竟，仰見明月，涉筆窗間，却成此解。

倚風前，一襟幽恨，盈盈珠泪成癭。紅瘢腥點鴛鴦翅，苔際月明交頸。魂半定，倩藥霧茶雲，融得春痕凝。紅窗夢醒，甚恨海波翻，愁台路近，换却乍來景。樓陰裏，長分紅幽翠屏，消除當日情性。篆紋死後依然活，無奈畫簾中梗。卿試省，碧潭水，阿娘曾醮桃花影。商聲又警，正蘆葉飄蕭，秋魂一縷，印上畫中鏡。

〔二〕録自商務印書館光緒三十一年（1905年）版《迦茵小傳》。

齊天樂《玉雪留痕》題詞〔二〕

玉顰香怨相逢地，珊珊盼伊纖步。藥鼎枯烟，花廊碎月，春鎖愁鄉深處。游絲萬縷，甚裊到簾西，欲抽還住。語淡心醲，緑房陰透夜來雨。涼波吹却浪蕊，但蒼雲四卷，沙際孤嶼。鯽墨濃鐫，鵝黄嫩咽，争説因郎辛苦。餘生半黍。竟晝裏挪舟，帶珠還浦。試看雕梁，弄春雙燕羽。

小重山《橡湖仙影》題詞·咏佳而夫人二首〔三〕

别業東風萬柳絲。朱樓斜日裏，見朱扉。玉簫聲向舞筵遲。腰圍小，收狹砑羅衣。春聚遠山眉。重重挑不動，個人痴。去時追想乍來時。空留得，闌外海雲飛。

踐破門前一道苔。入門聞笑語，燕歸來。玉簪花碎美人懷。東風峭，還憶去時栽。琴調幾分諧。新人兜不住，舊人猜。一腔花氣展書才。争知道，花底有人挨。

〔二〕録自商務印書館光緒三十一年（1905年）版《玉雪留痕》。

〔三〕録自商務印書館光緒三十二年（1906年）版《橡湖仙影》。《冷紅齋詞賸》「東風」作「依依」，「去時栽」作「舊時栽」，「新人」作「新情」。

摸魚兒《橡湖仙影》題詞·咏安琪拉〔一〕

蕩林光、半湖新水，畫樓侵曉微雨。雙鴉小啄罘罳動，人嚮嫩春林墅。襟半舉，掃一片花痕，斂入痴心緒。湖陰片語，看雲影移釵，苔香吹屧，描寫好眉嫵。定情許，何限愁根愛縷。窺人偏少鸚鵡。山容水態吟鞭遠，地下月中酸楚。誰見覷？歌舞地，天涯也有鴛鴦浦。滄波逗汝。竟小劫存鶯，横風聚燕，兩兩背花去。

燭影揺紅《紅礁畫槳録》題詞〔二〕

情海生波，情絲牽傍愁邊岸。憮憮抱夢墜梨花，夢帶梨花顫。恨事填胸漸滿。數今生、傷心未半。寄懷何許，畫裏鷗波，緑漪風善。天際書來，書詞能做冬心暖。迴看纖影兀伶俜，那值人兒伴。畫艇重撑又懶。峭金風，聲聲斷雁。日斜鐘定，草長簾深，眼中人遠。

〔一〕録自商務印書館光緒三十二年（1906年）版《橡湖仙影》。《冷紅齋詞賸》「人嚮」作「人響」。

〔二〕録自商務印書館光緒三十二年（1906年）版《紅礁畫槳録》，下同。

解語花《紅礁畫槳録》題詞

山支瘦碧，樹著新丹，相見年光短。暮寒侵幔。離魂影、睡裏半鬟虚綰。唇櫻送暖。緑窗掩、暗香零亂。端正看、依約衫痕，櫛櫛銀雲淺。　花底驚魂乍遣。甚私窺山枕，偷貢香翰，蝶乖蜂蹇，愔愔地、怪底萬愁都鍵。闌干半面，容解道人來偷眼。看翠瀾、魚沫吹時，剛玉銷烟散。

凄凉犯吊李佛客員外江南〔一〕

青山一髮西風裏，江南處處秋葉。野雲漸遠，紅橋數曲，冷簫凄咽。愁家怨别。想孤館、缸花泪結。更門前、吴楓似血，對泣夜江月。　彈指城西社，竹屋摇燈，水廊過屧，夢塵乍浣：甚生生、煅愁銷骨。風紙飄零，算遺稿、何人爲叠，怕詩魂凝處慘淡，作夜碧。

〔一〕《林紓詩文選》輯自《冷紅齋詞賸》，注「抄自黄蔭亭所藏團扇」。

一剪梅 題冒鶴亭《水繪園圖》〔二〕

山容淡宕學娥妝。道是瀟湘，不是瀟湘。畫船容與白蘋香。花外斜陽，水外斜陽。

垂楊猶裊冒家莊。不畫雲娘，偏畫雲郎。水風策策又吹凉。吹過池塘，驚起鴛鴦。

阮郎歸〔三〕

玉霜簃主人新婚，爲繪《添香修譜圖》，并題其上。

緑蟬秀黛展雙蛾，醲香垂帕羅。玉屏風畔聽郎歌，春痕添眼波。　閑風日，易銷磨，四圍錦綉窠。楝花風過度微哦，香肩并着佗。

〔二〕《林紓詩文選》輯自《冷紅齋詞賸》。亦載於《文學研究社社刊》1924年第十五期，題爲《題李慰農〈水繪園圖〉扇面》，文字略異。

〔三〕録自《天津商報畫刊》1934年第十一卷第二十九期。原題爲《林琴南先生遺作》，後有按語：「此爲民國十二年程硯秋新婚時，畏廬老人投贈之作。今老人墓木已拱，而硯秋之長公子近日則遠涉重洋，留學日内瓦矣。洛誦一過，能不感慨繫之耶？」

玲瓏四犯[二]

聞倭人之警，填此排悶。

渴葉弄秋，深燈媒寐，何堪添上風雨。夜來心緒惡，搗碎津亭鼓。江干又聞警報，蘸刀光、菱洲蒹浦。海氣迷旗，漁烟吹帳，愁聽角聲苦。　誰彎潮犀弩。有長鯨呴沫，沾染蘭杜。銀濤回望久，妄想靈胥怒馬。櫻波亂顫瓊河水，已廢盡、東城樓櫓。盻慘淡。鋒旗甚、南來勁旅。

八聲甘州[三]

爲江叔海作《白亭圖》却成此解。

過廬山、雲木草堂深，鄱陽長春潮。吊開成往事、楊馮池館，竹柏蕭蕭。七十年光逝水，半付醉吟消，管甚香山下，墓草秋凋。　那解醴陵淹雅，久瓣香長慶，結想烟霄。况望

[二] 録自卓掞撰《惜青齋筆記》（福建師範大學圖書館藏抄本），劉榮平編《全閩詞》收入。
[三] 録自艾俊川先生所贈抄稿。

中伊闕，葱翠似中條。築茅亭、先生祠外，向斜陽、多處坐吹簫。休重省、洛中花事，不是唐朝。

被花惱[二]

徐又錚延余飲，賓僚甚盛，飛箋召校書十數。唯又錚及碉秋所眷者頗婉妙，余皆不知其名。别後却成此解，示又錚、碉秋。

蝦鬚簾動釧聲來，驚起座間年少。寶篆氤氳眼兒瞧，梨魂欲顫，檀心半綻，佯對瓶花笑。嬌倦後，淺呻時，恣人描寫都難肖。筵上過來風，襟解香醲領巾掉。葱尖兜處，拇戰聲中，仄袖翹花綉。正粉圍香陣鬥芳妍，更添上嬌柔一黄調。怎解到、冷静禪人雙鬢老。

夢横塘[三]

余前填《被花惱》一解寓又錚、碉秋二君，報言已斷酒累月，徵歌之事亦久倦矣。謂余小引中着一「眷」字，屏勿敢任。更上此解，用報二君，并自懺綺語。

[二] 録自艾俊川先生所贈抄稿。
[三] 録自艾俊川先生所贈抄稿。

花燈照晚，寶帳籠香，夜來原自温燠。弄撥搔弦，况更聽吴娘哀曲。中酒心情，擔愁滋味，數番棖觸。雲情霧態，似淡還濃，揚州夢，醒來速。　新醅屏却鵝黄，甚雙瞳剪水，一枕函玉。回首妝樓，仍細細柳痕吹緑。更誰管，偎紅倚翠。仄袖輕衫弄腰束。月落蒲團，數分禪味，對熒熒銀燭。

采桑子　題《紫羅蘭庵懷舊圖》〔二〕

緑雲冉冉分自黛，隱聽鵶啼。風偏波瀿，都浪偏生不肯低。　斷腸人近鴛鴦浦，接點風□，一點靈犀，無奈殘陽漸漸西。右調《采桑子》。瘦鵑仁兄盛年以才名動海内，爲情有所鍾，不勝人面桃花之感。□□此圖，本事無考，因就畫中所□□□□小令，并乞正拍。林紓倚聲。壬戌七月。

減字木蘭花　自題美人〔三〕

隨夢漸遠，□增一層弦上怨。仄袖□單，擔得春陰薄薄寒。　修篁斂翠，和粉□弥學子泪。盼得書來，□起眉棱嚮鏡台。

〔二〕 録自《紫蘭花片》1922 年第六期所載畫中。
〔三〕 此下三闋録自手稿。

燭影摇紅爲成子著侍御寫《陶然亭圖》

才傍芦花，淺凉能做輕衫峭。旧愁隨酒上心來，人立樓陰悄。回想紅喧翠鬧。正流光、吟笻又到。燕心解社，魚浪成漪，秋人知道。　領略風前，□堂上、引凉懷抱。閉香瑣夢許多时，应解憐斜照。城角柳痕未老。弄微飇，柔絲四嫋，望仙凄調。流入簫邊，斷鴻人少。

尾犯爲黄石孫作《落花庭館圖》

石孫賦《落花詩》三十九首，因自名其居曰落花庭館，屬余爲圖，意有所感也。余舊居蒼霞之洲，野竹抱簷，江水周至，階除濃花四霏。春日行繁英中，如被飾襦。丁酉悼亡，廬遂荒焉。飄泊浙西三年，乱餘始入京師，感念舊廬花竹都非矣。成此解，用貿石孫，傷心人想同此懷抱也。

瞥眼一庭芳，重叠醉紅，齋□闌角。負手思量，向東風愁獨。珠幌外、緑陰乍晚，小籬深、鶯聲斷續。嫩愁牢瑣，滿注細香，勾出傷心曲。　蘿窗偏夢醒，寿銀枕半棖觸。底処簾聲，憶樓西烟竹。漫回首、銀屏深閉。更何人、凄莫共掬。賦愁甚処，滿院月華侵膩燭。

高陽臺

樹底霜清，江頭雪白，青鋒緑綺歸船。君去余留，那禁客裏愁年。歸帆應過胥臺畔，有羊求、握手相憐。羨歡然，鄧尉梅開，目訪寒烟。　到家園日多閑樂，覓樵兄漁弟，點綴山川。尺幅羅紋，收來雲水無邊。春風莫負隋堤約，草芊芊、醉後堪眠。拂湘簾，一片飛紅，怕有田鵑。壬戌秋九月寫於宣南春覺齋，畏廬老人并記。

阮郎歸

畫闌曉色玉煙銷，山容翠執描。風前微度璧人簫，春衫緊舞腰。　新翻曲，韻新調，聲聲入破嬌。雲郎慧眼薄蟬貂，詞心寄柳條。右《阮郎歸》。綺霞談友徵余畫經年，鉛槧困人，莫之應也。昨鄭君絳生述綺霞語，意必欲得之爲快。心感其誠，爲製是幀，並填小詞贈之。癸亥八月，畏廬老人並識。

采桑子

楊花只傍樓頭舞，一桁青山。人在闌干，不信餘春尚薄寒。　湖波漾得詞心聚，舊愛新歡。吹上毫端，抵得迦陵標本看。

虞美人・題二喬观兵書圖

桃花仙眷称劉阮，怎值英雄伴。蛇鱗蕃甲耀炫光，多分孫郎才調匹周郎。　金翅峨髻攤書坐，香聚簾紋鎖。岳陽城上夕陽斜，凄絶双愁台開紫藤花。

點絳唇

絶代聰明，自葬稊妹人間少。粉然脂悄，寫出喬家照。　晚到琉璃，竟説仙才殀。罡風峭，□雲飄渺，鶴背洞天曉。

水龍吟〔二〕

甲午十月，遼濬邊報日急。偶過琴南冷紅齋閑話，感時憶舊，同賦。

高齋不閉空寒，何人問取垂楊意。清霜未落，北風漸緊，叢叢荒翠。地冷無花，城空多雁，斜陽千里。只故人此際，蕭然語罷，將絲鬢，臨流水。　何限閑愁待寄，有繁華、舊

〔二〕録自《長樂歷代詞鈔》卷四，係與王允皙「同賦」。

時塵世。斜階擁葉，危亭欹樹，秋來如此。病後逢杯，夢中聽角，沉吟暗起。算十年心事，江湖醉約，倦鷗能記。

卷五　樂府

閩中新樂府〔一〕

序

魏瀚

儲素以待染，入纁則成纁，入緇則成緇。更入而求變其色，纁者可緇，緇者不更爲纁，以先入之色。至於緇，則受色之質已極，不可復變矣。余嘗用此驗童子之腦氣，亦以先入之理爲斷，若膠固深陷，則變之殊難。凡人五六歲時，父母所授之歌謡，至老未嘗有忘者，知識初濬，腦氣空靈，苟有所悟，即永永留積。此其驗也。自教者不善，却以聖賢博大精深之理，成人之所難悟者，不加陳説，使童子積之腦際，若以爲得蒙養之正，而童子終始莫悟也。

夫嬰婗之嗜乳，乳質輕甘，入胃即洽，固取其易行易化也。若舍乳遽投以稻粱，補以芻豢，縱復能受，至壯亦適成爲笨人而已。童子之成，固有序也，吾人舍聖人之道何師？

〔一〕録自光緒丁酉（1897年）魏瀚刻本。

謂訓童子不以聖賢之言，雖妄者不敢出矣。謂教者躐等舉成人之難悟者，使童子强悟之，則教者詎得無過？素之受染至於緇，止矣；人之知覺至於道，止矣。夫行道未有不自近始者，聖人之道，人知其至微至遠也，乃欲童子一蹴及之，如蒙塾以《大學》《中庸》課童子之類，於古人小學之理是否有合，姑勿深辨，但《學》《庸》之理，塾師尚弗能悟，而欲童子熟讀而自會之，使空靈之腦氣壅窒眩惑，終身蠢蠢然。眼前日用之理一無所覺，迨乎内訓而又教之以崇神鬼、信讖緯庸俗拘忌之事，動息皆足制脅，天下至理愈膜隔而不相附，復日督堅坐，凝滯其氣，必盡磨其棱角，然後名爲成材，則華人之訓蒙，直戕賊其子弟耳。

歐西、東洋之人，下至於爲兵爲捕，人人率知書明理。彼之所教，豈有高於吾聖人之道？正於童騃時，訓導必取其淺明易曉者，漸漸引以世事，又漸漸入以國事，鼓其英氣，令胸中洞然於天下大勢，故視國之仇若己仇，視國之利若己利。國日以强，人亦日以勇。又其法多以歌訣始。歌訣，有韻之文也，讀之順口而易入，以天下之理匯入其中，經父兄指授，愈有神悟。志氣日益發越，所益夥矣。《學》《庸》之理，雖極誠正，而童子不加鞭棰，幾復不能成誦，正以不知其中之奥妙，瞞瞞瞑瞑，口納心拒，迨鼓蕩以科名之榮，始奮然趨之。其奮爲科名奮也，故有至老不知外事，并不知有生人之事者。

甚哉！蒙養得失系國之强弱也。吾友畏廬子，自言爲村學究二十六年，生徒至衆，執業率以帖括。畏廬子苦口道之，終莫奪其科名之心。畏廬子憤切莫告，一日以白香山《諷諭詩》課少子，感懷時事，乃編爲新樂府三十二首。余見而求其稿，將鐫版以授家塾。畏廬子笑曰：「廿六年村學究，乃欲吟詩爲童子啓悟之階？自度吾力未至也。且吾不善爲詩，俚詞鄙諺，旁收雜羅，談格調者將引以爲噱，而吾又不樂爲詩人也。」余曰：「不然。世局危迫，固執者既萬不可變，吾輩子弟無罪，不當使其瞶瞶至老。子之詩，雖無救於世局，然使吾子弟讀之，亦知有人間之事，不死於帖括之手，爲功豈不偉乎？且新樂府之體，固不妨爲俚鄙者也。」既語畏廬子，乃强取而授之梓人。

光緒丁酉年十一月，閩縣魏瀚序。

畏廬子曰：兒童初學，驟語以六經之旨，茫然當不一覺。其默誦經文，力圖强記，則悟性轉窒，故入人以歌訣爲至。聞歐西之興，亦多以歌訣感人者。閑中讀白香山《諷諭詩》，課少子，日仿其體作樂府一篇，經月得三十二篇。吾友魏季渚愛而索其稿，將梓爲家塾讀本，争之莫得也。嗟夫！畏廬子，二十六年村學究耳，目不知詩，亦不願垂老冒爲詩人也，故并其姓名佚之。

國仇激士氣也

國仇國仇在何方？英俄德法偕東洋。東洋發難仁川口，舟師全覆東洋手。高陞船破英不仇，英人已與日人厚。沙侯袖手看亞洲，旅順烽火連金州。俄人柄亞得關楗，執言仗義排日本。法德聯兵同比俄，英人始悔着棋晚。東洋僅僅得臺灣，俄已迴旋山海關。鐵路縱橫西伯利，攫取朝鮮指顧間。法人粵西增圖版，德人傍覷張饞眼：二國有分我獨無？膠州吹角聲嗚嗚。鬧教鬨兵逐官吏，安民黃榜張通衢。華山亦有教民案，殺盜相償獄遂斷。蹊田奪牛古所譏，德已有心分震旦。虎視眈眈劇可哀，吾華夢夢真奇哉。歐洲剋日兵皆動，我華猶把文章重。廷旨教將時事陳，發策試官無一人。波蘭印度皆前事，爲奴爲虜須臾至。俄人遠志豈金遼，德國無端釁屢挑。英人持重遲措手，措手神州皆動搖。剖心哭告諸元老，老謀無若練兵好。須求洋將練陸兵，三十萬人堪背城。我念國仇泣成血，敢有妄言天地滅。諸君目笑聽我言，言如不驗刳吾舌。

渴睡漢諷外交者勿尚意氣也

渴睡漢，何時醒？王道不外衷人情。九經叙目有柔遠，加之禮貌庸何損？縱是國仇仇在心，上下一力敦根本。奈何大老官，一談外國先銜冠。西人投刺接見晚，儒臣風度求深穩。西人報禮加嫚詞，又有大量能容之。所得不償失，易明之理暗如漆。我聞西人外交禮數多，一涉國事争分毫。華人只争身分大，鑄鐵爲墻界中外。挑釁無非在自高，自高不計公家害。我笑富鄭公，區區争獻納，若果趙家能自强，汴梁豈受金人踏？須知勾踐能復仇，驕吴始取吴王頭。奉告理學人，不必區夷夏，苟利我國家，何妨禮貌姑爲下？西人謀國事事精，兵制尤堪爲法程。國中我自宗王道，參之西法應更好。我徒守舊彼日新，脅我多端氣莫伸。群公各有匡時志，不委人爲委天意。人爲一盡天意來，王師奮迅如風雷。西人雖暴胡爲哉？西人雖暴胡爲哉？

五石弓冀朝廷重武臣也

五石弓，一房矢，更須禮數學拜起。文童縣試才冠軍，才名藉藉詩能文；武生鼓吹晨過市，衣冠炫麗無人視。文臣遇事徒媕婀，功人名已躋蕭何；武臣金印挂肘後，中樞叱之如叱狗。文臣重，武臣輕，武臣當死文臣生。帝責武臣奮忠烈，干霄氣爲文臣折。武弁因無識字人，有功無筆難自陳。歐西將弁咸識字，軍行各把輿圖記，戰勝自將露布宣，纖微道盡軍中事。吾華武將半屠儈，眼中視筆如椽大。幕寮具草吏爲書，十成脱漏五成餘。吁嗟乎，俄人鐵騎屯窮邊，但精槍彈無控弦。吾華仍自習弓箭，不知何用猶精練。熊熊烽火燒天起，羽書夜走長安市。携我五石弓，帶我一房矢，行營唯唯復否否。炮聲一來脱其履，抱鞍馳過三百里。投我五石弓，弃我一房矢。

村先生 譏蒙養失也

村先生，貌足恭，訓蒙《大學》兼《中庸》。古人小學進大學，先生躐等追先覺。古人登高必自卑，先生躐等追先知。童子讀書尚結舌，便將大義九經説。誰爲魚躍孰鳶飛，且請先生與析微。不求入門驟入室，先生學聖工程疾。村童讀書三四年，乳臭滿口談聖賢。偶然請之書牛券，却尋不出上下論。書讀三年券不成，母咒先生父成怨。我意啓蒙首歌括，眼前道理説明豁。論月須辨無嫦娥，論鬼須辨無閻羅。勿令腐氣入頭腦，知識先開方有造。解得人情物理精，從容易入聖賢道。今日國仇似海深，復仇須鼓兒童心。法念德仇亦歌括，兒童讀之涕沾襟。村先生，休足恭，莫言芹藻與辟雍，强國之基在蒙養，兒童智慧須開爽，方能陵駕歐人上。

興女學美盛舉也

興女學，興女學，群賢海上真先覺。華人輕女患識字，家常但責油鹽事。夾幕重簾院落深，長年禁錮昏神智。神智昏來足又纏，生男却望全先天。父氣母氣本齊一，母苟蠢頑靈氣失。胎教之言人不知，兒成無怪爲書痴。陶母歐母世何有？千秋一二挂人口。果立女學相觀摩，中西文字同切磋。學成即勿與外事，相夫教子得已多。西官以才領右職，典籤多出夫人力。不似吾華愛牝鷄，内人牽掣成貪墨。華人數金便從師，師困常無在館時。丈夫豈能課幼子？母心静細疏條理。父母恩齊教亦齊，成材容易騃騃起。母明大義念國仇，朝暮語兒懷心頭。兒成便蓄報國志，四萬萬人同作氣。女學之興係匪輕，興亞之事當其成。興女學，興女學，群賢海上真先覺。

小脚婦傷纏足之害也

小脚婦，誰家女，裙底弓鞋三寸許。下輕上重怕風吹，一步艱難如萬里。左靠嬤嬤右靠婢，偶然蹴之痛欲死。問君此脚纏何時，奈何負痛無了期？婦言儂不知，五歲六歲才勝衣，阿娘做履命纏足，指兒尖尖腰兒曲，號天叫地娘不聞，宵宵痛楚五更哭。床頭呼阿娘：女兒疾病娘痛傷，女兒顛跌娘驚惶，兒今脚痛入骨髓，兒自凄凉娘弗忙。阿娘轉笑慰嬌女：阿娘少時亦如汝，但求脚小出人前，娘破工夫爲汝纏。豈知纏得脚兒小，筋骨不舒食量少。無數芳年泣落花，一弓小墓聞啼鳥。

破屋明斜陽，中有賢婦如孟光。搬柴做飯長日忙，十步九息神沮傷。試問何爲脚不良？婦看脚，泪暗落，纏來總悔當時錯。六七年前住江邊，暴來大水聲轟天。良人負販夜不反，嬌兒嬌女都酣眠。左抱兒，右抱女，娘今與汝歸何所？阿娘脚小被水摇，看看母子隨春潮。世上無如小脚慘，至今思之猶破膽。年來移家居傍城，嘻嘻火鳥檐間鳴。鄰火陡發神魂驚，赤脚抛履路上行。指既破，跟且裂，足心染上杜鵑血。奉勸人間足莫纏，人間父母心如鐵，聽儂訴苦心應折。

敵騎來，敵騎來，土賊乘勢吹風埃，逃兵敗勇鬨成堆。挨家劫，挨家殺，一鄉逃亡十七八。東鄰健婦赤雙足，抱兒夜入南山谷。釜在背，米在囊，藍布包頭男子妝，賊來不見身幸藏。西家盈盈人似玉，脚小難行抱頭哭。哭聲未歇賊已臨，百般奇辱堪寒心。不辱死，辱也死，寸步難行始至此，牽連反累丈夫子。眼前事，實堪嗟，偏言步步生蓮花。鴛鴦履，芙蓉綠，仙樣亭亭受一刀。些些道理説不曉，争愛女兒纏足小，待得賊來百事了。

餓隸 譏役人失其道也

餓隸餓隸當縣門，無錢到手休號冤。剥膚得錢隸驚笑，内丁外胥同劫剽。幸逢好官懲隸貪，大杖責隸隸弗慚。仰首問官府，容隸伸一語：隸子今年二十餘，不許登科難讀書。隸首纓冠冠不頂，長年泥土親雙脛。朝制未頒隸俸錢，清廉望隸追前賢。能賢作官不作隸，隸家禁錮須三世。隸有子，隸有妻，奈何望隸爲夷齊，隸爲夷齊妻子啼。操業既猥賤，漸覺良心變。虎不傷生虎不生，無食迫隸吞平民。隸言近理官亦許，今將何術能匡汝？隸言西人法，别有聽斷所。包探巡捕制以數，俸錢咸足支門户。坐贜立即祛之去，隸乎隸乎將焉取？

獺毆魚 諷守土者勿逼民入教也

獺毆魚，魚問獺：逢君吾命知難活，前有重淵淵百尋，風吹不動深沉沉。我今游泳入淵去，知君難入淵深處。教堂即淵民即魚，豈關聽信耶穌書。縣官惡聽教民訟，琴堂三木難爲用。獄不持平牧師來，照會呵斥如風雷。文移名目稱交涉，實則官爲教所挾。守土官復不親民，奸民逃教智計生。君不見北嶺茶商漏茶税，潛行密密巡丁綴。商覺委茶教民家，丁環門外空喧嘩。少年當門稱教士，商自投生不投死。爾但將茶持赴官，縱商後户逃亡矣。又不見南臺小販持湖絲，丁尾其後疑走私。販出税單示已報，奪單丁走人喧噪。中有一老爲調停，丁轉告官陷以刑。老人問丁此何理，丁曰跟交例如是。老人糜費六十千，嘆彼奉教不費錢。奉法不如奉教好，長年不受吏胥惱，從今入教成高蹈。我聽老人言，氣結如雲屯，請言流弊窮其根。理學之人宗程朱，堂堂氣節誅教徒。兵船一至理學懾，文移詞語多模糊。桀黠之人心了徹，一逢教案糊塗結。糊塗結案奚了期？徒使民爲教所欺。果能公正操刑律，何妨民教齊爲一？

關上虎刺税釐之丁横恣陷人也

虎來虎來，關上之虎牙爪開。關上人多安有虎？蠹役作威挾官府。小民負販圖營生，截路咆哮聞虎聲。虎吃肉，不留骨，官縱虎丁偵繞越。官豈全無愷悌心，當關縱虎防行人。無如比較急於火，寧我負民勿負我。堂皇飛籤責虎丁，有船到關船須停。虎丁得錢實腰槖，詐言船過船無錯。既將膏血濡爪牙，私貨過關關不嘩。有私易行無私滯，小民私納成常例。丁飽其餘始及官，官丁附麗如肺肝。民間罰款重於税，二分歸公八歸吏。罰款儲爲比較資，虎丁長飽官不臞。臣思皇帝憂民瘼，不知此輩窮形惡。不行比較弊更深，專行比較丁復虐。只有加税全免釐，釐金統向進口索，庶幾虎患無由作。

破藍衫嘆腐也

破藍衫，一着不可脱，腐根在内誰能拔？案上高頭大講章，虚題手法仁在堂。子史百家皆雜學，先生墨卷稱先覺。腐字腐句呼清真，熟字連篇不厭陳。中間能煉雙搓句，即是清才迥出塵。捷秋闈，試南省，絲綸閣下文章静。事業今從小楷來，一點一畫須剪裁。五言詩句六行摺，轉眼旋登御史臺。御史臺，論邊事，尊攘咬定《春秋》義。邊事凄凉無一言，别裁僞體先文字。吁嗟乎，堂堂中國士如林，犬馬寧無報國心？一篇制藝束雙手，敵來相顧齊低首。我思此際心骨哀，如何能使蒙翳開。須知人才得科第，豈關科第求人才？君不見曾左胡，嶽嶽人間大丈夫。救時良策在通變，豈抱文章長守株？

鬱羅臺譏人子以齋醮事亡親也

鬱羅臺，神仙闕，却爲道士生財窟。九幽道有地獄門，應須鐃鈸超真魂。傳燈破獄鬼驚笑，而翁何罪身荷校。强送而翁入獄來，央人破獄尋厮鬧。果有地獄豈無守，張三破獄李四走。修獄經費誰取償，道士誆人神洋洋。一經懺悔諸孽净，天尊專力祖亡命。盡行惡孽但誦經，經放毫光避鬼刑。人間非刑有例禁，閻羅判獄森嚴甚。刀鋸鼎鑊層冰寒，鬼有鬼命死最難。閻羅想皆酷吏作，無論何罪均炮烙。謂爲冥譴尚可言，此何如事干天尊。天尊像居道士屋，朝拜既罷藏以櫝。出櫝仍居最上層，道士所求無不膺。我問此經文，究出何人制？若制自天尊，天尊言語何支離？若爲道士僞撰文，好醜天尊應自分。念之又念千萬遍，天尊耳熟宜厭聞。陷親不義托懺悔，愚孝用心真憒憒。生事死祭盡吾情，何用香花延此輩！

謀生難傷無藝不足自活也

謀生難，謀生難，西人奪我華人餐。西人藝事皆精絕，西工巧壓華工拙。一針一綫皆西來，華工失業殊堪哀。西工製自公司出，集股鳩工利歸一。更有公家保此工，不惰不窳工夫密。吾華官民隔如天，官雖久任無十年。只求無事免大計，豈能管及民工藝？富商畏官如畏虎，即倡公司敢集股。失業愈多民愈窮，四周環顧無樂土。我思華人失所長，弊在重士輕工商。士人之藝學宰相，終身長蓄三台望。試思四萬萬人中，幾人能到黄扉上？口頭治國兼齊家，人人畫出書痴狀。書痴復書痴，開豁當何時？到頭無藝足糊口，數行尺牘難上手。謀生難，心力殫，先求一藝養妻子，再休妄想大學士。

落　花傷貧餒極流娼盛也

落花落花傍路飛，門前烏桕含斜暉。破窗黯淡非窈窕，中有美人雙泪垂。自云家本城中住，阿翁無籍長流寓。夫婿青年住窘鄉，更吹短竹噓烟霧。眼見身爲落溷花，依人權作摇錢樹。青帷烏幔夫人竹，惡少團圞醺酒肉。夜度曾無一貫錢，朝來只饜雙甌粥。波波吒吒聲忍寒，秋深夫婿短衣單。餘錢已付吹簫盡，天暮何人與一餐？回思薄命初來日，鏡奩帶得畫眉筆。自謂心同松柏堅，路傍羞作桃花色。郎才污下郎心梟，竟使儂爲曲院嬌。流娼聲價殊官妓，那有珠鈿金步摇。瓦溝雪積木棉薄，酒香不散心頭惡。東鄰女伴猶相羡，待抹黄眼睛，偎人猶道此問樂。想到家人掩面啼，茫茫後顧心慘凄。傖父多髭胭脂與我齊。儂聞城内興蠶事，養蠶尚是兒家利。寧甘死傍馬頭娘，從今不履烟花地。

殺人不見血刺庸醫也

殺人不見血，庸醫老亦肱三折。芙蓉癮轉已初更，皇皇飛轎紅燈明。指頭按脉首他顧，兒童聒絮先生怒。半夏茯苓摇筆來，銀毫一擲翩然去。飯後延從太守家，侵晨却走撫臺衙。撫臺衰老宜參术，先生謂有神仙術。罵盡庸醫誤殺人，豈道庸醫即己身。時來能向官場走，心高放出殺人手。人信官醫藝事高，詎知竟有筆如刀？邊縣之醫尤潦草，時方歌括爲鴻寶。歌括牙牙誦不清，十人逢着九人倒。凡人急病多張皇，先生作態偏排場。裼裘緩緩從天至，欹斜醫案三行字。火象石膏冷象薑，此方謂合仲師意。孰知真熱生假寒，火炎爐破飛金丹。亦有真寒發假熱，一投凉劑少陰絶。寒熱之争在杪微，阿師粗行焉知之。要知中國輕醫學，途窮始向岐黄索。世有留侯與武侯，一經危病仍須愁。侯能醫國不醫病，庸醫敢賊侯身命。可知醫學係朝廷，蠢物安能悟《内經》。急須合衆興醫會，醫生藥物參中外。醫會人分郡縣居，偏隅方免庸醫害。

檢歷日 惡日者之害事也

檢歷日，檢歷日，黄道黑道争凶吉。剃頭掃舍皆有凶，凶神之多多於虱。檢歷日，檢歷日，婚葬待決日家筆。歐西通國無日家，國强人富操何術？我笑馬遷傳日者，史筆雖高見斯下。日家争宗鬼谷言，咸池死耗兼喪門。又言葬地有方向，貪狼巨門占旺相。貪狼巨門此何神？一神能管萬萬人。不管生人偏管死，向人墳墓作風水。向之則吉背則凶，無乃逼仄神心胸？西人事死道近墨，自亡迨葬廿四刻。若使人人待日家，喪堂已被巡捕逼。葬親我國勝歐西，必須擇日真無稽。一心行孝一求福，一半欣幸一半哭。我想此時孝子心，天人大戰堪捧腹。因之追論司天臺，好言休咎斯奇哉！星流彗見皆言禍，占經論説真蠢才。立冬以後流星會，地球行入流星内。占言星走主亂離，同治中興却見之。彗星軌道有定處，一年各有應行度。嘉慶之時彗竟天，何由國泰民豐年？須言人事舍天象，大家無作憒憒想。天變猶無一定殃，日家之説尤荒唐。惠迪從逆理歸一，不必長年檢歷日。

生髑髏傷鴉片之流毒也

生髑髏，生髑髏，眶陷頤縮如獼猴。痰聲來，嗽聲續，黔到指頭疲到足。汗漬眉心淚注目，逆氣轆轤轉心腹。溺泄便溏沾被褥，明明有鬼加鉗梏。斗然眼見芙蓉膏，一時神妙窮秋毫。對燈抽吸才幾轉，意氣直躡青雲高。驟如危病脱，手足均靈活。問君乍奚啼？猶如地獄沉泥犁。問君今奚笑？不圖爲樂如斯妙。烟癮之苦説難了，縱情多半由年少。或從夜話耽銀燈，燒烟同卧談興增；或從春院講酬應，到頭善果菩提證；或從醉後解宿醒，誤却金剛不壞身；或從小病代方藥，轉教痼疾膏肓作。凡此皆言受病始，再言收局難堪矣。富貴人居安樂窩，日斜未起如沉疴。無論大事誤軍國，兒孫踵武將如何？何況尋常百姓家，那能餘力耽烟霞？藍縷求人人驚倒，時時注目如防盜。生路將窮死路來，手頭已乏心頭好。計今惟有開烟局，烟歸官賣加鉗束。無奈官中重稅金，禍根深陷牢人心。寸心私祝戒烟會，救護神州休陸沉。

棠梨花 刺人子惑風水之説不葬其親也

棠梨花，爲誰好，三椽權屋迷春草。屋是城中顯宦家，二十年前纔告老。南庄屋，北庄田，歲入民間百萬錢。鐘停漏歇主翁病，死時吊客如雲盛。枕塊方披孝子衰，開場先下地師聘。地師來洋洋，奴僕相扶將。地師病嗽需梨漿，地師嗜酒陳杯觴，地師烟癮芙蓉香，銀燈照耀地師床。地師怒且語，主人伏如鼠。地師歡笑主起舞，明朝得地生制府。地師登山腰輿高，山佃疾尾如猿猱。朋奸齊作主人賊，地師山佃甘如蜜。分贓不均忽懊惱，地師山佃辭顛倒。主人右地師，但求吉地無嫌遲。一年水患田不收，二年火患焚高樓，三年鹺業敗垂盡，主人日夕懷隱憂。長生庫質黄金鈿，華堂猶設地師膳。還期富貴墓中來，山南山北搜尋遍。地師槖未實，主人風水須時日。孰過荒凉權屋前，落葉成堆秋瑟瑟。地師地師通葬經，何不自家妥先靈？妖言惑衆干天怒，人禍雖逃有鬼刑。

水無情 痛溺女也

孰道水無情，無情能作斷腸聲。孰道水有情，有情偏浸出胎嬰。女兒原是賠錢貨，安知不做門楣賀。臍上胞衣血尚殷，眼前咫尺鬼門關。阿爺心計憂鹽米，苦無家業貽兄弟。再費錢財製嫁衣，諸男娶婦當何時？阿娘別有皺眉事，乳汁朝朝苦累伊。床上縫鞋襪，鏡上梳頭髮，還要將來再費錢，何如下手此時先。一條銀燭酸風裂，一盆清水澄心潔。此水何曾是洗兒，七分白沫三分血。此際爺娘心始安，從今不着一些難。所恨兒無口，魂兒不向娘親剖：娘亦當年女子身，育娘長大伊何人？若論衣食妨兄弟，但乞生全願食貧。豈知聾聵無頭腦，一心只道生男好。殺女留男計自佳，也須仰首看蒼昊。

非命 刺士大夫聽術家之言也

我爲《非命》篇，敬告士大夫。官元與比劫，立説殊模糊。嚴嵩有命爲宰相，何爲寄食死道塗？衛青有命爲大將，何由幼作牧猪奴？若説宰相好，奚爲不到老？若説將軍好，奚爲始顛倒？我讀蜀碧哀西川，獻賊殺人尸連阡。又讀嘉定屠城記，滿城流血慘無比。其中生辰不齊一，公然一死同時刻。論命豈無應善終，刀來頭上同飛紅。仍云命自干支出，貴賤只爭時與日。譬如正午生尚書，逾午而生便吏胥。何不急着西醫手，刳胎取兒出其首？又如正午生寒乞，逾午而生任簪紱。過此爲兒富貴時，何妨下藥延須斯。須知誕育有遲速，豈分貴壽與貧獨？堪笑爲民父母身，談命却信青盲人。青盲愚妄百不知，只有恭維無是非。恭維門下有清客，何用青盲談命格？

跳　神 病匹夫匹婦之惑於神怪也

東村延跳神，北村延跳神，神能言語神如人。神頭不冠身不裳，瞑目散髮光脊梁。侏儺咒罷神蹶起，周堂跳躍不著履。神身垢膩神涎流，割舌蘸血書黄紙。此紙糊門逃鬼踪，此紙醫病逾神農。病起酬神死則否，神退神身仍吃酒。神來跳躍狗驚吠，主人迎神先逐狗。西鄰寒病顫聲號，神來下藥需石膏；東鄰熱病塞其矢，神來下藥需附子。危疾得神祛災星，吾命雖死神仍靈。君不見張媪花會神爲斷，張老得財近百貫；又不見李媪失猪神爲查，李老陳饌供香花。跳神跳神何瑣屑，一糠一豆神皆決。父母遺體神弗憐，日費舌根數杯血。我聞神家居九天，奈何日隨惡少年？跳神少年皆無賴，賴神養活神功大。神之階級吾不知，但見凡神皆知醫。神來言語多難曉，神之從者都了了。我爲跳神心膽寒，幸未相逢識字官。大杖三百神腿裂，赤光照耀腿欲折，紅過吾神舌上血。

哀長官刺不知時務也

長官長官風節高，口食粗糲身布袍。門庭似水杜干謁，門丁枯坐瘦見骨。三日厨中斷肉腥，上房燈火微於星。外雖寒瘦心則樂，一清謂足酬朝廷。衙參門外晝鳴鼓，衣冠屬吏齊太古。脚下都穿半舊靴，胸前不挂平金補。此言今日艷陽天，步行少省賃輿錢。彼言惜福福長保，充腸還是地瓜好。微言故使長官聞，甲能言儉丁言勤。長官聞語心頭慰，此間由我回風氣。廉名已跨海剛峰，心中肯把西人畏。西人縱使畏廉吏，長官當爲朝廷地。俄英法德如封狼，東洋尤嗜漁人利。長官屢屢挑歐西，西學不與中學齊。海口無兵内無備，先講修齊後平治。黑烟江上敵艦來，艦來何意君爲猜。艦來即欲長官去，長官此去留聲譽。屬員大笑解千愁，大家明日穿寧綢。

郭老兵刺營制也

郭老兵，六十一，册上署年四十七。同治初年入伍來，湘陰作帥牙旗開。裁兵加餉餉三兩，營弁畏服如驚雷。文襄去後營政異，堂堂虎將成狐媚。内營練營战守分，内營差費抽加四。隊長散錢權子金，子金即向餉中尋。餉歸手上仍空手，一月得糧才盈斗。己身無食還帮人，公帮又派十之九。萬種艱難不敢辭，辭時不免一身飢。準知殺賊非吾事，樂得昇平聽指揮。老弱裁，餘丁報，鳥槍弓箭紛傳到。府書協書均須錢，都督還徵七十千。水師兵缺尤無價，只打鳥槍不教射。買缺何妨措重資，當權子母救寒餓。君不見勇營戟帶飄紅纓，五百只餘三百名。敵來均是空壁走，差錢剩免内營扣。我聽兵言雙泪垂，九閽高遠應難知。武員俸薄官階賤，豈能死爲朝廷戰？武俸當文十之三，尚餘何法能懲貪？我聞歐西都督貴無比，不數唐時耀金紫。將貴兵雄訓練精，永爲邊患今誰止？及時好將營政更，營政不更敗兆萌，試問内營郭老兵。

竈下嘆 刺虐婢也

青絲一束蓬蓬亂，清晨有人竈下嘆。不嘆食人殘，不嘆衣裳單，不嘆欹枕眠不安，不嘆震喝摧心肝。只嘆主人顧，撩得家婆怒。草草畫眉向鏡愁，情絲豈爲主人抽？主人眼角時流覽，閨中銜妒入心坎。小笑疑狂佻，薄掠疑妖嬈。黄粱炊飯飯不香，濃膏沃燈燈不光，蒲葵扇席席不凉，團餅烹茶茶不芳。輕烙腮，重扼吭，背上寸寸皆杖瘡。舊瘡未愈新瘡續，大杖幾幾折其足。主人屏立不敢言，言來轉益嚴刑酷。憶儂七歲來主家，初離父母心如麻。新衣未著半絲繭，小髻曾簪幾朵花。饑寒云是阿爺死，阿娘賣女離鄉里。臨行抱女夜夜啼，防人見哂語聲低。謂兒凍餒和娘死，尋個高門與汝栖。豈知竟罹鴆盤毒，捕風捉影生疑獄。到死銜冤萬不甘，恨來欲把閻摩觸。我儲買婢錢，但倩傭人好。果倩誠篤人，其人應半老。不須療妒求倉庚，房闥容伊自在行。我聞歐西有奴禁，買人爲奴國所擯。人無貴賤咸等夷，安有呻吟竈下時？

冰爲山 傷依人之難而宦達者之累於貧乏也

冰爲山，有時倒，滿堂食客休喧噪。主翁昨日升監司，妙年正在七十時。遠親聞之忽起舞，主翁中表吾姨父。姨父雖亡親戚存，長途來謁監司門。監司得刺殊仿佛，追尋瓜葛連根掘。且詣前庭銷兩餐，欲尋位置萬般難。初來傲兀輕門子，豈知早失主翁指。罄折再承門子顔，斷碑已撲誰教起。朔風漸動單衣薄，思歸資斧從何索？日見親朋續續來，主翁東閣幾曾開？愚人愁，曉人悟，鞠躬先走幸姬路。主聽姬言鏤心肝，拔諸平地升雲端。始喜得錢多，繼苦留錢少，幸姬需索無時了。等是空拳兩袖風，何如循分安貧窮？冰山一夕忽然化，諸郎顔色難輕假。門客如風捲斷篷，患難曾無杵臼忠。始謂主翁蓄金穴，豈知死後無遺屑。生爲人累死累人，同官佽助賫歸櫬。吁嗟乎！濟人之難難於蚊負山，依人之難難於茹茅菅。我道人生貴立志，片長即有終身地。狗盜猶能感孟嘗，可知入世須能事，可知入世須能事！

知名士 嘆經生詩人之無益於國也

知名士，好標格，詞章考據兼金石。考據有時參《說文》，諧聲假借徒紛紜。辨微先析古鐘鼎，自謂冥搜駕絶頂。義同聲近即牽連，一字引證成長篇。高郵父子不敢擊，凌轢孫洪駁王錢。既汗牛，復充棟，驟觀其書頭便痛。外間邊事爛如泥，窗下經生猶作夢。白頭老輩鬢飄蕭，自謂經學凌前朝。偶聞洋務斥狂佻，此舌不容後輩饒。有時却亦慨時事，不言人事言天意。解否暹羅近漸强，一經變法生民康。老師枉自信干羽，制梃豈堪撻秦楚？既適裸國當裸身，變通我但尊神禹。方今歐洲吞亞洲，噤口無人談國仇。即有詩人學痛哭，其詩寒乞難爲讀。藍本全鈔陳簡齋，祖宗却認黄山谷。亂頭粗服充名家，如何能使通人伏。盧轉運，畢尚書，昨有其人今則無，名士名士將窮途。

番客來 憫去國者之懷歸也

番客來從新加坡，關吏垂涎丁譴呵。當關問客裝幾許，朝廷税計難寬汝。一領氈，三洋錢；一環玉，税兩六；吹毛索瘢願未已，眈眈身上搜銀紙。銀紙若登税則中，厦門税額尤亨通。眼光紅，銀色白，過關膽落南洋客。南洋之島通仰光，擁貲百萬均閩商。王家借款尚償息，息錢未敢差毫芒。不似鷺門羅網密，徵商何止抽什一。爲叢驅雀淵驅魚，商今只落檳城居。寸心日日戀皇帝，歸鄉無路惟流涕。寄籍南洋百萬人，番語番妝中國身。歸鄉乏術逃關吏，財多剋日捐輸至。白髮寧甘老異鄉，平安長作富家郎。富家郎，無牽制，不見官，不畏勢。關吏關吏奈我何，休想客來新加坡。

燈草翁傷貧民苦於税券也

燈草翁，賣燈草，日得百錢養衰老。力疲脚憊行蹣跚，冬苦嚴寒春苦潦。百錢匀作兩日餐，嗽聲達曉焦肺肝。半間破屋傍村店，忍飢不賣存餘羡。此屋留爲市棺錢，估值曾無四十千。突來厮役猛於虎，清釐屋税歸官府。里保偕差逐處行，嚴徵無論上下户。翁言老人屋，不税五十年，官人哀貧獨，胥吏猶見憐。聞官風節甚嚴正，奈何行此虐民政。米貴柴昂百不堪，想官未審閭閻病。差言官亦無奈何，難言撫字須催科。催科近行比較法，法所不貸官則那。差言未已翁揮泪，留房不賣翻爲累。脱我身上衣，質我床間被，里保邀差醉村肆，老翁哀痛號天地。被去衣亡滿瓦霜，凄凉通夜長無寐。

肥和尚 譏布施無益也

肥和尚，食肥肉，光頭笑靨皤皤腹。居曰琳宫殿數層，和尚對人稱貧僧。貧僧募緣過百萬，婦人尤願傾囊獻。和尚食求飽，如來居求安，高樓畫碧門塗丹。達官會悟西來意，未蓋宗祠先蓋寺。只顧商量施佛錢，居然耽閣葬親事。佛也佛也居巍峨，回思印度應滂沱。英人已奪佛居處，但餘卧像龐然巨。不庇己身還庇人，此法只好欺鄉紳。古之西天即印度，英人已占如何住。愚人布施結佛緣，自云咫尺歸西天。西天去受如來戒，耶穌與汝争租界。若云佛法宗虚無，不應求福争區區。我讀上下論，更讀《指月録》。聖人道理真平常，如來道理偏拗曲。忽然竪刹竿，忽然大痛哭，忽然繞床行，忽然跂一足，忽然仰面號蒼天，忽然舉棒將人逐。南宗之法殊荒唐，偶然學之如發狂。今之和尚焉知此，媚人但解募緣技。募緣昨自南洋歸，紫呢直綴金累累。慈悲滿面持麈拂，逢人稱頌彌陀佛。彌陀佛，好妙相，山門中，蓮臺上，無窮養活肥和尚。

百忍堂 全骨肉也

百忍堂前善氣祥，百忍堂後戾氣殃。家庭貴和不貴忍，請言流弊百忍堂。張公初意原持正，公平二字操家政。縱有煩言出女流，只妝聾瞶心無競。有張公，焉得争；非張公，便不行。我今試畫婦人心，忍之爲害江河深。一家安得無貴賤，同槽共食誰相炫？惟有裙釵辨最精，微言瑣語揣摩遍。阿兄新選官，夫人例晋金蟬冠。叔姒成行少顔色，無風水漸生波瀾。床頭咎丈夫，青衫何異輿臺軀？朝言暮語郎心變，錚錚氣節家庭見。不遵約法便稱高，帷房日亦聲嘈嘈。惡聲先及兄婢僕，非理責人人不服。婢立遣，奴立逐，笑在眉梢怒在腹。不羡阿兄器量寬，只言貧賤做人難。縉紳尚如此，庶民更猥鄙。兄無錢，弟有錢；今日釧，明日鈿，錦綉摺叠和衣眠。後房老嫂衣衾薄，坐近薰籠聲瑟索。無論勢利起家庭，第言一本殊哀樂。我思張公當此時，惟行宗法能一之，裒多益寡無參差。孰知婦人心，又有一番語：「我用丈夫錢，此事何關汝？阿兄無籍落拓人，衣食出我夫婦身。伯姒生兒製文褓，即奪吾兒座上茵。」張公此際將何術，豈能七出持刑律？只有冥心不見聞，閨房戾氣成游氛。須知筵席無不散，何苦相聚成冰炭？許武曾聞析産居，比君高義當何如？婦人相近則相妒，公平析産古無數。産析仍深骨肉情，半絲半顆相關顧。感人容易情亦生，纔破婦人心上痼，纔破婦人心上痼。

我思百忍堂，最窘是家督。焉能以己心，盡體人衷曲。譬如一家中，四人親手足。長兄最早娶，生兒至五六。仲氏亦多男，未育者季叔。兄子秋來攀桂花，滿堂糾縵如紅霞。

公車去盼南宮榜，往返川資三百兩。次子春來復采芹，鵬程萬里躋青雲。卯金又向公房出，一時支應殊紛紜。以次男女論嫁娶，衣笥鏡奩漸無度。度支絀處賣庄田，酬應繁多須費錢。叔季蘭徵尚未兆，兄自用多我用少。叔娣宵來痛徹心，季娣銜憤尤沉深。長兄仍自持公義，一衫一褲咸無異。兄動裁衣十襲餘，弟僅夫妻袍與襦。二兄兒女紛成隊，叔季夫妻徒向隅。長兄仍不將家析，思將百忍追前哲。本願公平却不公，産微累重一時空。諸郎尚恃先疇在，齊齊意氣矜湖海。家督心殫爨始分，釜甑以外無分文。叔季此時却生子，艱難不與諸兄比。頭不冠，脚不履，阿娘痛憤胸懷裹。爾父心儀百忍堂，一生只益長兄房。長兄百事已楚楚，無衣無食難爲汝。試請張公聽此語。

諷諭新樂府[一]

逋臣歸

逋臣歸，争歡迎，酒價一夕高神京。甲黨來歡迎，萬言灑灑何縱横？乙黨來歡迎，區劃利

[一] 録自《平報》1912 年 11 月 1 日至 1913 年 9 月 30 日，參考了張俊才、李家驥等的成果，惜未見張先生所列 1912 年 12 月 9 日《黄龍廟》、20 日《□□□□》、1913 年 8 月 21 日《醇王府》、9 月 5 日《取消取消》四首。

病觀火明。丙黨來歡迎，感愴時事涕泗盈。丁黨來歡迎，微詞隱約箴同盟。我爲逋臣前後思，炎凉相反何離奇。徐桐榮禄猛於虎，逋臣頸幾膏齊斧。共和民主黨欲顛，逋臣高坐如天仙。我服逋臣賢，一別逋臣十五年。共和專制弊如一，所願逋臣來改弦。能改弦，天下樂，逋臣措施必不凡，老民洗眼看開幕。

胭脂月

胭脂胡同一輪月，脂香醉軟英雄骨。英雄一色橡皮車，轔轔來賞胭脂花。蒼凉時局橫長劍，食單先點山鷄片。邊事商量救藏蒙，雀牌側注一張中。我聞袁彦道，喝雉能驚座。又聞文山前半生，千金買笑求傾城。英雄兒女雜蒱博，果是英雄亦奚錯。今請英雄自省躬，賭嫖曾否真英雄！

十年不結婚

十年不結婚，十年不與男子言。陰陽下了絶交書，汝自做乾我做坤。只恨老頭子，偏生要抱孫。只恨老太太，生女要出門。女界既無專制令，唇焦舌敝老不聽。東家覓姑爹，西家準備嫁女車。大鼓鼕鼕轎皇皇，參政會長眼巴巴。有了國，抛了家，虧本虧本算術差。彼此既使勁，有言咸弗聽。議院政府均男子，何人汲引來參政？要上樓，拔了梯；要飲酒，丢了杯。英雌一群閎作堆，要等參政偏不來。我有忠言告女界，狂悖荒唐汝勿怪。此策只算抵美貨，一邊抵制一邊賣。

旅行團

旅行團，來扶桑，暢觀樓上陳杯觴。主人前致詞，詞語何謙光。來賓前答詞，楚楚成文章。守屋須助偏昂藏，一矢真貫侯中央。清内訌，重國會，議員仔細須淘汰。名爲忠告實譏彈，果知廉耻心爲刓。黨争狺狺久見簿，公然骫骳成面謾。旅行團，休設難，本席了了非風漢，誰持異議與我争，依舊斥他王八旦。

剪髮令

剪髮令，來山東，辮髮不剪選舉空。選舉空，争端起，一條辮子價無比。南人多半頭不毛，北人依舊豚尾拖。選章規定漏剪髮，握辮争競聲騷騷。一毛不肯拔，焉肯利天下？國會拖辮來，必受座人駡。駡後紛争剪亦争，何如一剪先澄清。宣尼全髮冠章甫，古風端合存齊魯。如何剃髮祀聖人，花翎紅頂胸前補。當時剃髮無片言，今時剪辮聲何喧？

長官勸諭談非易，萬年豚尾三尺二。

再見再見

再見再見，先生一聞顔色變。咱本軍中人，今日纔來參議院。先生抗議真豪雄，奮髯抵几如搏戰。不肯通過國務員，但把私心怙黨見。咱有炸彈大如瓜，更有手槍能開花。本來敬奉先生饌，并衛先生到行館。先生謙議不敢當，咱們偏跟來商量。再見再見，先生原來住此院，明天再見先生面。先生到此亦勘破，五位國務員，明日齊通過。

江南好

江南好，宜遷都，英雄所見高萬夫。安東鐵道能長驅，四十八點過直沽。要遷都，江南好，未雨綢繆計須早，英雄之謀堪絶倒。大軍無見糧，國内心皇皇；行政無經費，司農快倒閉。旁睨尚有六國團，掬人腸胃探心肝，遷都之費誰來攢？縱説江南好，滔滔尚有長江道，既無戰艦誰來保？舍了直北防江南，宗社之空方耽耽。我願英雄不要慌，且享白銀三萬兩。

燒鴉片

燒鴉片，燒鴉片，柏公手段真老練。我燒鴉片燒奸民，與吾鄰國無成見。峨峨戰艦江上來，一聲巨炮驚九垓。投毒害鄰偏説理，出自文明大國該。大國該，宜發財，發財也要講天理，自己生時别人死。我讀馬太福音篇，耶蘇愛人本如己。貴邦曾否尊耶蘇？尊了耶蘇公理無。願我同胞要愛國，爲人壓制將何極。不言理，但恃力，公然欺我憮憮息。我今寧死不吸鴉，主持公道尚有賢人丁義華。

拉黨人

今日拉黨人，明日拉黨人，問君爲國還爲身？初思政黨爲内閣，黨權日夜防旁落。繼拉内閣爲政黨，平空忽作非非想。本不是同心，何用來相尋？套車訪工商，投刺訪農林。工商唯唯農林諾，外雖親稔中落漠。唇已敝，舌已乾，結成團體難上難。雖知難爲力，大家仍組織。組織看看成熟時，偏生遇着周學熙。

國慶

國慶國慶，廢了千條萬條命。不憶當時悲，但紀今朝盛。萬人稱慶我獨愁，陸沉不日哀神州。北望望庫倫，胡馬嘶深□。西望望西藏，戰骨成高丘。六國之團方要求，伏莽之盜思虔劉。國慶國慶又何有？即有管夷吾，也恐難措手。即有樂望諸，只得長低首。無如救國諸英雄，經濟全憑一張口。

都督心膽寒

都督心膽寒，宜乎走牒來辭官。專制總，共和都〔一〕，換此一字分榮枯。專制總督綰兵符，一聲謦欬驚萬夫。共和都督如老奴，郎主争來攀髭鬚。朝防會員至，暮防會員至，怕他三字「不同意」。不同意，立打消，人人意氣凌九霄。甲爲桑梓謀幸福，乙爲經費查數目。黨見不同語則同，一帆兼駛東西風。都督畏如虎，只能謝政府，政府慰言對不住。對不住，非美差，會員弓矢都安排，難爲都督當箭牌。

〔一〕《林紓詩文選》作「專制總共和都」，并注「疑有漏字」。按：專制時的總督，共和時改爲都督，故下句云「换此一字」，似未漏字。

禮服

禮服禮服，縱使畏寒也要服。不如是，不光復，洋商大笑華商哭。禮服三尺長，燕尾風飄揚。夜衣無前襟，嚴風侵肝腸。大餐一罷腹微痛，緊兜外套來忍凍。禮衣一襲八十元，呢商買賣紛填門。不設呢廠先變服，自家拼命除財源。我意大會用禮衣，尋常辦事常服宜。借款一到手，呢羽興公司。瑞蚨祥，瑞增祥，請他合股來商量。中國買賣要便宜，招牌也寫「便宜坊」。

鐵血張

閲某報有言張大復謀刺活佛事。鄙意疑其事非實也，然私心則願有之。作《鐵血張》。

前有矮張竹園張，今朝再見鐵血張。松彦本同李完用，奉申竟把庫倫送。活佛蠢似朝鮮王，膿包不癢亦不痛。滿洲待蒙古，未遇良政府。蒙古入共和，不曾失寸土。活佛自在兼自由，何必聽讒受簧鼓？張老怒極炸彈來，屬車數騎成飛灰。韋馱尊天救活佛，留此性命爲奴才。爲奴才，異日事皇帝，風味要嘗試。即使要嘗試，爲時也不多。果真老張此擊無差訛，一定教汝南摩阿彌陀。

挂洋旗

挂洋旗，挂洋旗，過關漏税無參差。當關之吏猛於虎，一見洋旗栗雙股，不挂洋旗便吃苦。肩挑須趕站，駁船須趁潮。此時關吏偏放刁，筆在手，橐在腰，索性把汝調一調。面如電光變紅緑，但管漏規不管哭。良民哭，奸民笑，原來關吏如斯要。通了六竅塞一竅，不曾算到洋旗妙。一倡挂洋旗，洋旗懸高高。即使偷過芙蓉膏，關吏關吏奈我何！嗟哉關榷諸先生，汝不害騷我害騷。

禽獸辦公司

《大公報》閑評中，有人請改「鷄鴨行」爲「禽獸公司」者，其名至可駭人，因有是作。

昔人設有鷹狗處，官銜大字名單署。今人創爲禽獸司，命名之意尤離奇。禽中惟鷄稱鷄公，峨峨頭上紅頂紅。在理合推作督辦，時時高唱生雄風。但有禽，没了獸，此等公司亦不就。狗爲幫辦羊會辦，按期開會加研究。司事再薦長耳公，日日出門去跑走，只要給他一筐好料豆。

沉偶像

沉偶像，沉偶像，泥人散碎木人仰。當日西門豹，下令沉女巫，女巫一沉邪説無。今日柏都督，下令沉城隍，城隍一沉廟祝殃。社公之説本渺茫，爲鬼立廟拓鬼鄉。城隍奶奶梳鳳髻，城隍阿哥多輿衛。生人争去做鬼奴，出門從者亦塞途。柏公一來都掃興，寄聲偶像要使勁，水中過活還乾净。

總長逃

總長逃，總長逃，安之租界之樓高。嶷嶷一聞總長來，三鞭酒滿玻璃卮。總長執杯亦若有所思，不知乃是弃甲曳兵。而旁人問總長，庫倫之事何聲響？總長摇頭「我怕黨」。庫倫地，不無多，何妨割些與强俄。他得地，不更來，我們升官仍發財。偏生黨人可憎才，外交把我身上推。當日慶王爺，真真是好老，外人有亂聽他搗，即是佛爺也道好，偏生責我梁如浩。梁如浩，乖覺兒，那肯將其來施施，老師况有唐紹儀。

槍斃鴉片鬼

烟鬼叫，都督笑，今天把你命來要。安排毛瑟槍，透明穿了混沌竅，萬鬼同時下屎尿。斃了一鬼鬼應少，仍然偷把銀燈燒。都督到此手脚忙，那能萬鬼通一槍。寧可斷米麵，不可拋鴉片。癮重居然性命賤，根本弗將來路窮，不教而殺良非公。清議罵，報館攻，爲鬼辨護殊匆匆。殺之固太酷，寬之亦流毒。内地先除種罌粟，再與英倫政府辨直曲，方能人人脱了烟鬼録。

炮眼

炮眼炮眼，朱闌横處行人斷，斜陽落後打球來，有地居然彼私産。保護界，不許人穿行，登陴列隊施嚴兵。前清官吏不敢問，民國英雄尤和平。譬之閨人處綉闥，惡少入門來雜聒。洞房曲檻皆貫穿，人施爐竈馬芻秣。反客爲主人，何人敢怒嗔？四萬萬人受輕賤，國耻不争争黨見，外人有識争嘲詼。前清排外今媚外，國都雖大成會場，却聚洋兵來賽會。

彭　寵〔一〕

彭寵彭寵真厚顔，忽然飛電思出關。黄金揮十萬，首爲徵蒙勸。□問金從何處來，閩中父老真倒苺。白日殺人敢置喙，幫凶尚有拳頭隊。西林一至聞風逃，金滿巾箱銀滿載。乞哀陳英士，英士不酬對；乞哀黄克强，克强不理會。潛逃香港依洋人，忽想徵蒙思脱身。彭寵彭寵休慠放，槍斃有人作榜樣。罪魁汝與馬景融，黄蔣要來算鬼帳。

牡老公

老公似牝忽成牡，居然能娶當家婦。程娘家世本吴閶，新聲弦索調伊諒。夫婿禁門久除籍，東安市上開球房。在古漢宫稱對食，夫妻名在何曾實。兩牝相須意趣無，錦衾角枕生墻闃。清曉陳詞訴長官，林君泚筆判平音離鸞。程娘嫁此初何望，槍頭想不須銀樣。此生果似客茄花，春風或暖銷金帳。頓袖無言且下堂，來生或去嫁王昌。鄙人恨少《聊齋》筆，不作程娘作巧娘。

〔一〕此詩原《平報》無題，張俊才《林紓著譯繫年》擬爲《彭寵厚顔》，此從《林紓詩文選》。

海軍小走卒

海軍小走卒，來罵郡王爺。郡王之樓凌暮霞，郡王樓上彈琵琶。海軍總長願已賒，斜陽衰柳郡王家。走卒到門口，顛蹩如醺酒。罵王當日如神龍，輕王今日如芻狗。王心雖怒王心寒，移書到部詢部官。部官署牒如詔墨，開口便呼該貝勒。審判之廳高峨峨，走卒之口如懸河。新律所貴在左證，既無左證將奈何？嗚呼世事寧足論，請聽杜老《哀王孫》。

不喜見鬍子

如何女學生，不喜見鬍子。鬍子之鬍鬍自家，不涉學生嗔與喜。那解學生心不歡，大鬍不耐學生看。從今學部須改組，總長衛玠次長潘。司長水月相，科長天人樣，學生或且能相諒，學生或且能相諒。

議搭公債票

議搭公債票，一百變六十。大小司員持票泣，借問司員泣麽生？英雄政策將大行。黜現金，用紙幣，一麾手即千金利。縱他磅價時低昂，剥仿中國非容易。生人大悲鬼則喜，原來人亦需錢紙。十殿閻王飭官親，齊開票號騾馬市。

一矢貫雙雕

一矢貫雙雕，令人要魂銷。子婿一虞舜，岳父兩唐堯。夫婿堂堂好身手，十年革命稱魁首。平時矢口説文明，娶婦居然得雙偶。外間傳説警官來，干卿甚事快走開。我勸警官且回步，人家合夥要賣醋。旦晚方思拜警官，領了牙帖開醋鋪。可惜好事偏多磨，東洋一去多風波。想他匆匆趣行李，不及包藏摇會三骰子。

崇陵哀

景皇變政戊戌年，精誠直可通重玄。夕下詔書問民隱，晨開秘殿延朝賢。無方可雪中華耻，卧薪先自宸躬始。立憲求紓西顧憂，維新先忤東朝旨。可憐有用帝春秋，幾幾流竄到房州。瀛臺月暗梧桐徑，太液波摇菡萏洲。匆匆歲月交庚子，無端道籙神兵起。凶焰宵騰端午門，血光暮照長安市。景皇痛哭問諸臣：「朕有何方救萬民？」敗軍斗釋東城仗，輦道遂脂西狩輪。千辛萬苦潼關道，天回地轉歸來早。依樣葫蘆畫昔年，長沙東海尤顛倒。愁深病篤詔徵醫，朵殿□□月在帷。侍中多半如王業，同輩何曾得□□？鼎湖龍去霜風肅，奉移觀德車連軸。陵工□□□金錢，將作未聞興土木。罷陵起第高直□，梁格莊前淡夕曛。官家空有萬年地，不及□□□尺墳。悠悠四載光陰逝，地宫雖發何時□？□□共和五族賢，回頭煩惱奈何帝？

昆明秋

香山樂府《昆明春》，稱頌貞元皇帝仁。鄙人樂府《昆明秋》，隆裕移宫湖上頭。海軍聚斂千千萬，當時争把東朝獻。景龍江浚比金河，飛廉觀起凌銀漢。孝欽駕出阜成門，輦道彎環楊柳村。訓政久疲勤政殿，宸游宜到樂游原。玉泉山迥多階齒，帝后步行日十里。涵元殿與上陽宫，同時晏駕何匆匆。罘罳日暮留頹緑，闌楯春深退老紅。苑門深鎖何人過？湖邊但見銅牛卧。巨璫散盡小璫留，巨璫盛富小璫愁。餅金佀恣外人看，月俸難從内務求。近時聞有移宫信，宫鴉早晚來朝覲。既無供奉繆夫人，那有從行七福晋？舊時高殿履排雲，上方簫管下方同。廓如亭在春黯黯，平瀾堂敞波沄沄。回想去年禪讓日，聖明舉動真無匹。小人既免化蟲沙，外侮無從利蚌鷸。鄙人歌此告同胞：莫將經費慳皇室。

開會

開會開會，生旦丑末貼净外。今朝演説籌藏蒙，人人稿本須携帶。摇鈴會場開，臨時會長尚未來。會長來時會員散，下期再訂來奉陪。旁人問會長：行色何匆匆？會長答言雀局多，無如朋友難放鬆。待得會開時，會員若行凶，握拳透爪争半字，刀鋸鼎鑊難相容。摇鈴罷會退，長驅百順胡同内。湖廣館丁笑嬉嬉，今年進款買得羔羊皮。

議員走精光

議員走精光，議院將散場。議員何事走這快？原來運動新國會。暫丢二百元，暫丢二百元，閉了此門開那門，人人生路焉敢阻！我今試把良心論，經年所議議何事，計否民間害與利？不惟未愜外人心，幾曾滿得同胞意。小忿生波瀾，大局同兒戲。三五零星到不全，不全人數難開議。無害必力争，有害先規避。他人痛癢都不關，只解咬文兼嚼字。屈指一算國會開，人人拱手稱欠陪。今日無何花落去，明年相識燕歸來。

根本改革團

根本改革團，中央率性生波瀾。病在根，掘之不使謬種蕃；病在本，一勞永逸謀猶遠。言高義確古所無，可惜英雄膽氣粗。病夫病久方徐起，調以藥餌供甘旨。縱使骨成柴，還望肉生髀。忽提剛刀欲剖心，伐毛洗髓血淋淋。膏肓二竪登時去，恐非國手能參與。改革團，再紛紛，外人馬上來瓜分。

蔡女傑

蔡女傑，真有心，生兒十月離娘襟。武昌喊殺沸江水，紛紛彈雨飛槍林。女傑江上扁舟來，濺血深爲壯士哀。臂上十字紅，心如菩薩憐英雄。武昌罷戰女傑喜，共和局定歡聲起。黎都督，三千金，女傑不顧掉臂行。同時又有張振武，饋金亦仿黎公譜。女傑一笑首不回，同胞效力我所該。戊申之年吾産盡，但資革命吾何吝。百死雖逃虎吻來，拼將玉骨當狂刃。今朝安穩到神京，争問演説心怦怦。人人果似蔡君蕙，從茲可望昇平世。

老旗員

老旗員，挑擔過，不穿補褂不穿靴。行年六十眼婆娑，泥童滿擔手鳴鑼。步履不前還使勁，年少也曾充筆政。運動薦升員外郎，趨承長在尚書省。義旗動武昌，官派都收場。不親筆與墨，那解農與商？忍飢挑擔權度日，庶幾小利侔什一。八旗生計誰爲籌，不死道旁那可必。

哥老會

哥老會，生湖湘，可憐（禍）〔福〕建成會場。借問首領誰？花果山中美猴王。美猴王，非彭賊，坐擁牙兵爲羽翼，不管閩人死與生，餐膏飲血加蠶食。自興化，達泉州，沿路腥風扇下流。一日遣散一日亂，力與閩土相讎仇。軍民分治本無弊，客兵偏重良非計。不留種人留鮮卑，一旦有急相尋誰？

囚無糧

囚無糧，囚無糧，福州庫款都精光。上游與下游，里保空下鄉。稅賦一文不到手，知事看看要散場。囚無糧，食麥餅，不即臨刑先度命。都督擁兵保利權，新人運動求議員。閩中政體不統一，七零八落十不全。囚無糧，他可知，安其危，利其灾。彭寵雖逐孫恩在，大概閩人死總快。

國會遷南京

國會遷南京，軍警干涉干不成。興旺秦淮河，冷落北京城。民黨人人有見地，力將南北分爲二。不管要速亡，但覺能立異。何曾防外人，亦不計内閧，主張國事同兒戲。我要國會監政府，議院因兹作基礎。若教南北分離開，見狀明明要用武。自相屠戮真非計，静觀時事堪流涕。天花亂落作道場，高興未嘗求實際。遷南京，遷南京，河房美女照眼明。前明亡國有榜樣，板橋雜記吾其成。

暗殺成天民

暗殺成天民，暗殺成天民，鴉片我性命，汝管作麽生。我從去年辭帝京，長明燈向床上明。舍了通侯印，留此一把槍，汝敢到門來横行？汝言槍斃十餘鬼，我是故侯偏不韙。人生得意須盡歡，故侯而况非當官。即使上烟癮，也要另眼看。香港與上洋，烟土萬萬顆。何不學林公，一概付之火。吹毛求疵偏到我，我今癮至[一]涕如繩，來來爲我開烟燈。

抵賴二百元

抵賴二百元，先生口大思生呑。院中薪水月登簿，簽字分明公勿怒。無奈先生思得錢，抵死摇頭不認數。不認數，要汝賠，支應總辦心膽灰。取番要了事，副手闖然來，大呼起訴不要賠。抵賴先生真倒霉，舍不得，食不了，番錢明向眼前掉。掉了錢，不要緊，效尤朋友齊掃興。此等舉動真奇哉，到底何等樣人，叫汝大□猜一猜。

懇親會

懇親會，不懇親，肆口大詈雙目瞋。「懇」字《集韻》説作「誠」，「親」字朱子當作「新」[二]。既言誠，要感化，不該當面來嫚罵。既言新，要除舊，同胞那有相爭鬥。况集同鄉議事來，有何齟齬鬧不開。都督[三]雖專斷，未必成議案。輿論既不從，尚可加論斷。登場忽

〔一〕「至」字原《平報》模糊，據李家驥補。
〔二〕「新」，原《平報》作「親」，據李家驥及下文改。
〔三〕「督」，原《平報》模糊，據李家驥補。

爾成瘋漢，一時秩序皆紛亂。主席一請食點心，王八混帳聲沉沉。

弃婦

弃婦弃婦有何辭，郎方别娶卿豈知？德國美人描秀眉，腰支婀娜含春姿。西人不許人雙娶，前妻不出後妻怒。蘼蕪滿地汝其行，莫戀當時故夫故。力推妻出門，妻泣悲號冤。此時無路陳天閽，郎已先投審判門。縷縷列三罪，其言類糞土。刑律維新天良古，薄幸郎君氣稍沮。吁嗟夫人生，莫作婦人身，百年苦樂由他人。寄聲德國如花女，郎情似火郎心水。水到冰時波不起，何爲與彼同生死？

釋婢會

釋婢會，真可兒，我佛大慈兼大悲。買奴蓄婢出一律，地獄百難無了期。蠢婢解事鮮，笞撻原難免。然亦人類人，安可當猪犬？猪犬猶無屢撻時，偏生婢女加鞭笞。錐刺腕，鐵烙肌，地獄變相同離奇。死便埋我三尺棺，啓户夜出無人知。若爲俊婢禍愈毒，時時注及夜叉目。内垂郎主涎，外癢青年僕。主婦之心如鐵堅，安將禍水留身邊？無論何地遣之去，决策端歸多得錢。多得錢，夫婿老，衾裯强汝宵宵抱。主婦拔去眼中釘，那管後來歹與好。嗟嗟父母嗟嗟天，賣兒剩得幾文錢？雙親賣我救顛連，背後争知兒可憐。兒可憐，誰來省，釋婢會員高絶頂。如此仁心世所稀，鄙人等汝爲林肯。

孫乘義

孫乘義，逐波臣，眼觀民國同前清。前清私見出大老，革軍一倡朝廷倒。民國私見出黨魁，以黨攻黨聲喧豗。乙黨蓄炸彈，甲黨多錢財，丙黨恣駡詈，丁黨揭帖來。東北二鄰笑口開，自相屠戮真蠢材。來來來，動手先要外蒙古。來來來，藏中好片膏腴土。來來來，南滿率性吃在肚。聽汝黨人鬧上天，三家聯臂如神仙。孫乘義，一聲嘆，屈原行到湘江岸。清白軀，江上竄，瓜分豆剖會有時，一任諸君去搗亂。

投票場中得票難

投票場中得票難，王家李核知空鑽。豈惟順天府，各省均無乾净土。一票貴至三百金，搓磨價值如商賈。黨人大力猛如虎，縛而殺之强之許。賕賂之員擁到京，將來赤舌能燒城。都無國家想，但有黨派争。旁聽終須來壯兵，旁聽終須來壯兵。

罪狀十四條

罪狀十四條，區區不算多。但能小割據，何必大共和？九江炮臺高峨峨，九江江水生風波。英雄得志爲黥布，中原鼎沸寧能顧？聯楚聯粵同稱兵，七州合縱拼孤注。旁觀太息知不祥，此舉大率仇中央。仇中央，即鬩墻，大江南北成戰場。英人鐵艦集上海，俄人彍□火車載，日國師團入奉天，德人青島勒兵待。不成革命成瓜分，諸公智計何紛綸。平時論國仇，征蒙復征庫。一説軍民分治來，稍亡利益即哮怒。請問此利益，是否關一身？一身利益戕萬人，嗟夫都督非國民。

買投票

買投票，八十元，積漸增加五百元。五百元，仍得策，議員薪水月三百。一年綜計三千金，一本萬利真碩畫。或言議士錢買來，堂堂國會焉能開？論非所論無價值，或人此語真童騃。法學通論孰不曉，記得數條便罷了。露了面子發了言，此外聽他管甚鳥。嗟嗟當日參議員，中間尚有能通文。爲今化作一團糟，黄昏結陣如飛蚊。如飛蚊，徒紛紛，中間出類拔萃者，恐怕要歸田際雲。

征庫請願團

請願團，火札札，擒住活佛便要殺。江亢虎，冷冰冰，偏要放了這妖僧。妖僧一眼看强俄，雪中炙牛謡且歌。傳書走騎入西藏，班禪達賴相連和。西邊鏖撲北控制，班超馬援難爲計。甲言征藏乙征蒙，手忙脚亂項城翁。當真要動手，又恐英俄掣吾肘。暫時要放鬆，黨人責望來重重。庫帑蕭然餉何出？局中苦豈旁觀悉。即使六國借款成，外人那許添兵實。我思内患急外訌，黨人之見無一同。法宜南北先融洽，再圖征藏與征蒙。

紀念會

紀念會，南北通，從今道一兼風同。道果一，風果同，摇頭我恐難成功。君不見歡迎團，要將國會開南中。國會南，政府北，將來一定相傾軋。此策毋論成不成，北軍之怒如雷鳴。革命前，議北伐；革命後，圖南征。從旁笑殺俄與英，東鄰振旅來陪京。譬如瘮病起，調養須湯餌。忽然右扯兼左拉，到頭只有敲辮子。

醫腦病

送腦病，要得妻，如兒思乳作兒啼。啼聲哀，無良媒，自將履歷報紙開。初年爲名士，中午作黨魁，衆流截斷真霸才。不得動一位，怏怏陪京來，色心一動名心灰。無聊我爲英雄痛，有人方唱凰求鳳，如此奇才不得妻，鰥魚長夜真堪痛。真堪痛，誰見知，方今女界多英雌。英雄無偶雌無夫，陽差陰錯真糊塗。不知好頭顚，配此好眉鬚。腦病好，相偕老，牢既同，竈不倒，吾曹得個英雄嫂。

老革命

老革命，娶老孀，老孀忽變爲新娘。平時雄長夜叉國，力圖參政奔南北，慷慨應無兒女腸。風流忽比鴛鴦翼，雀屏矢爲英雄中，七香油壁來飛輊。或言心類泥憶雲，或言事近凰求鳳。凰求鳳，初不妨，奈何不住鬱金堂。不住鬱金堂，爲國走四方，珊枕虛寒翠被涼，年假尚須十二月，乾枯夫婿相思骨。

一戴八天仇

一戴八天仇，奇異乃如此。擾害姓名權，錚錚辨法理。誰先誰後我不知，敢執一言判決之。前清于成龍，同名同姓復同時。名臣兼循吏，彼此無嫌疑。前清之事不足引，前明乃有五張信。一張信，冠群英；一張信，尚寶卿；一侯兼一伯，一人爲本兵，聲名一一標神京。同名同姓不足異，無須辨駁相猜忌。惟願戴君勿忘仇，國仇所在在何洲？小仇瑣瑣盡力攻，翻使大仇蹈了空。我愛君名真有志，所期責任勿放弃。眼前衝突不足論，顧名還望能思義。

逃妾

逃妾從人行，行行出神京。妾本昵所歡，郎乃羞臊聲。懸金購賞必欲得，一時捕妾如捕賊。妾歸來，色死灰，郎主躁怒如轟雷。出拳抵妾腮，家衆聲喧豗。告之審判求理裁，那知新刑律不許人娶妾。夫且不能爲妻綱，那能毆妾毆出血。妾轉無事郎罰金，本來新政□刑輕。多妾之家可以戒：莫把綠頭巾，找來頭上戴。

點睛不飛去

點睛不飛去，神龍仍須潛。神龍不是池中物，風雷一發揚髻鬣。髻鬣揚，天蒼蒼，海茫茫，雖有小污點，豈礙龍甲光？可惜汝輩不自量，吹毛求疵議短長。爲淵毆[一]魚古有訓，況乃毆龍尤乖方。共和黨，笑聲張；統一黨，羅酒漿。招龍入□龍點首，奚待戰血流元黄？佛頭着糞原惆悵，不妨丢下糊塗賬。

國事維持會

國事維持會，首欲息危機。危機在選舉，大禍伏京畿。北人屬袁南屬黄，報紙長日論是非。果使議員秉正直，當無意見分南北。□奇金錢作主張，議員一傳成貨殖。既然成貨殖，須看强有力。不惜巨金買票來，但顧黨私那顧國。此黨多一票，那黨□統□。弱者可□强不能，□□□□刀□冰。維持會長見如此，如懸一盞長明燈。燈光所照無不遍，偶一齟齬必宣戰。法政言論都無用，第一先須銷黨見。

[一] 李家驤疑爲「驅」，下句同。

收子彈

收子彈，九江頭，岸兵嚴備誰來收？中央那得有命令，只能對待行强硬。欲開炮，礙居民；不開炮，收不成，渡頭笑殺豫章兵。瘻在喉，汝來割，割瘻汝亦不生活。聯了湖南聯廣東，七州都督皆英雄。我備冬防汝何與，偏叫兵船收之去。收不去，事萬難，急殺一個司令官。

湖南大布告

湖南大布告，欲改湘政府。大元勳，如神龍；小元勳，如乳虎，一動帑金百萬數。饋饋群少年，大怒聲震天。我曹百戰血華鮮，汝輩坐享公家錢。用此大布告，湘中須改造。若叫大魚吞小魚，前清腐敗時期到。劉文錦，謝介曾，合死力，仇黄興。嗚呼黄興未到湘中亂，再言革命真糜爛。元勳若不營私財，死黨立時都解散。公平容易收人心，奉勸元勳休武斷，奉勸元勳休武斷。

哀悼會

哀悼會，哀長春，長春盛德過宣仁。淋漓禪讓數行詔，免教流血千萬人。千萬人，黑菊花，中華門下如亂麻。胸前書白紙，臂上蒙黑紗。人如川逝宫門隘，鞠躬殿上非羅拜。舊恩新澤兩難忘，誰言中國人心壞。老人觀此泪如冰，惟求政府營崇陵。德皇半世瀛臺住，比似房州更可矜。房州事，尚何言，帝后同宜歸寢園，莫教梁格莊前路，月冷霜凄杜宇魂。

此面有毒藥

此面有毒藥，先生食不得。借問毒藥胡爲來？黨人殺汝張威力。我愛先生革命功，一錢不染居大通。有功無罪不宜死，今日奈何求殺公。我雖獄卒頗仗義，不怕權奸不畏勢。先生有書付我來，我如黄鵠横空逝。出安慶，走武昌，風吹「黎」字旗飄揚。此黎下獄那黎救，能救□否難料量。若云吞鹽款，罪名不可逭。若爲選舉誅無辜，無乃用心太凶悍。得了議員殺了人，焉能純净稱國民？前清黑暗不至此，謬托英雄多失真。

智夫哭

智夫哭，哭斷腸，二十五埠吞精光。何事吞精光？黨人要錢把口張。既然代表來托我，我便賣票開商場。一票勻作十次賣，見錢便似蚊蟲嘬。一時掠票亂紛紛，勒逼填名尤可怪。沈智夫，肝膽摇，立將名義來取銷。可憐華僑長居外，關心祖國入國會。誰知代表代理人，全是一班大無賴。智夫哭，無賴笑，智夫徘徊無賴跳。區區賣票數百金，實在老子還嫌少。

抓破小指

抓破小指，抓破小指，桃花面上酸風起。招牌擲地玻璃飛，報館聽差驚欲死。鶯聲忽化作雷聲，報館主筆神魂驚。主筆來，告了汝：我打參議院，議員莫敢御；我打國務院，院員伏如鼠；我鬧總統府，總統加好語；我鬧國民黨，黨魁口弩弩。汝何等人敢妄語，拿向警廳重議處。警廳聞報舌頭吐，開門迎接母老虎。

辨護士

辨護士，真風流，美人半老歌好逑。辨護士，硬頭皮，胭脂虎口來畫眉。既能搗報館，何難搗洞房？石華裙底懸手槍。既能打主筆，何難打新郎？老拳揮動合歡床。辨護士，真好老，結婚證據勤勤抱。但期好事近，不計被花惱亦詞名，旁人見者皆絶倒。嗟夫美人革命真有功，叮嚀千萬莫要打老公。

石大人

石大人，石大人，石獅張口如麒麟。昔爲外務部，今日居大臣。大臣門外電光新，大臣門内多病身。一月不到部，百司無府主。二月不到部，簡牒積無數。三月不到部，畫行親到大臣府。當日奕劻月一臨，比較大臣尚有心。大臣之名滿歐洲，如何長日居高樓？試出高樓望西北，藏蒙戰鬼聲啾啾。

暗殺黨

暗殺黨，飛書來。宋梁孫袁黎，一一宜上斷頭臺。殺了數人不足惜，請問代者誰奇才？

瘟病在身固應去，元氣隨亡當顧慮。即言宋遯初，才具亦有數。持論極和平，何至干卿怒？本來南北有瘢痕，遯初一死生謡言。若云宋是北人刺，遺槍却有南人字。若云刺者爲南人，洪氏奔逃亦可異。一槍響處血花殷，此下寧知大局關於今。欲發調停策，戲文先唱審刺客。

逛黨逛黨

張飛罵吕布，三姓爲家奴。逛黨逛黨誰氏徒？一女不能嫁二夫，逛黨乃不如羅敷。甲日國民黨，爲人拂髭（黨）〔鬚〕；乙日共和黨，爲人供走趨；丙日統一黨，鞠躬加面諛；丁日民主黨，私語聲喁喁。毋論也者與之乎，拜服足下面皮粗。白旗翩翩馬車至，歡迎議員優禮異。一自聞君是逛黨，分拉行李月臺上。張家李家莫適從，耳赤面紅皮癢癢。

美總統

美總統，大英雄，見地高出六國中。六國借款原美意，救灾恤鄰理亦至。無如其中伏老熊，噬人故以財爲餌，率性有財亦可言。微生乞鄰來市恩，牽掣同盟起發難，挑難百種言何瀾。公理凌夷事不平，就中惱了英雄漢。英雄無過威爾遜，用心即是華盛頓。己欲自由人自由，仁人斷不乘人困。堪嗤某國空主盟，爲人傀儡可憐生。霸術出政府，不能禁國民，仍然借款陸續行。借款來，整實業，交通便利第一節。中美邦交能久長，毋須借款求列强。

難怪難怪

難怪難怪，議員索薪一千塊。一千塊錢不算多，率性與君説痛快：雖然是共和，翦直官僚派。上院要馬車，賃宅象官廨。二四麻雀二百元，青倌紅倌尤銷魂。有了綢緞紗羅鷄鴨猪，管汝咒詛怒駡兼唏嘘。一年不過一千萬，國帑空虛靠借款。國民國民雖不平，怎能與我來挑眼？須知我亦花本錢，押宅借債兼賣田。拳頭手槍與炸彈，巧取豪奪陰謀展。不撈我本錢，其愚不如犬。一言愛國興騰騰，一説薪水如醉蠅。萬鷄一鶴卓然立，誰歟健者張耀曾。

投票必記名

投票必記名，一黨拍掌聲。投票必記名，三黨齊起行。記與不記小事耳，何用大家嗔與喜。不知中間跨黨多，軟如弱柳隨風拖。東風低，便向西；西風融，便向東。不唯活動兼圓通，金錢到手即鞠躬。既不認名孰查考，票投彼黨誰識我。誰知汝乖人更乖，記名破了汝鬼胎。三黨原不足人數，定謀欲取降人助。此策不成大家起，并黨同仇相抗抵。如此補缺何時乎，從旁急壞候補矣。

醉瓊林

醉瓊林，醉瓊林，英雄南產齊光臨。南人恢復出死力，何事黨魁翻在北？南人聽命於北人，斗然變起陳君色。醉瓊林，醉瓊林，酒酣耳熱汗雨霖。另議組織一新黨，多數簽名氣慨慷。晉化韓趙魏，漢化蜀魏吳。一經脱黨勢力孤，從此争權繁有徒。嗚呼嗚呼！中國前途，只恐都成隸與奴。

湯花龍、吴景湯

湯花龍，一發表，居然變作□夭了。吴景湯，一遲疑，居然變做蘇東皮。湯君未曾向狹斜，偏生贈他一朵花。濟武蓮伯旗鼓張，偏要叫他去景湯。若説無意寫，此等議員真下下。若説有意寫，存心倒亂真奇也。黨人無風能起波，得了這隙話更多。一日院費十餘萬，只供先生作遊玩。今日寫（化）〔花〕龍，明日寫花虎，叫汝人人氣破肚。今日寫景湯，明日寫景粥，叫汝人人都要哭。奴隸性質誤國内，可惜文明法律無砍頭。

辭職辭職

辭職辭職，總長次長分畛域。辭職辭職，不如總長强有力。强有力，弱無力，總長紅時次長黑。打圓場，打圓場，總統皺眉總理忙。勸司長，汝莫走，辦法商量總該有。勸科長，汝莫跑，商量辦法須推敲。無奈學生來質問，口渴唇焦頭亦暈。次長退後總長前，學生叫喊聲動天。實在總長不好做，有了這邊没那邊。有了這邊没那邊，當時急壞陳振先。

刺客死

刺客死，疑竇生，六部會審唱不成。疑竇生，刺客死，洪氏開顔應氏喜。應氏生平我不知，洪氏行爲堪皺眉。當日在臺灣，下獄三年期。近年在天津，革職無多時。此君挺着硬頭皮，内務作弊事更奇。忽然南下養刺客，牽連政府事難白。白白送斷宋先生，可憐不展英雄畫。特别法庭事不行，許君辭職何觥觥。刺客死，没票領，應洪口供尤狡逞。閻羅包老既不生，只愁捕風兼捉影。

減價六百元

減價六百元，汝輩何煩言。定價六百元，議員體統尊。體統尊，靠外債，那曉海内同胞死得快。借款八八扣零頭，五厘利息歸歐洲。賠款賠損失，日日加追求。議院全年八百萬，不知何處能寬籌。天下膏脂養議院，生死安危懸一綫。公然開口即要錢，教人羞見先生面。先生不羞天下憂，先生舉動仍風流。閉會閉會，今朝雀費多携帶；審查審查，門外從人套馬車。鈴聲一動先生走，無數倌人待老斗。四海困窮窮可憐，議員八百地行仙。旁人休要論長短，要曉運動議員須本錢，我嫖我賭君何嫌。

非常國會開

非常國會開，海水生塵埃。蘊得一窩毒，力將政府摧。試問何術摧政府，無數蝗蟲生翅股。南海何深深，内藏總統府。手槍炸彈用不來，率性南行擂鼙鼓。少年喜事齊同心，二次革命即刻臨。可恨洋人不做美，却把英雄當土匪。公民大會已嚴禁，非常國會定沮止。嗟嗟諸君非聾痴，國民有骨已無皮。偏與外人作口實，錯道革軍成亂賊。勸君勿再鬧鬩墻，免致强鄰施壓力。

響一聲

響一聲，墨盒來，叫汝議長吃一杯。再一聲，手槍快要開，議長魂飛望鄉臺。警衛看得不象樣，急如奔馬救議長。通場叫罵聲動天，王八旦兼大混帳。同時參議院，亦弄一團糟。大黨一喝打，小黨已潛逃。到底文明國度高，公理只算□狗毛。黨力可以匪不至，要汝怎地就怎地。手槍既出炸彈跟，此是革命元勛大權利。我們守舊百不知，偏將古語提一提：不義不昵厚將崩，盡汝快意盡汝爲。廣東王，手如箕；九江王，齒如獅，只恐救應都來遲。百鬼跳擲角嶷嶷，背後須防黑鍾馗。

租界住不下

租界住不下，不要再勞駕。前清革軍興，借君組織到也罷。國會既立通告頒，南方商務大有關。無事生風再搗亂，這種生意不當頑。不當頑，難遷就，擾亂治安汝快走。淮上倪，揚州徐，張軍兗州張旄旗。黃陂中立能必歟，起事況要先軍需，其次還宜問糧儲。上海不能爲根據，已經丟了參謀處。諸國承認即刻來，何爲承認君須猜。承認北京即防南，籌捐責任商不擔，轉向中央措巨款，難道助君去謀反？痛哭流涕告黨魁，凡事先當思下臺。

張勳張勳

張勳張勳，前年開罪國民軍。聲聲口口駡張賊，忽然遣使通殷勤。通殷勤，煩汝老，務必反戈來助我。張勳摇頭我不行，諸位英雄計太左。當日梁山有張順，得一來請安道全。今日也有張鴻順，多了一字不值錢。李藥師，徐輝祖，兩個軍師齊叫苦。一計不成二計張，不如拉出小恭王。南軍合上宗社黨，率性大家戰一場。哈哈！果有此事真荒唐，果有此事真荒唐。

議員打議員

議員打議員，不是打本黨；議員殺議員，正是殺本黨。殺汝何爲汝自知，免汝投降向他黨。激烈派，氣昂昂；穩健派，色惘惘。情知入黨如入獄，含泪低頭不敢仰。問君何時入黨來，本圖好處依黨魁。誰知反翦兼面縛，陷入旋渦走不開。昨朝秘密開會議，實行暗殺施毒計。移尸過界出風波，區區政府奈我何？全體反抗都南下，不滅項城死不罷。中人叫苦外人嬉，此是瓜分中國時。

救世軍

救世軍，組織何時成，義旗凛凛書救民。廣州已糜爛，徵兵保一城。城外盜賊紛縱横，或打單，或拔生，女賊竊發如鼯鼪，澳門盜窟誰能平？請問救世軍：此來何宗旨，是否來討賊？賊巢不止澳門裏。亡秦者胡本古語，滅胡者吴或在汝。粤民如倒懸，胡焰將掀天。言胡即死尸連肩，不誅胡勢將蔓延。東胡反未已，臣甫憤所切。禍轉亡胡歲，勢成擒胡月。杜詩爲證定策勳，前鋒還仗救世軍。

鳳兮鳳兮

鳳兮鳳兮曾歸昌，弄玉臺上同翱翔。既已同翱翔，何必阿孫黄？此物到底是凡鳥，不掉羽毛終不了。報界説汝啄外人，一啄外人亂非小。江上闖王已造反，瀝血斬頭看早晚。鳳背簫聲長日聞，相如好守卓文君。不守卓文君，二次偏興革命軍。首領克强黄，題目教仁宋。内有顛鸞外倒鳳，彼此同聲齊起哄，看看民國要斷送。

議長來

議長來，議長來，滙豐洋行門不開。細崽問議長：胡爲乎來哉？議長答言我黨魁，來問借款該不該？細崽笑：汝通七竅窒一竅，大班之事我不管，關了行門任汝叫。任汝叫，議長跳，怒氣衝肝下屎尿。個人名義見使臣，無論德法俄日英。國民有權來交涉，如此借款決不行。議長歷歷道：總統不可靠。使臣聞言要絶倒，汝不能靠我要靠，貴國已如纍卵危，黨争之烈將何爲？若不得款立刻死，盡鬧脾氣説公理。議長本無對外權，請君回院去攢一千員。

取銷大借款

取銷大借款，請命參議院：五國廢合同，一憑汝高見。却有一件須商量，能否廢約看列强。個人名義想必濟，議員威名天下揚。銀根緊，商務荒，不借亦亡借亦亡。議長才具原優長，請示辦法謹遵將。所恨洋款要立償，不償即破産，列强主意却單簡。請汝老人家，仔細算一算。拍案駡人却容易，只問如何找出款。休言法定數不足，一聲鈴動會即散。嗟夫民國民，笑殺滿洲滿。嗟夫民國民，笑殺滿洲滿。

完全浙江

完全浙江，完全浙江，介人都督真無雙。呂東升，王金發，全無把握徒吆喝。尤有慷慨丁匡公，大呼造反稱英雄。人云亦云發議論，張開一副大喉嚨。借款固亡國，不借款來錢焉得？況加債主日臨門，如何能抗俄法德。誅政府，再組織，汝曹到底何能力？貌爲慷慨難動人，鋒鏑餘生恐未必。完全浙江，完全浙江，介人都督真無雙。

兩條

兩條腿，今又跑，愛文義路聲呶呶。老黄老黄汝快説：爾我曾否是同胞？公民大會開，特地爲汝來。汝老於今不認賬，我輩如何能下臺？不下臺，即開仗，大家恨得牙癢癢。事成汝做大總統，事敗不認國民黨。不認黨，事不休，恨汝没有髮辮揪。香港春波緑如油，英雄得得來方舟。生平老跑是長技，兩條腿在逃亦易。寄聲致謝外交團，再休驅逐與我頑。總統缺出我不攢，總統缺出我不攢。

李鴻章

李鴻章，好久不相見，今朝鈔票晤君面。政府違法借款來，我曹反對聲喧㕇。不想見君面，人人笑口開。反對借款不得已，同黨牽掣太無理。君之面孔早出來，大家雖怒亦歡喜。不罵詈，黨不雄，又恐得罪孫悟空，況有後勁老黄忠。黄忠已跑到後臺，齊天大聖空徘徊。假鬧假罵少不了，本意全在這些鳥。將來公費能擴充，立化黨見爲大同。果能刻刻見君面，不叫鴻章叫文忠。

打夥齊北來

打夥齊北來，佯歡説政府。事成想爲王，事敗羞爲虜。羞虜不成智計生，但思用口不用兵。屏去新國民，揮却舊同盟。三徵九聘請長素，只成一黨更新名。宣言南中不謀反，疏通南北意深婉。收取巨魚入網來，制他死命持長短。誰知汝乖人更乖，計事不密生疑猜。長素最穩健，恐怕不能來。不來費汝工夫大，某某數人皆無賴，用之適足爲汝害。吁嗟乎！北來北來膽如斗，恐怕强中還有强中手。

打電問張勳

打電問張勳，紛亂難將黑白分。張道云云甚駭異，恐怕淆亂君聽聞。馬上請電示，用爲根究地。張勳得電笑以鼻，確有張姓來嘗試。宋家幹，吴作霖，委實言從尊處臨。切實拒駁告政府，謀反想非君本心。謀反固非君本心，何以跑出吴作霖，何以跑出吴作霖？

本席腦筋亂

本席腦筋亂，老老聽不清。他説湖南不借款，此駁江西非進兵。議長議員都要罰，陣陣如聞喊殺聲。奇事奇聞匪不有，招貼宜張院門口。賣票收銀益國家，一塊洋錢聽許久。何必去聽譚鑫培，譚老近來不出台。四百餘人唱武戲，大鬧天宫武十回。天下名角全在此，一月大洋三百枚。

議員又打架

議員又打架，未打先相駡。議院非戲園，忽出黄天霸。雖然理屈氣勢高，不打焉得成共和？炸彈隊來京陸續多，李都督武穴動干戈。吾黨馬上入政府，人人吐氣如龍虎。三黨并合又奚爲，衆寡不敵焉足數？院法既無恣我打，料汝敢言不敢怒。孰知外人冷眼看，如此議員笑破肚。人笑我不羞，亡國爲奴方罷休。踢人一雙脚，罵人一張喉。三百洋元買魚肉，養成氣力來尋仇。來尋仇，充代議；不代議，唱武戲。借問老板爾何名：玉麒麟，盧俊義。

割鬚割鬚

割鬚割鬚，舊時姬妾一律驅。後來永永不娶妾，方纔叫汝做丈夫。諾諾諾，真快樂，剃刀一晃嘴毛落，染鬚不必求靈藥。只是王敦開閤時，蘼蕪滿地雨如絲。燕爾新婚不我屑，想他未讀《谷風》詩。《谷風》詩，美生焉得覿？得了新來便弃舊。前門迎得女如花，後門蓬髮聽君溜。聽君溜，抱琵琶，飛入尋常百姓家。我不愛婁猪，汝自尋艾豭。抖那嬤，抖那嬤。

散散散

散散散，十五分鐘走一半。議員呼，議長嘆，經月以來盡搗亂，實在此事不好幹。打議長，有定案，偏説過去不追斷。委員會，持月旦，無理故意來發難。散散散，從今兩院成冰炭。政府默然不則聲，江南隱隱已動兵。此是釜底抽薪法，且先圖乙再圖甲。諸君所恃在外援，一漲春波鬧鵝鴨。墜入術中全不知，愚哉愚哉易宗夔。

周女士

周女士，首哥哥，某報斥爲女嘍囉。傳説捉謝持，謝持已在逃。今朝事體非排滿，此舉公然是造反。首哥哥，恕哥哥，不該受騙淪賊窩，妹今下獄將奈何？黄氏主謀跑那裏，哥今受累將胡底。一時氣動挾彈來，如今事敗難下臺。京華包探密如網，聞信思逃逃不開。黄留守，間接陷人真毒手。鬼若有靈不汝饒，管教活捉三郎走。

子弟兵

子弟兵，子弟兵，訓練纔成即北征。葉熙颺，潘宗嶽，嗚嗚吹起招兵角。武寧子弟盡能軍，作速收來成部曲。八百人，少林武技拳稱神。西楚八千汝八百，已失霸王舊資格。況有圖侯吕馬童，五體分時血花赤。英雄舉事貴有名，無知妄作同青盲。陳友亮，朱宸濠，鄱陽湖上腥風臊。汝也要這樣，難免將來吃一刀。

昨宵夢見南北斗

昨宵夢見南北斗，爲人增壽九十九。癸丑五月復臨凡，遍賜議員皆黄耇。夢中模糊問星君：如何偏愛到議員？星君答言汝不曉，議院時間安可少。五日相打七日罵，借款兩月爭不了。由此遞推到一年，院法一層必發表。十年議十事，我怕他壽夭。善哉善哉苦難挨，我今不救待誰來？一邊財神衙門打照會，叫他添增薪水發大財。或且不至祭法寶，一雙烏黑東西飛上臺。

調停法

當日史可法，四鎮鬧揚州。道鄰亦用調停法，調停不下仍尋仇。今日李敬羲，武昌説黎侯。諄懇不要用强硬，四省聯兵可罷休。聯名即罷休，兵權尚在手。自由借款買軍火，試問中央敢可否？一經否認兵即開，再請李老早些來。子反一歲七奔命，恐怕老命要哀哉。王庭凑，李希烈，此帳總須早些給。外强中乾非英雄，不比烏龜硬過鐵。

美人得選舉

下關第一樓，美人聯袂樓上頭。檀板畫歌青玉案，珠簾晚上珊瑚鈎。花月紅，陳文秀，石華細卷銀紅袖。裊裊年時近牡丹，盈盈枝上含豆蔻。狎客偏傳新法來，侑觴投票搜奇才。江表美人歸選舉，初選復選加量裁。加量裁，不潦草，無須運動花元寶。此似議員身分高，真才實學致身早。妓員議員相混淆，公然弄得一團糟。其實良賤何分別，依然兩字稱同胞。美人美人聯同胞，或免議場拍案時咆哮。

照相

照相照相，男賓臺下女賓上。男如十八羅漢形，女如水月觀音樣。女賓占得位置高，男賓大怒聲騷騷。中有一人奮袂起，這種坐法太無理。同爲弟與兄，同爲妹與姊，姊妹過尊兄弟卑，女權□極男權夷。大罵復大叫，鬧個玩意兒。此人一挑眼，彼此平均劑長短。齊齊坐映無高低，男群跑上戲臺滿。但見男頭不見女，女界先生又發語：此間既然坐不下，找個曠闊地場罷。男立女坐頗好看，又是觀音伴羅漢。

寶月圓

寶月圓，潤娥缺，新人絶如花，舊人泣成血，顧郎顧郎心似鐵。心似鐵，情愛滅，緑窗秋冷洞房熱。美西西比河水長，潤娥欲履曹娥鄉。曹娥曹娥援以手，張女生時顧郎走。才子歸朝作執圭，美人閉閤成敝帚。生既爲郎弃，死且爲郎守。張家怒起群親友，列訟陳詞告長官，如何能值顧郎看。新人貴，舊人寒，堂堂岳氏身躬桓。逐舊迎新有榜樣，吴娘奪婿天人相。民國人情惡薄多，共和女界將奈何！共和女界〔將〕奈何！

作法自肥

作法自肥真奇語，馮君良不畏强禦。可憐借款廢時光，刓出心肝來飽汝。賠償損失一大宗，軍隊未遣聲洶洶。扣頭既重銀價漲，剜肉姑且來醫癰。八月一到借款窮，鴆酒再請吸一盅。奥款彈劾彈不出，歲給日給混一律。各部政費核減嚴，最高機關獨加添。啓人攘利國破産，大言虧汝猶炎炎。利其菑，安其危，試問國瘦君焉肥？作法雖自肥，作法實自斃。多立名目張權利，此是暴民真專制。

和神當春追記正月事也

東華表，寫「和神」；西華表，寫「當春」。古人成句來腰斬，如此對仗真維新。諸君既爲教育主，也該斟酌方傾吐。縱言學問出東洋，東洋也是文章府。漢學如今雖倒霉，窮而在下多通才。諸君如此作表率，後生小子真堪哀。北人文字本不對，隨便亂拉來支配。君不見斌魁文武久□盛白水，自有□恙休來洗，□醉年高莫入堂。此是下流劣社會，不通人亦難□怪。教育機關一國宗，公然如此成笑話。諸君聞言必不屑，何能留意到末節？我思□鬼對和神，分寫轅門尤帖切。

但知有國民

但知有國民，但知有共和，不知南北宜搓摩。偉哉洪君秉大義，始終必遂共和志。天職所在親不撓，果係無辜仇不累。甯調元，熊越山，富貴館裏來藏奸。放火掘水此何事，直視民命如草菅。改進團，未妄殺，不祥況肯淵魚察。洪君洪君真可人，一臉秋氣一腔春。一臉秋氣一腔春，洪君洪君真可人。

湘女參政權

湘女參政權，抵制袁世凱。會長張漢英，演説銀牙碎。天與人權放弃難，問題寧作等閑看。西班牙立同盟會，即是將來參政團。與會遣代表，川資少不了。捐輸望到男同胞，女界此時欠分曉。男同胞，多放挑，此議時時望打消。斷無自己壞自己，出錢與汝來害彼。還是攢些刺綉錢，或爲教習教鄉里。甲月十數元，乙月數十元，一五一十積漸存，十年八載一定到。輪船直向歐西奔，參政功成張旗鼓，馬車拉入總統府。只是一件最累人，家下兒啼要索乳。

善哉言

善哉君有告世迷信代議制度者，其言至善，殊稱其名，作《善哉言》。

前清國會遲九年，大家望治齊呼天。國會早開必平治，無奈政府偏貪權。一易民國國會開，震天駭地如迅雷。十八行省競選舉，出類拔萃求人材。求人材，破家財，極力運動方登臺。一登臺，黨見起，遂私心，蔑公理。如何搗亂且漫言，坐使人人冷了齒。衆勝寡，少勝多，彼此牽掣如拔河。多者據勝着，少者没奈何，躲避不出如藏窠。善哉善哉見到此，探源立論直知矢。浪人多數奪政權，一言括盡檮杌史。

十　哀

時局日壞，亂黨日滋，天下屹屹，憂心如擣，無暇作謔，但有深悲。於是作《十哀》樂府。

哀　鄂

寧熊詹季人中豪，智計細密同繭繅。縱火武昌聽煨燼，決水七縣隨洪濤。黎宋卿，耳目多，偵探四出加搜羅。寧熊見獲詹季遁，日人爲衛將奈何？罪狀既如此，外議轉不爾。稱黎平亂能堅持，惡黎嗜殺加毀訾。觀黎電報意氣平，確言止亂非黨爭。據此而言黎無憾，報章又發一聲喊。或爲解釋勿牽連，寧熊二子皆時賢。迷離到此是非亂，閻羅包老無能斷。長此不已非佳徵，武昌不日當糜爛。蒼天覆蒼天，漢族何罪加殲旃？自屠自戮果何事，不爲争權也爲錢。嗚呼一哀兮天宇高，剖心我願哀同袍。

哀　粵

嶺南故督携款行，款鉅能使天下驚。張君抗抵不爲屈，賕請恫喝來同盟。報章張大侈其事，吾非目矚烏能明？但知嶺表精華竭，萬姓無聲泣成血。前門拒虎後進狼，要求三事堅如鐵。胡氏二百陳二千，不先求治先求錢。軍民分劃終肘掣，不如專制持兵權。凜凜綰符登虎帳，設計先驅民政長。胡尚聰明陳則梟，吾粵同胞尚何望？使勁朘，引吭吞，皮骨教人無一存。內靠借款外請款，醰醰有味如蒸豚。嗚呼二哀兮天宇昏，議員突抱六千元。

哀　湘

譚君忠厚孰與倫，可借膽力非輪囷。聽人劫脅昨傀儡，意雖愛國無由申。粵督去，皖督行，贛督解任心怦怦。揚州四鎮去過半，天下拭目思太平。思太平，隱患生，晚唐留後猶阻兵，方頭鋒尚朝神京。近者武庫一聲炸，傳聞不一初八夜。或言焚械本無幾，或加張大堪驚吒。終竟人心思亂多，純爲私利仇共和。政府原不饜人意，借題泄憤抽干戈。江南商務已如水，那堪噏骨敲人髓。我乞群雄氣少平，稍思民瘼存天理。存天理，思民瘼，同胞或且留皮骨。嗚呼三哀兮涕泗零，拊心南望水湘靈。

哀　閩

閩語不與中原通，三十萬衆深山中。幸能飯糗不茹草，可謂天下真奇窮。客兵兵費三百萬，歲入所得一半空。年年請款向政府，但如微雨施焦土。智者謀生向江湖，拙者忍飢守門户。守門户，妻子啼，無錢得米語聲（紙）〔低〕。一出門來天地闊，却從何處求存活。

竭我膏脂養客兵，交通不便礦産嬴。無財不可以爲悦，路礦二事誰經營？·茶市日以疲，木商日以稀，寧粤大賈皆苦飢。財東蒙馬以虎皮，貧民冬月猶單衣。嗚呼四哀兮聲逾苦，人人乞丐稱民主。

哀　贛

江西謀叛非一時，項城下手偏遲遲。養癰成熟必潰決，但觀今日真堪悲。歐陽蓄志□不小，以賊代賊徒紛擾。脅迫政府退北軍，逆謀已向言中兆。堂堂執政全模棱，積薪厝火偏稱能。轟天一炮湖口炸，形勝乃爲賊軍憑。賊酋咆哮出林虎，大將號調來黄興。北軍雖勝民已死，絶長補短焉能抵。縱使長驅克九江，官軍大勝賊□降。沿江一路盡白骨，愁雲慘淡黄昏月。財力困竭元氣傷，殘梨比户同餓僵。嗚呼五哀兮摧肝腸，天壤乃有黄克强。

哀金陵

哀金陵，哀金陵，茫茫浩劫天難憑。天難憑，呼不應，叛人健似脱韝鷹。雪樓生怕栽觔斗，妝聾做瞶先期走。賊酋下令集軍官，出劍當場如叱狗。戰袍浴血十八人，含冤入地生秋磷。辛亥革命望風靡，今年革命戕壯士。劫之爲亂寧本心，大軍一至投戈耳。請問黄總統，此次何宗旨？殺人舉事稱共和，共和那有此種子？冷司令，吃一刀；李都督，割鬢逃。四方傳檄稱雄豪，那解金陵人，土銼無烟風騷騷。嗚呼六哀兮天宇高，石頭城下浪花淘。

哀陪京

哀陪京，哀陪京，二鄰鐵騎方縱横。無因挑釁恣吞啖，一力肆暴加煎烹。外蒙活佛若風狗，投之以肉隨人走。暴俄喂養匪一時，共和五旅彼何有？前清不過加羈縻，公主琵琶下嫁之。和親政策二百載，今欲籠絡誰則宜？我意不如營内蒙，聯絡京邸諸王公。虚名聽彼自爲主，且免北顧圖近東。對外主和平，對内謀交通。隴秦豫海川粤漢，一一鐵道未興工。財力足，兵力豐，方能長作主人翁。徒然泄沓縱揮霍，四海困窮天禄終。嗚呼七哀兮心如搗，琢平可望吾年老。

哀政府

臨時政府垂二年，外間喊殺聲聯天。黨人稱戈動江表，討袁軍且臨幽燕。袁公之愚非奕劻，巽懦終勝攝政王。勿論北弱與南强，無辜赤子滋堪傷。我初憾政府，今乃哀政府。叛人之悍如乳虎，某黨議員滋簧鼓。開議四月一事無，誤國毒似金蠶蠱。入耳但聞不通過，裏應外合興干戈。一邊掣肘一邊打，坐使政府如沉疴。我勸政府休着魔，堅持到底休蹉跎。共和固不重屠戮，縱賊不治理則那。嗚呼八哀兮思收場，大將宜起馮國璋。

哀黨人

黨人嗜亂若麵包，國民骨髓來吸敲。內布議員外軍隊，無理取鬧長呀哮。果謀叛，寧湘贛皖全糜爛。并無戰略足支撐，骨脆筋柔共發難。炮聲高，黄興逃，鶴卿枚叔齊怒號。移書嗔責朱都督，厥聲狺狺如狗嘷。無糧衆聲嘈，無兵守不牢。打夥跑到廣東去，哀鳴求取東洋助。孰知借款借不成，萬難依靠陳炯明。千商百賈起反對，那能借一將城背。無因貽累到岑三，垂老年光奔嶺南。嗚呼九哀兮哀傻子，受人宰割如羊豕。

哀商界

中國商界本紙糊，仰仗紙幣爲靈符。出口不敷進口貨，雖硬腹賈仍哀呼。賠款出款四百兆，取償皆向商家要。庚子以來皮骨銷，更遇亂人來打擾。陳其美，滬大王，風流嫖客光蛋光。甘以一身害一國，托言討罪仇中央。上海市場既不保，十家此後九家倒。精華已竭藏貯空，群賊更將亂來搗。只有余及汝偕亡，外人合夥來收場。萬世不能忘此賊，罪魁陳李柏孫黄。陳李柏孫黄，要看天眼張，天眼張時汝快亡。嗚呼十哀兮泪如河，十室九空將奈何！

餘　哀

余既作《十哀》，而餘意未盡，又作此補之。

哀學生

陳濤十世良家子，房公送斷沙場裏。鈕氏騙人真狗才，學生驅赴龍華死。高昌廟，夕照昏，沙囊積叠如堵墻。機關炮利千軍蹲，學生遠來眉宇軒。海籌巨彈大如斗，半空炸碎學生首。白皙人人美少年，韶華不過十八九，於今都送黄興手。想彼凄凉父母心，沿路難將戰骨尋。未做英雄先做鬼，黄陳鈕柏如蛇虺。盲争瞎鬧言興兵，此回革命非前清。海軍山立陸軍健，湖口跑了李烈鈞。偉人逃，學生反，丢將腦袋不吃飯。國人極口罵中央，捲逃巨款投東洋。

哀女界

宣武門外殺人場，美人如花一（殫）〔彈〕僵。殺囚殺到女學生，我雖不見神沮傷。辛亥之年在上海，女界人人學朱亥。手槍炸彈褲襠藏，洞腹斷頭那能悔。女子不顧身，竭力媚偉人。偉人權利加義務，趁船得得來天津。天津偵探捷如猫，一抓即得難輕饒。堂堂執法處，熱似洪爐燒。雲鬟花顔金步摇，一槍叫汝上九（宵）〔霄〕。黄沙赤日尸尸覆，羅衣尚帶丁香馥。旁觀見者心膽寒，打夥來了金玉蘭。

哀難民

閘口炮聲如轟雷，小東門裏飛黄埃。難民萬數出租界，大雨如注啼聲哀。殺千刀，陳其美，無端使我道旁死。陳其美，殺千刀，有意鬧得一團糟。既無精兵寡的餉，行嚴自命諸葛亮。克强所恃兩條腿，七顛八倒稱大將。大將軍，盡力跑，帳前所部皆膿包。可憐南省諸同胞，破卵之下無完巢。法租界，多道殣；龍華尸，半煨燼。夜深鬼哭聲如蜂，嚼尸舐血狗眼紅。

白鳥鶴鶴

白鳥鶴鶴，白鳥鶴鶴，議員露體兼赤脚。半夜開門滿院跑，犬吠鷄鳴一時作。奴僕大驚怪，挺械與賊搏。驀地抬頭見主人，纔知鬧了錯中錯。議員自知已倒霉，這個婢女真狗才，汝老每年六千塊，寵汝還是扒上臺。剛剛頭一回，偏生鬧不開，報紙得了當笑話，《平報》樂府又來哉。活現一録真斗膽，汝老去燒這報館。

吴紹燐

吴紹燐，黄留守，士官留學同窗友。辛亥南方革命軍，二人長日手挽手。吴君大義明中明，此遭革命爲憤兵。微微不順旨，克强按劍當場起。平明遣騎抵吴家，一彈穿洞仆地死。奴僕駭，妻子啼，道旁過者語聲低。元帥行戮本如此，黄和專制不講理。共和更比專制專，殺十八人一撮耳。元帥威如吹猪脬，見勢不好快要跑。憑他革命由他去，與之抵抗真膿包。吴紹燐，太剪直，不期弄了己夕□。今日天理倒過來，惠迪凶，從逆吉。

獨立獨立

獨立獨立，一人歡喜萬人泣。獨立豈皆大將才，不過捲逃思發財。浪人當前敵，日本爲後臺，鑼鼓一歇往裏來。懷中滿滿貯鈔票，一個罪魁撈不了。一句話，最簡單，國事之犯引渡難。叫汝國務員，日夕眠不安。偵探四出搜炸彈，草斬根存來歲活，逍遥海外真活潑。可憐百姓長皇皇，一眼只看孫與黄。咸願孫與黄，早早升天堂。天孫爲織雲錦裳，切勿披髮騎龍下大荒。

公債票

公債票，搭三七，三百只餘二百一。馬車去了四十元，尚有打雜兼看門。幺半雀，不必言，叫局排酒鬧黄昏。外間撑場内裏倒，臨時歡笑回家惱。太太説，米煤空，門口送來請帖紅。明日百順大胡同，司長科長親作東。一聲長嘆呼天公，當烟避火非英雄。夫人暫修金條脱，薪火一支我又活。可恨公債票一張，十分搭三太荒唐。心傍徨，行繞廊。忽然得了老主義，一定拿去賣東洋，一定拿去賣東洋。

王陵母

王陵母，勖王陵，願他輔漢母意深。可憐人間有陳母，念子之故喉欲喑。陳母發浩嘆，不該生子成瘋漢。陳母尚爲人所知，學生有母真堪悲。學生年少何識力，一聞革命喜歡極。直北學生辭清河，江南學生得鈕賊。大家入了龍華會，千人魂縷隨埃壒。其存其殁母不聞，但説已投討袁軍。十生九死眼欲涸，春申浦上屯愁雲。愁雲屯，紙錢焚，招魂望祭看斜曛。孰知戰骨縱横處，猶着羊欣白練裙。

石頭城

石頭城外炮聲高，官軍破城亂黨號。十天巷戰風日慘，半空飛彈爲騰梭。天仇伏槖海鳴走，智如永建亦難守。藍衣一隊入城來，十室九空罄所有。我既不恨藍衣軍，不恨黄興與孫文。此時但恨程雪老，不保人民但自保。先時出走爲逃生，後此歡迎胡不行。亂黨有罪民無罪，坐聽劫掠空南京。秋來鐵塔過西風，萬人悲哭途路中。孫盧去後洪楊繼，今古不同亂則同。亂同百姓苦，日人躍躍思用武。善後籌維事大難，此着還須煩政府。行人切莫經下關，一望平原長草菅。太息共和和不了，亂黨亂軍皆野蠻。

共和實在好

共和實在好，人倫道德一起掃。入手去了孔先生，五教撲地四維倒。四維五教不必言，但説造反尤專門。問君造反爲何事，似訴平生不得志。乘兵一擁巨款來，百萬資財可立致。多少英雄用此謀，豈止廣東許崇智。得了幸財猶怒嗔，托言舉事爲國民。國民爲汝窮到骨，東南財力全枯竭。當面撒謊吹牛皮，渾天黑地無是非。議員造反亦無罪，引據法律施黄雌。稍持國法即專制，大呼總統要皇帝。全以搗亂爲自由，男女混雜聲嘐嘐。

男也説自由，女也説自由，青天白日賣風流。如此瞎鬧何時休，怕有瓜分在後頭。

行刑場

京師行刑場，風慘草木凉。半湫野水如(地)〔池〕塘，行人過者神沮傷。宣武門前告諭張，明日決囚斃以槍。因來蒴其手，兩行騎隊銜枚走。沿路囚爲駡詈聲，多半少年非老醜。一轉小胡同，槍聲震長空。人入東户尸西出，尸首血作丹砂紅。尸身下覆頭向地，倒翹兩足合雙臂。貫以巨軸踉蹌奔，瀝瀝血腥出口鼻。抛尸白紙坊，夜半狗集如豺狼。腦經槍裂舐其漿，天賜囚來爲狗糧。我聞杭州朱都督，有罪必誅號令肅。死者與棺加掩埋，仁聲所被人人服。京師首善寧杭州，共和仁政尤宜修。薄材不多僅數兩，免他骼胔來填溝。罪人伏罪尸無尤，如此小費非難籌。所願當事加講求，免教黄土拌枯髏。

快活床

快活床，不快活，鐵絲床上鐵磚闊。鐵磚燒得焰通紅，以磚烙體皮膚脱。皮膚脱，氣息絶，床上聲如煮熱血。誰歟創此刑，程潛劉承烈。程劉負固據岳州，岳陽樓上愁雲愁。南風不競罷獨立，釜底游魂尚自由。不止自由且虔劉，淫刑尚有倒金鈎。刀劈下體直至頭，常時闖獻誰與儔？·嗚呼程與劉，汝今合罷休，縱然逃得東洋去，淫凶難逭神天怒。此等凶人謬共和，太息只能諉氣數。

蘇舜華

蘇舜華，好姿首，靚妝直向轅門走。黎公建節鎮武昌，一時亂黨垂涎久。醜圖不遂無奈何，陰謀乃托美人手。五枚炸彈私處藏，遲遲雅步裾飄揚。孰知偵探識根柢，葑菲居然采下體。斗出不意如疾雷，掩耳不及奸謀摧。一雙玉臂立反剪，玉貌花顔成死灰。黎公一嘆聲悲凉，女流到此終失常，不類荆軻類武陽。立時組織偵探隊，以女代男探幽晦。寄聲亂黨休使勍平聲，賠了夫人又折兵。

木蘭辭

古有木蘭能從軍，今有木蘭能通文。今古固難上下分，今之木蘭尤出群。君不見湖廣館，公民大會來賓滿。仄袖長裙款款登，登臺説盡時流短。戔戔集款數百元，公然聚黨施言論。更能集款數千元，廣大尤能開法門。全爲個人作私計，那有公心思救世。痛快淋漓恣意談，木蘭雖女逾健男。座間聞者皆驚怪，從今不敢輕女界。

德人與孔教

孔子非宗教，乃立人倫極。猶之廣平道，坦坦恣遊歷。立言至平復至常，逆之亡，從者昌。不言果報不神鬼，亦無地獄和天堂，指爲宗教欠商量。雖云欠商量，到底敬孔子，藉教鼓人心，庶幾鼓得人心起。學理有心道德舊，鄙夷道德即禽獸。亂黨初無道德心，放膽欲思賣孔林。外人保護耶蘇墓，十字軍威留至今。汝輩侈維新，數典竟亡祖。托辭孔子言專制，咬牙切齒仇《論語》。子言足食兼足兵，又言寓教厚民生。此語何曾背新學，方知排孔無知覺。時專制，孔子亦專制；時共和，孔子必共和；曰聖之時能包羅。賊子無學問，信口來開河。怎及德國□先生，開會力將孔教明。外人尊孔尚如此，教育諸老宜羞死。

填海石

填海石，銜精衛，半生孤憤仇專制。狙擊曾空博浪椎，一身不向下邳逝。孱王到此却文明，未將刺客監中斃。共和成立身脱囚，翺翔海外成自由。美人如花作良匹，雙雙顧影真無儔。孰料權强力牽挽，拖泥帶水支那反。坐令天下惜膏蘭，不終晚節堪悲惋。用心幸不類孫黄，未徇私利仇中央。我爲原心因略迹，樂府纔編《填海石》。

勸世白話新樂府[一]

林琴南在《平報》中作白話《諷諭新樂府》百餘篇，近五年已洗手不作矣。然世變日屹，悲不自勝，乃復爲馮婦，請本報拓出一闌容之，不收潤筆。然不能逐日皆出，遇有關於世道人心題目，即出一篇。此不得已之苦衷。琴南年垂七十，與世何争？既不爲名，亦不爲利，所争者名教耳，閲報諸君當能諒之。今世人既行白話，琴南亦以白話爲之，趨風氣也。

母送兒

母送兒，兒往學堂母心悲。下堂少晚兒應飢，體操脱去身上衣。母擁熏籠思我兒，教師監學誰憐爾？眼看兒登車，腰間數本洋字書。嬌兒别母母牽裾，每一星期須見汝，家中且放心，洋文算學先追尋，莫教學壞傷人品。入堂禮教師，教師出話真離奇，父母無恩汝要知，兜頭一喝教人痴。願兒痴，佻兒喜，原來父母無恩耳。一生詰問頗頑皮：教師想

[一] 録自《公言報》1919年3月24日、26日、30日，參考了李家驥等的成果，并據《大公報》同月29日、30日所刊兩篇校改。

已生孩兒，師母抱兒枕畔呵；師母教兒兒能歌，長大將倒戈，愛他作什麽，丢在街邊不算多。教師大怒駡頑生，如何汝敢爲吾梗？將來我死他繼承。教師語次聲威猛，學生大笑師勿嗔，且請教師先内省。太師母，真慈祥，孕師胎教何周詳！師啼飢，飲乳漿；師能步，相扶將；移乾就濕皆情願，眼睁睁，盼師學問居人上；到頭來，買得「無恩」兩字真悲涼。禽獸知母不知父，并母不知尚何語。空生一張口，枉飲阿娘乳，天地之間乃有汝。歸來歸來面娘親，娘親方自磨杏仁，兒來兒來嘗新。嬌兒含泪將娘近，兒今退學娘休嗔。阿娘不解問原因，嬌兒眼泪掉，引得娘親笑，不言先哭汝非少。兒言往就教，那曉教師不教孝，彼言父母感情欲，尚何道理能中要。娘親怒，翻成笑，汝有此心非不肖。再讀《孝經》一卷終，不去學堂到罷了。

日本江司令

日本江司令，帶船一萬噸，來拜劉冠雄，學生四十衆。自言親謁國子監，一登聖城心嚴重。本國無訓條，學生脱帽如趨朝；本帥無號令，學生朝孔兼朝孟。敝國教科書，并未用《論語》，學生自己尊尼父。嗟夫聖道大如天，可憐不歉我國之青年。我國青年駡孔子，胡説八道登報紙。聞他言語應汗顔，自己捫心安不安？縱不爲孔子，也須爲國家，孔子是我自家人，如何尊敬不如他？此真惡子敗家産，没有天良没心眼，三百薪金非不多，偏爲把戲挣飯碗。難道孔子倒，汝輩便發財？狗眼也須開一開。眼一開，便要想，萬人唾罵不好養。既有要人袒庇君，願君十二萬年長做教務長。

一見大吉

一見大吉，教習迎頭打教習。學生大笑齋夫驚，地攪天翻教習室。衆走開，校長來，天大事情要和解。甲君面色如死灰，乙君挣口挣不開。算來此事真活該，學堂不應分兩派。先是甲君談《説文》，乙君逐日向他問。問了來時不認帳，甲君大罵真忘本。忘本賊，休作怪，此帳那能叫汝賴。乙君答言休張大，《説文》自有先生在。桂未谷，段懋堂，書中一一從頭講。上字象鍋蓋，丁字象圖釘，汝即不言我也省。打了好幾回，彼此不相見。乙君出城得兼差，《説文》本事居然顯。倒霉林畏庭，將他文字盡力塗。倒了汝，便有我，乙君乙君爲計左。汝改我文我不愁，汝可仔細汝對頭。對頭覓汝牙癢癢，不要望他門前走，一遇着汝便要揍。

勉諸生[一]

立志修身

勉勉我諸生，天地父母生我身。我愧虚爲人，聖賢豪傑在自命，整頓乾坤爲我任。近君子，遠小人，擇善固執守其真。矢志在剛强，浩然正氣伸。勉勉我諸生，修身立行須當早。蹉跎莫至老，膏粱文繡奚足道，布被脱粟家可保。體親心，盡孝道，百行修來有善報。古人重檢身，榮名以爲寶。

自强愛國

勉勉我諸生，諸生努力在少年。倣法於昔賢，習經講論戎馬前，胸羅武庫宏識見。志須遠，心須堅，分寸光陰當愛憐。學富足自豪，庸人莫比肩。勉勉我諸生，天地山川五洲同。中國在其中，食毛踐土自祖宗，四萬萬人安危共。不矜富，不厭窮，毁家紓難息兵戎。變弱能爲强，體國在公忠。

[一] 録自《京師教育報》1915 年第十八、十九期。

禽言[一]

鄉居無事，每日晨起，散步林中。時當紅日初升，聽鳥語禽言，不勝歡忭。爰擬數則，以博一笑，鄙俚固不敢辭也。

杜　鵑

姐姐過河，姐姐過河。獨木橋長低更軟，休踐凌波。昨夜事如何，離恨偏多。淚痕滴透綺香羅，西窗蟲語月婆娑。訴盡古今多少恨，愁對哥哥。問卿歸去思如何，莫向風前聞折柳，蹙損雙娥。

鳩

嫂嫂姑姑，嫂嫂姑姑，西風昨夜剪秋梧。啼雁新來蘆畔宿，帶有書無？切莫嫁征夫。綉榻衾孤，明月捲簾床半倚，心事縈紆。瘦了花膚，冷了香襦，春思幾纏巫峽夢，不盡沾濡。

鴉

呀呀呀，滿腔心事亂如麻，蟲聲陣陣透窗紗。愁鬢老年華，飛向天涯。載得古今無限恨，

[一] 録自《湘珂畫報》1931 年第九期，署名冷紅生，文後有編輯按語云：「上作疑出舊製，以此辭佳，故刊如此。」

世道傾斜，專尚奢華。勢力本堪誇，笛聲簫管幾人家。多少黎民嗟失業，何處爲家？

鷓鴣

何了何了，可恨良宵易曉。離多會少，紅顏易老。野寺三更玉磬寒，紗窗夜半薰香早。若没有她，怎生得了？

報官

報官報官，你家兒子做了官。家聚樂，戚友騰歡。鄉閭從此張聲勢，百姓膏脂盡入囊。才識既陋，行爲復人頑，怕莫是沐猴而冠。

四季鳥

四季如意，四季如意，窮途莫灑英雄泪。人生在世須盡歡，何必曰利？愁來斗酒且高歌，醉倒籬邊花滿地。更聽那梧桐蟬唱，蓼岸鴻啼。蒼狗白雲，人世原來如寄。

布穀

布穀布穀，大家且莫哭。不到多時，便有新穀。充爾腸，飽爾腹，齊心把仇復。濟南之碧血未乾，萬寶之策籌又誤。報此國仇，中華之福。

（缺名）

萬邦協和，萬邦協和，平等博愛自由歌。事竟如何，殺機四伏戰雲多。慘案年年有，同室尚操戈。勸同礪青萍劍，還我山河。

（缺名）

不如歸去，此地怎生能住？來是北風涼，又見春風吹柳絮。謀食無從生計艱，綈袍誰贈與？世態本炎涼，而今方覺悟。大道乃如斯，吾是以不遇，聲聲道不如歸去。

圖書在版編目（CIP）數據

畏廬文集 畏廬詩存 /（清）林紓撰；江中柱點校．福州：福建人民出版社，2024.12. --（八閩文庫）．
ISBN 978-7-211-09708-1

Ⅰ．I214.92

中國國家版本館 CIP 數據核字第 20245C3K07 號

畏廬文集 畏廬詩存

作　　者：［清］林紓撰　江中柱點校
責任編輯：江叔維
責任校對：李雪瑩　陳璟　林喬楠
美術編輯：陳培亮
裝幀設計：張志偉
出版發行：福建人民出版社
地　　址：福州市東水路 76 號
電　　話：0591-87533169（發行部）
電子郵箱：fjpph7221@126.com
經　　銷：福建新華發行(集團)有限責任公司
印刷裝訂：雅昌文化(集團)有限公司
地　　址：深圳市南山區深雲路 19 號
電　　話：0755-86083235
開　　本：890 毫米 ×1240 毫米　1/32
印　　張：51.75
字　　數：948 千字
版　　次：2024 年 12 月第 1 版　第 1 次印刷
定　　價：240.00 元